Todos los libros de Linkgua Ediciones cuentan con modelos de Inteligencia Artificial entrenados por hispanistas. Pregúntale al chat de tu libro lo que desees acerca de la obra o su autor/a.

Para **ebooks:** Accede a nuestro modelo de IA a través de este enlace.

Para **libros impresos:** Escanea el código QR de la portada con tu dispositivo móvil.

Obtén análisis detallados de nuestros libros, resúmenes, respuestas a tus preguntas y accede a nuestras ediciones críticas generativas para una experiencia de lectura más enriquecedora.

La transparencia y el respeto hacia la autoría de las fuentes utilizadas son distintivos básicos de nuestro proyecto. Por ello, las respuestas ofrecen, mediante un sistema de citas, las fuentes con las que han sido elaboradas.

Ruy González de Clavijo

Embajada a Samarcanda
Vida y hazañas del gran Tamorlán

Barcelona 2024
Linkgua-ediciones.com

Créditos

Título original: Embajada a Tamorlán. Vida y hazañas del gran Tamorlán.

© 2024, Red ediciones S.L.

e-mail: info@linkgua.com

Diseño de cubierta: Michel Mallard.

ISBN rústica ilustrada: 978-84-9953-393-3.
ISBN tapa dura: 978-84-9007-763-4.
ISBN rústica: 978-84-96290-26-6.
ISBN ebook: 978-84-9816-962-1.

Sumario

Brevísima presentación

La vida y embajada a Tamorlán

Ruy González de Clavijo (Madrid ¿-1412). España.
Partió del Puerto de Santamaría en 1403 como embajador de Enrique III con destino a Samarcanda, con el propósito de conseguir una alianza. Estuvo en Constantinopla, Trebizonda y Teherán. La muerte del gran Tamorlán hizo de la expedición un viaje lleno de aventuras.

Un hecho «histórico»

Irónicamente la escena en que el rey de Castilla envía a su embajador a Tamorlán es relatada en una novela de Larra, *El doncel de don Enrique el Doliente*:

—El rey Tamurbec el Honrado, Tabor Bermacián, mi señor, me envía a ti, rey de las ciudades y lugares de Castilla y de León e España. Dure tu tiempo y buena fama en noblezas generales y en gracias cumplidas. El rey, mi amo, noticioso de la grandeza de tu reino, acepta la amistad y buena correspondencia que con tus embajadores le enviaste a ofrecer. El Profeta te sea en ayuda, te dé sus salutaciones. En muestra de buena amistad, envíate el rey mi señor el presente de joyas y las dos hermosas damas que te traje para tu harem, que al hijo de Osmín ha cogido en la gran victoria que le ha ganado. El rey de los reyes ha humillado la soberbia condición del hijo de Osmín, y hoy, en una jaula de hierro, sirve de estribo al poderoso Tamurbec, rayo de Dios.

—Recibo vuestra embajada, valiente Mahomat Alcagí, y no os doy respuesta —dijo don Enrique—, porque quiero que tornen embajadores míos a vuestro amo y señor el muy honrado Tamurbec, con mis cartas y presentes. Rui González de Clavijo —añadió vuelto a éste su camarero, que entre la turba de cortesanos andaba oscurecido—, quiero que vos y fray Alonso Páez de Santa María, maestro en Santa Teología, y Gómez de Salazar, mi guarda, hagáis este viaje como embajadores míos. Adelantóse entonces Rui González de Clavijo, y poniendo en tierra una rodilla:

—Beso a tu alteza los pies —dijo— por la lisonjera distinción con que honras a tu vasallo.

Embajada a Tamorlán

Vida y hazañas del gran Tamorlán con la descripción
de las tierras de su imperio y señorío, escrita por
Ruy González de Clavijo, camarero del muy alto y
poderoso señor don Enrique III de este nombre, rey
de Castilla y de León, con un itinerario de lo sucedido
en la embajada que por dicho señor rey hizo al dicho
príncipe, llamado por otro nombre Tamurbec, año del
nacimiento de 1403

El gran señor Tamurbec, habiendo muerto el emperador, de Samarcanda y tomádose el imperio, donde comenzó su señoría, según adelante oiréis, y habiendo después conquistado toda la tierra
de Mogalia, que se contiene con este dicho imperio y con tierra de
la India menor: otrosí habiendo conquistado toda tierra e imperio
de Orazania, que es un gran señorío, y habiendo conquistado y
metido so su señorío tierra de Tagiguinia, con tierra y señorío de
una tierra, que es llamada rey: y habiendo otrosí conquistado y
puesto so su señorío toda la Persia y Media con el imperio de Tauris y de Soltania: y otrosí habiendo conquistado tierra y señorío
de Guilán con tierra de Darbante, y conquistado otrosí tierra de
Armenia la menor y tierra de Arsinga y de Aseron y de Aunique,
y puesto so su señorío el imperio de Merdi y tierra de Curchistán,
que se contiene en la dicha Armenia: otrosí habiendo vencido en
batalla al señor de la India menor, y tomádole gran partida de
sus tierras: y habiendo otrosí destruido la ciudad de Damasco, y
tomadas y puestas so su señorío las ciudades de Alepe y Babilonia
y Baldas, y habiendo destruido otras muchas tierras y señoríos, y
vencido otras muchas batallas, y hechas muchas conquistas, vino
sobre el turco Ildrin Bayacit (que era uno de los grandes y potentes
señores que en el mundo se sabía) a la su tierra de Turquía, y diole

batalla cerca de un castillo que es llamado Anguri, y venciólo y tomóle preso a él y a un su hijo, en la cual batalla se acaecieron Payo de Sotomayor, y Hernán Sánchez de Palazuelos, embajadores que el alto y poderoso señor don Enrique, por la gracia de Dios rey de Castilla y de León, que Dios mantenga, enviara, por saber la pujanza que en el mundo había el dicho Tamurbec y turco Ildrin, porque viesen las sus magnificencias y poderío de gentes que tenían ayuntadas el uno contra el otro, y se acaeciesen en la batalla que en uno querían haber, de los cuales dichos Payo y Hernán Sánchez tuvo noticia el gran señor Tamurbec, y por amor del dicho alto señor rey de Castilla hízoles mucha honra, túvolos consigo, e hízoles grandes convites, y dioles ciertas dádivas, y habida noticia del alto y famoso rey de Castilla y de la su gran señoría y franqueza que sobre los reyes cristianos había, y por haber su amorío, de que la batalla fue vencida, ordenó de le enviar un embajador y sus letras, y cierto presente por poner su amorío. Con el cual embajador fue un caballero Checatay, que había nombre Mahomat Alcagi, con el cual envió sus dones y presente y sus letras bien solemnes. El cual embajador vino al dicho señor rey de Castilla, y diole sus letras que el dicho señor Tamurbec le enviaba, y su presente y joyas y mujeres que le envió según su costumbre. Y el alto señor rey, recibidas las dichas letras y presente, y oídas las buenas razones que el dicho Tamurbec le enviaba a decir por las sus letras y embajador, y amorío que le mostraba, ordenó él otrosí cierto presente y embajadores al dicho Tamurbec, por acrecentar en el amorío que le mostraba, y ordenó de enviar por sus embajadores en la dicha embajada a fray Alfonso Páez de Santa María, maestro en teología, y a Ruy González de Clavijo, y a Gómez de Salazar su guarda, con los cuales le envió sus letras y presente: y porque la dicha embajada es muy ardua, y a lueñes tierras, es necesario y cumplidero de poner en escrito todos los lugares y tierras por do los dichos embajadores fueron, y cosas que les acaecieron, porque no caigan en olvido, y mejor y más cumplidamente se pueden contar y saber.

Y por ende en el nombre de Dios, en cuyo poder son todas las cosas, y a honor de la Virgen Santa María su madre, comencé a escribir desde el día que los embajadores llegaron al puerto de Santa María, cerca de Cádiz, para entrar en una carraca en que habían de ir, y con ellos el dicho embajador que el dicho Tamurbec envió al dicho señor rey.

El lunes, que fueron 21 días del mes de mayo del año del Señor de 1403 años llegaron los dichos embajadores al puerto de Santa María, y este día hicieron llevar alguna vitualla que allí tenían a la carraca en que habían de ir, demás de otra que habían hecho llevar de Sevilla y de Jerez, y algunos de sus hombres con ella.

Luego otro día martes siguiente, que fueron 22 del dicho mes, partieron de aquí en una barca, y con ellos micer Julián Centurio, patrón de la carraca en que habían de ir, y llegaron al puerto de las Muelas, que es en par de Cádiz, donde la dicha carraca estaba. Y el miércoles siguiente partió de aquí la dicha carraca, y hacía buen tiempo, y en anocheciendo llegaron en par del cabo que se llama Despartel.

Otro día el jueves siguiente llegaron en par de Tanjar, y en par de la sierra de Bárbaros, y en par de Tarifa y de Ximena, y de Ceuta y de Algeciras, y de Gibraltar y de Marbella a tan cerca, que les podían bien ver estos dichos lugares estando bajo de la sierra del estrecho, y fueron este día a par de la sierra de la Fi.

El viernes siguiente que fueron 25 días del dicho mes de mayo, cuando amaneció el día claro, fueron a par de Málaga, y echaron ancla en el puerto, y estuvieron ahí el dicho día viernes que llegaron, y sábado y domingo y lunes y martes, por cuanto el patrón hubo de descargar ciertas jarras de aceite y otras mercaderías. Y la dicha Málaga tiene la villa llana, y de la una parte está junta con el mar, y dentro de ella al un cabo tiene un castillo alto en un otero con dos cercas, y de fuera de la villa está otro castillo más alto que le llaman el Alcazaba, y del un castillo al otro van dos cercas juntas unas con otras, y bajo en el otro cabo de la villa y en par del mar de fuera de la villa están unas atarazanas, y luego cerca de ellas comienza una cerca que va junta con el mar de torres y de muro. Y dentro de esta cerca están muchas huertas hermosas, y encima de estas huertas y de la villa están unas sierras altas en que hay casas, y viñas, y huertas, y entre el mar y la cerca de la villa están unas pocas de casas, que son lonjas de mercaderes, y la villa es muy poblada.

El miércoles siguiente, que fueron 29 días del dicho mes de mayo, partió de aquí la dicha carraca, y fueron a par de la sierra de Málaga, que es toda labrada de viñas y de panes y de huertas, y pasaron a par de Vélez Málaga, un castillo alto que está en esta sierra, y pasaron a par de Almuñecar, que está bajo hacia el mar, y fueron en anocheciendo a par de la Sierra Nevada.

Otro día jueves fueron en par del cabo de Palos, que es en par de Cartagena, y otro día viernes fueron en par del cabo de Martín; que es una sierra alta que es ya de Cataluña.

Y el sábado, cuando amaneció, fueron en par de una isla que llaman Formentera, y es despoblada y a ojo de la isla de Ibiza, y estuvieron allí este dicho día sábado y domingo y lunes y martes, andando de una parte a otra, que no podían doblar el cabo para tomar el puerto de Ibiza, por cuanto habían el viento contrario, y el dicho martes en la tarde tomaron el puerto, que fue a 5 días del mes de junio, y el patrón hizo descargar de las cargas que llevaba, y cargar cierta sal, y estuvieron en el dicho puerto el dicho día martes que llegaron, y miércoles y jueves y viernes no podían salir del puerto, por cuanto habían el viento contrario, y el miércoles, que fueron 13 días de junio, partieron de aquí, e hizo calma el dicho jueves y viernes, tanto que anduvieron bien poco.

Y esta dicha Ibiza es una isla pequeña, en que hay cinco leguas en luengo y tres en ancho. Y el día que llegaron los embajadores, tomaron tierra, y el gobernador que estaba por el rey de Aragón, mandóles dar posada en que estuviesen, y envióles hombres y bestias en que viniesen a la villa, y la dicha isla es toda la más de ella montañas altas de montes bajos y piñares: y la villa es poblada en un otero alto que está junto con el mar, y tiene tres cercas, y entre cada cerca mora gente, y tiene un castillo en lo más alto de la villa hacia la mar, y tiene altas torres y cerca sobre sí, y la iglesia de la villa está a par del castillo, y tiene una torre alta que se contiene con el dicho castillo, y cerca la villa y castillo de partes de fuera una cerca sola. Y en esta isla hay unas salinas en que hay mucha sal, que se hace en ella muy fina cada año del agua del mar que entra allí. Y estas salinas son de gran rendición, que cada año vienen allí muchas naos de Levante a cargar de sal. Y en la cerca de la villa hay una torre en que están hechas unas casas, que llaman la Torre de Avicena, y dicen que de esta isla fue natural Avicena, y en la cerca y torres de ella están pedradas de ingenios que el rey don Pedro hizo lanzar, cuando la tuvo cercada.

Y el sábado siguiente, que fueron 18 días del dicho mes de junio, a hora de nona fueron en par de la isla de Mallorca, a tanto que los pudieran bien divisar, y el domingo siguiente fueron en par de una isla que es llamada la Cabrera, y tiene un castillo pequeño; y lunes y martes anduvieron su viaje, y no mucho, que habían viento escaso, y el miércoles en la tarde fueron en par de la isla de Menorca, y entraron en el Golfo de León, y jueves y viernes y sábado pasaron el Golfo de León, e hizo estos días buen tiempo, y el domingo que fue día de San Juan, fueron en par de una isla que ha de nombre Linera, y es del señorío del Virrey de Aragón.

El lunes cuando amaneció, fueron entre dos islas que han nombre la una Córcega, y tiene un castillo que ha nombre Bonifacio, y es de un genovés, y la otra isla ha nombre Cerdeña, y tiene un castillo que ha nombre Luecigosardo, y es de catalanes. Y estos dos castillos de estas dichas dos islas están hacia el mar el uno en derecho del otro como en guarda, y el paso de entre estas dos islas, que es estrecho y peligroso, es llamado allí en aquel paso las Bocas de Bonifacio.

El martes siguiente en la tarde fueron en par de una isla que es llamada Ponza, y es deshabitada, pero otro tiempo fue poblada, y hubo en ella dos monasterios, y hay en ella grandes edificios de muy grande obra que hizo Virgilio, y en derecho de esta isla a la mano izquierda aparecieron unas montañas altas, que eran en la tierra firme, que son llamadas Montecarzel, y tiene un castillo que es llamado San Felices, y es del señorío del rey Lanzalago, y un poco adelante pasaron a par de otras montañas que eran asimismo en la tierra firme, y ayuso de ellas apareció una villa que es llamada Taracena, y es del señorío de Roma, y de allí a Roma había doce leguas, y entre el mar y la villa aparecieron unas huertas y árboles altos, y entre estas huertas y la villa estaba un monasterio que había sido de Monjas, que las habían llevado de allí moros de la Berbería.

Y el miércoles anduvieron su viaje; y el jueves siguiente, que fueron 27 del dicho mes de junio, en anocheciendo fueron en el puerto de Gaeta, y echaron ancla a raíz de la villa a tan cerca, que pudieron poner plancha en el muro de la ciudad. Y los dichos embajadores tomaron tierra, y fueron a posar en una posada que era cerca de San Francisco fuera de la ciudad, y estuvieron allí dieciséis días, por cuanto el patrón y algunos mercaderes de la carraca hubieron de descargar algunas mercaderías que traían, y cargaron aceite.

Esta dicha ciudad de Gaeta, y el puerto de ella es bien hermoso, ca luego en la entrada del puerto es angosto, y de dentro más ancho, y es cerrado todo en derredor de altas sierras, en que hay castillos y casas bien hermosas, y muchas huertas, y a la mano izquierda como hombre entra en el puerto, está un cerro alto, y encima de él está una torre como atalaya muy grande, que dicen que hizo Roldán, y así la llaman la Torre de Roldán: y en par de este cerro está otro junto con él, y en éste está poblada la ciudad, y la puerta y casas de ella dicen en ladera hacia el mar a do está el puerto, a tanto que llega hasta cerca del agua, y luego está el muro en que bate el mar. Y del muro salen dos torres con su muro que entran en el agua, que puede haber de la una torre a la otra cuanto una ballesta podría echar un viratón, y de la una torre a la otra echan una cadena, cuando es necesario, y tras aquella cadena están las galeras y fustas en tiempo de guerra, y entre el otero en que está poblada la ciudad, y entre el otro otero en que está hecha la torre de Roldán, va hecha una torre con altas torres y pretil y almenas, que van hasta la dicha torre de Roldán, y cerca el otero en que está la ciudad, y el otero en que está la torre de Roldán, es para guarda de la ciudad. Y no hay recelo de partes de la mar, por cuanto lo cerca de las dos partes, y tiene muy altas peñas que no hay recelo en tiempo de guerra tomen allí puerto ningunos navíos, y luego de esta cerca de la ciudad comienza otra que va muy grande pieza junto con el mar, y dentro de esta cerca está un otero alto que es cercado de dos partes del mar, y es poblado de muchas viñas y huertas y olivares, y entre este otero y la cerca que va junto con el mar, va una calle poblada con muchas casas y tiendas. Y en esta calle está una iglesia muy devota en que han las gentes muy gran devoción, que es llamada Santa María la Anunciada, y delante de ésta está otra iglesia muy devota que es llamada San Antón, y encima de esta iglesia de Santa María está un hermoso monasterio de San Francisco, y como se acaba esta calle, sube la cerca la cuesta arriba de este otero, y va hasta el otro mar, así que esta cerca rodea todo en derredor este otero. Y esta cerca es hecha, porque en caso que algunas fustas lleguen allí, les sea defendido la salida, porque no venga daño a la ciudad. Y en cabo de esta cerca, do se junta el uno y el otro que cerca estos oteros, está una iglesia que es llamada la Trinidad, y cerca de ella están unas torres y casas como alcázar, y cerca de esta iglesia está una alberca hecha en una peña, y está tan propio como si fuera hecho a fuerza, partido lo uno de lo otro, y entra en fondo la dicha alberca por la peña ayuso bien diez brazas, y es en luengo bien cincuenta pasos, y es tan angosta que no puede entrar salvo un hombre ante otro, y dentro está hecha una ermita que es llamada Santa Cruz, y decían que está por escritura allí en la ciudad que aquella apertura se hiciera el día que Jesu-Cristo recibió pasión. Y dentro de esta cerca es poblada de muchas hermosas huertas y casas y azoteas, y de muchos naranjales y limonares y cidrales, y de viñas y olivares, y parece muy hermoso de ver. Y fuera de esta cerca a raíz del mar va una calle muy hermosa de casas y palacios y huertas, y mucha agua que va por ellas que cerca el puerto como en derredor, y va esta calle así poblada hasta el lugar que es llamado Mola, y de la ciudad allí hay dos leguas. Y esta calle es muy poblada y toda empedrada, y encima de esta calle están unas sierras asimismo pobladas de aldeas y casas, y todo esto parece de la ciudad, y es tan placentero de ver que es maravilla. Y todo fueron ver los dichos embajadores mientras aquí estuvieron, y adelante del dicho lugar de Mola apareció una villa y un castillo alto, y otros lugares asaz en una montaña, y en cabo de esta sierra en que estaban estos lugares, a la entrada del puerto a la mano derecha estaba una torre muy alta como atalaya, que es llamada la torre del Carellano: y estos dichos lugares habían sido del conde de Fondi, y ahora son del rey Lanzalago, que se los había quitado por ocasión de la su guerra, y del rey Luis: y las casas de la ciudad de Gaeta son muy hermosas de ver de partes de fuera, por cuanto dicen en ladera hasta el puerto, y son muy altas y con ventanas hasta el mar, y lo más hermoso de la ciudad es una calle llana que va a par del mar, y las otras calles son angostas y altas, malas de andar. Y en esta calle mayor es el meneo de esta ciudad, y en esta ciudad se tratan muchas mercaderías de cada año, y cuando el rey

Lanzalago había su guerra con el rey Luis perdió todo el reino, salvo esta ciudad, y de aquí salió y cobró todo su señorío.

Estando el rey Lanzalago en esta ciudad, y siendo casado con Madama Costanza, hija de Monfrey de Charamete, partióse de ella, y casóla él mismo por fuerza con un su vasallo hijo de micer Luis de Capua, y decían que el rey mismo estando en la dicha iglesia de la Trinidad les tomó las manos, y los casó a ojo de muy gran gente que allí estaban, y les hizo sus bodas, y decían que el rey mismo tomó por la mano este día de sus bodas a la dicha su mujer, y que danzó con ella. Y la dicha su mujer decía muchas cosas y feas por plaza y calles, y decían que esto hacía el rey por consejo de Madama Margarita su madre. Y después el rey casó con la hermana del rey de Chipre, que llamaban doña María, y el rey no tuvo hijos en Madama Costanza su mujer, como quiera que la tuvo un año y medio: pero el que ahora casó con ella ha hijos de ella, y el rey Lanzalago ha una hermana que llaman Madama Joanela, y casó con el duque de Sterlic, que es el duque de Babera, y alábanla por muy hermosa mujer.

Y el viernes, que fueron 13 días del mes de julio, a hora de mediodía la dicha carraca hizo vela, y partió de aquí de Gaeta, y anduvieron este día su viaje.

Y otro día el sábado siguiente pasaron por cerca de una isla que es llamada Iscla, y a par de otra isla que es llamada Procheda, y son deshabitadas, y asimismo pasaron este dicho día a par de otra isla que es llamada Trape, y es habitada, y del señorío del reino de Nápoles, y en ella hay una buena villa, y fueron este día en par del cabo de la Minerva, que es en tierra firme, y otrosí fueron en par de dos montes altos, y en medio de ellos está una ciudad que ha nombre de Malfa: en estos dos montes aparecieron sendos castillos, y en esta ciudad de Malfa dicen que está la cabeza de san Andrés.

Y este mismo día sábado a hora de vísperas, vieron caer del cielo dos ramos como de humo, que llegaron hasta el mar, y el agua subió por ellos tan aína, y tan recio con gran ruido, que las nubes hinchó de agua, y oscureció y nubló el cielo, y arredráronse con la carraca cuanto pudieron, ca decían que si aquellos ramos acertaran a tomar a la carraca, que la podrían anegar.

El domingo siguiente en amaneciendo pasaron por entre dos islas despobladas, rasas sin montes, que son llamadas la una Arcu, y la otra Firucu, y luego un poco adelante a la mano izquierda apareció otra isla de una sierra alta que es llamada Strangol, y tiene una boca por do salía el humo y fuego, y en la noche salió grandes llamas de fuego por la dicha boca con grandísimo ruido, y vieron otrosí a la mano derecha otra isla que es llamada Lipar, y es poblada, y está por el rey Lanzalago: y en esta isla está el velo de la bienaventurada santa Agueda, y aquí en esta isla solía arder, y por ruego de la bienaventurada santa Agueda cesó de arder esta isla, y otras islas que son cerca de ella que solían arder; y cuando ven que arden las otras islas, porque no venga el fuego a ésta, que sacan aquel velo, y que luego cesa aquel fuego.

El lunes siguiente en la mañana pasaron entre unas islas despobladas que son llamadas la una Salinas, y la otra Strangolin, y la otra Bolcani, y salía gran humo de ellas, y hacían gran ruido, y otrosí pasaron a par de otras dos islas que son despobladas, y llaman a la una Paranea, y a la otra Panarin.

Y el martes siguiente, que fueron 17 días del dicho mes de julio, anduvieron entre estas dichas dos islas que no podían salir de ellas por calma que hacía. Y en la noche estando entre ellas, a tres horas de la noche hizo gran tormenta, y tuvieron un gran viento contrario que les duró hasta la mañana.

Y el miércoles todo el día a hora de mediodía rompió las velas de la carraca, y anduvieron a árbol seco de una parte a otra, de manera que se vieron en gran peligro. Y duró la dicha tormenta martes y miércoles hasta dos horas de la noche, y las dichas bocas, señaladamente la de Strangol y Bolcante, con el gran viento lanzaba grandes llamas de fuego y humo con gran ruido, y durante la tormenta hizo el patrón cantar las letanías, y que todos pidiesen misericordia a Dios. Y acabada la oración andando en la tormenta apareció una lumbre de candela en la gavia encima del mástil de la carraca, y otra lumbre en el madero que llaman bauprés, que está en el castillo de avante: y otra lumbre como candela en una vara de espinelo que está en la popa, y estas lumbres vieron cuantos estaban en la carraca, que fueron llamados que las viniesen a ver, y duraron una pieza, de si desaparecieron, y no cesaba en todo esto la tormenta, y a poca de hora fueron dormir, salvo el nauchel (piloto) y ciertos marineros que habían de guardar. Y estando el nauchel y dos marineros que velaban despiertos, oyeron a par de la carraca un poco arredrado voces como de hombres, y el nauchel preguntó a los dos marineros, si oyeran aquel ruido, ellos dijeron que sí, y en todo esto la tormenta no cesaba. Y a esta hora vieron otra vez las dichas lumbres tornadas donde primero estaban, y entonces despertaron a la gente de la carraca, y vieron las lumbres, y contóles el nauchel lo que oyera, y duraron estas lumbres cuanto dura una misa, y luego cesó la tormenta. Y estas lumbres que así vieron decían que era fray Pero González de Tuy, que se habían encomendado a él, y otro día amanecieron cerca de estas dichas islas, y a ojo de la isla de Sicilia, con buen tiempo seguro.

Y anduvieron entre estas dichas islas hasta el jueves siguiente, con grandes calmas que hacía.

Y el viernes en la tarde fueron en par de la isla de Sicilia, y a ojo de una torre que es llamada la torre del Faro, que está a la vuelta de la entrada de Mesina, a la entrada del puerto, y con la gran corriente que sale por aquella boca del Faro, y por poco viento que hacía, no pudieron este día entrar por aquella boca para ir a tomar el puerto de Mesina, y en la noche creció el viento, y un piloto que había venido de la ciudad de Mesina para meter por aquella boca la carraca, hizo hacer vela, y en llegando en par de aquella torre del Faro, tocó la carraca en tierra, y saltó el timón de caja, y hubieron de ser perdidos, salvo el viento que era poco, y el mar andaba bajo, e hicieron de manera como en un punto la carraca fuera cobrada, y metida al largo: y de que fueron a lo largo surgieron dos andas, y estuvieron así hasta el día, y de que fue el día vino la creciente, y creció el viento, e hicieron vela, y fueron en el puerto de Mesina: y en derecho de esta torre del Faro está la tierra de la Calabria, que es tierra firme, y entre la tierra de la Calabria y la isla de Sicilia, en aquel derecho de la torre es tan estrecho el mar cuanto una legua, y en esta torre del Faro está siempre un farol que arde de noche, porque los navíos que allí fueren acierten en aquella entrada. Y la tierra de la Calabria en aquel derecho apareció labrada y sembrada de panes, y muchas huertas y viñas. Y esta ciudad de Mesina es junta con el mar, y el su muro va junto con el mar, de muchas torres y bien hechas, y las casas de ella son bien hermosas y altas de cal y de canto, y de partes del mar parecen hermosas, por cuanto acatan las ventanas de las casas hacia el mar, y son altas, y las calles mayores de ella van luengo a raíz del mar, y tiene bien cinco o seis puertas que salen al mar, y en cabo de la ciudad están unas atarazanas, y el derecho fuera de la ciudad está un monasterio de monjes negros que es llamado San Salvador, y consagran y dicen sus horas así como los griegos, y en la ciudad hay un castillo bien fuerte.

Y el lunes siguiente, que fueron 22 días del dicho mes de julio, hicieron vela y partieron de aquí, y tuvieron buen tiempo, y apareció a la mano derecha la isla en que está la boca de Mongible, y fueron a par de la tierra de la Calabria, y apareció una villa que ha nombre Regol, y entraron en el golfo de Venecia, y anduvieron en él martes y miércoles y jueves. Y el viernes siguiente en la tarde fueron en par de Mondon, una tierra firme del señorío de Venecia, y asimismo fueron en par de una isla que ha nombre Sapiencia, y a par de otra isla que es llamada Benetico, y de otra que es llamada Cerne, y pasaron a par del cabo de Galo, y apareció asimismo una tierra firme que es llamada Coron. Y el sábado siguiente fueron en par del cabo que es llamado de María Matapán, y del cabo de San Angelo, que son tierra firme del señorío de Venecia, y a hora de mediodía fueron a raíz de una isla poblada que es llamada Cetul, y pasaron por entre esta isla y una roca alta que es llamada el Lobo, y en esta isla de Cetul apareció un castillo pequeño de torres altas, hecho en una alta peña hacia el mar, y ayuso junto con el mar estaba una torre en guarda de la subida del castillo, y un poco adelante a la vuelta de la dicha isla en un llano de hacia el mar apareció un gran pedazo de muro y torres derrocadas, y dijeron que allí fuera el templo que Paris derrocara cuando robara a Elena, y quebrantara el Ídolo al tiempo que el rey Príamo su padre lo enviara hacer guerra en la Grecia, y en cabo de esta isla pasaron entre tres rocas, que son llamadas Tres, Dos y As.

El domingo, que fueron 29 días de julio, a hora de tercia fueron en par de una isla despoblada que es llamada Cequilo, y son unas altas sierras donde crían halcones, y la dicha carraca quiso pasar entre esta dicha isla y una roca alta que estaba a par de ella, y en aquel derecho había gran corriente, que los echaba a tierra, y cuando quisieron doblar, no pudieron tomar la vuelta tan rápida que la dicha carraca no pasó tan cerca de tierra, que unos halcones pequeños que criaban en una peña sonaban, y viéronse en peligro, de manera que el nauchel y algunos mercaderes y marineros se desnudaron en jubones, y cuando fueron longados entendieron que Dios les había hecho mucha merced.

Y el lunes siguiente fueron entre dos islas pobladas que son llamadas la una Nillo, y la otra Ante-nillo, y solían ser del ducado de Arcipiélago, y ahora son de venecianos, y estas islas son muy abastecidas de ganados. Y martes y miércoles estuvieron entre estas islas que no podían andar su viaje por calma que hacía, y el jueves siguiente fueron en par de tres islas pobladas que son del ducado del Arcipiélago, que son llamadas la una Mo, y la otra Centuriona, y la otra Cristiana: y a hora de mediodía fueron a par de otra isla que es llamada Nexja, y ésta es muy grande, y cabeza del ducado.

El viernes fueron 3 días de agosto, cuando amaneció fueron en par de una isla poblada que es llamada Calamo, y apareció en ella muchas labranzas de pan y fueron junto con ella una gran pieza, hasta que llegaron a una isla que es llamada Lango, y es poblada del señorío de la isla de Rodas, y tiénenla caballeros de la Orden, y a la mano izquierda pasaron a raíz de una tierra firme de la Turquía que es llamada Nisari y Lucrio, y tan juntas son estas islas, y la tierra de la Turquía, que no osaron pasar con la dicha carraca entre ellas de noche, hasta que fue el día, por recelo de no tocar, y asimismo pasaron juntamente entre otras islas del señorío de la isla de Rodas, que son de frente de la Turquía, que les dicen Piscopia, y San Nicolao de Carquini, y Pimia. Y este dicho día en la tarde fueron en la ciudad de la isla de Rodas, y surgió la carraca en el puerto.

Y de que en el dicho puerto fueron los dichos embajadores, enviaron a la ciudad a saber, si el gran maestre estaba allí, y viniéronles con nuevas que el maestre con ciertas galeras y con gran pieza de su gente, y otrosí ciertas carracas y galeras de genoveses, de que era capitán Mosén Buchicate, eran idos en una conserva hacer guerra al reino de Alejandría.

Y el sábado siguiente los dichos señores embajadores descendieron en tierra, y fueron al gran palacio de Rodas a ver el teniente que allí había dejado el gran maestre, por hablar con él. Y el dicho teniente y los frailes que allí estaban, de que supieron que los dichos embajadores iban, saliéronlos a recibir, y dijéronles que como quiera que el gran maestre su señor no era allí, que por honra del señor rey de Castilla, que todas las cosas que les cumpliesen las

harían de buena mente. Y por cuanto los dichos embajadores dijeron, que habían voluntad de descender en tierra por saber algunas
nuevas del Tamurbec, y de avisarse en lo que habían menester:
mandáronles aposentar en una posada de un caballero de la Orden, en que estaba una iglesia de la bienaventurada santa Catalina,
y ellos vinieron allí el domingo, que fueron 5 días del mes de agosto, y estuvieron hasta el jueves a 30 días de agosto, y en todo este
tiempo no pudieron haber nuevas que ciertas fuesen, salvo tanto
que contaban algunos que venían de la dicha armada, y de las
partes de la Siria, y asimismo peregrinos que venían de Jerusalén,
que el Tamurbec quería venir en la Siria para conquistar al sultán
de Babilonia, y que le había ya enviado sus embajadores: con los
cuales decían que le enviaba decir, que el que tratase en su tierra
la su moneda, y tomase por divisa las sus armas, y le diese cierto
tributo de cada año, y que si el sultán de Babilonia no lo quisiese
hacer, que el gran Tamurbec no aguardaba si no cuanto saliese el
verano, y lloviese algún poco, por cuanto no hubiese mengua de
agua, que luego sería allí en la Siria, y que con este recelo estaban
todos los moros de Jerusalén y de su tierra, y estas guerras contaban por oídas, por lo cual los dichos embajadores no las tuvieron
por ciertas. Y en este tiempo que allí estuvieron vinieron cuatro
carracas grandes y dos naves de la misma armada, que eran de
genoveses, y contaban nuevas de la dicha armada. Y decían que la
dicha armada y señores de ella que habían ido luego derechamente
al Candelor, un castillo de la Turquía, y que lo cercaran, y estuvieron sobre él doce días, hasta que lo socorrió el señor del Candelor,
y que pelearan con los de la armada, y que les tomara quince caballos, y que se perdiera cierta gente de franceses y de genoveses, y
que partieran de allí, y fueron a Ripuli una villa que es en la Siria,
y que la combatieran, y que los de la villa que les tenían cogido un
río que pasa cerca de ella, y de que los vieron fuera de las fustas,
que soltaran el río: e hizo mucho daño en ellos, que por fuerza les

hiciera acoger a las fustas, y que después de esto los señores de la dicha armada que tuvieron su consejo como habían de hacer, el cual consejo fue de esta manera: que por cuanto los de las carracas y naves que allí tenían eran más aprestados que las galeras, que fuesen adelante, e hiciesen la vía de Alejandría, y de que fuesen cerrar, que esperasen allí nueve días, y que las galeras y señores de la dicha armada que irían en tanto a correr a Barute, una villa de la Siria que es puerto de Damasco a dos jornadas. Y las dichas carracas hicieron la vía de Alejandría, y las galeras y señores del armada fueron a Barute, y entráronlo, y quemaron la villa. Y las dichas carracas de que fueron cerca de Alejandría, esperaron los dichos nueve días, y porque en estos días no pudieron saber nuevas de las galeras, y por cuanto se les perdían los caballos que en ellas traían por mengua de agua, y otrosí porque habían poca vitualla, volvieron a Rodas. Y antes que los dichos embajadores de aquí partiesen, eran ya llegadas estas dichas carracas a Rodas, y por cuanto los dichos embajadores en todo este tiempo no pudieron saber otras nuevas ciertas del gran Tamurbec salvo éstas, tuvieron su acuerdo de ir a Carabaqui, un lugar que es en la Persia, donde el señor suele hibernar, y allí sabrían nuevas ciertas de él.

Y esta dicha ciudad de Rodas no es muy grande, y está en un llano junta con el mar, y es isla, y tiene un castillo bien grande y es apartado sobre sí, y tiene su cerca y barrera así de partes de la ciudad, como de partes de fuera. Y dentro ha un apartado sobre sí, y cerrado de muro y torres, y allí es la fortaleza y el palacio del gran maestre y de sus frailes, y allí dentro está su convento y una hermosa iglesia, y un grande hospital do acogen los enfermos, y de aquí de esta fortaleza no osan salir los frailes para ir a parte ninguna sin licencia de su mayor, y el puerto que esta ciudad tiene es bien grande, y bien guardado junto con el muro de la ciudad, y hay dos como cimientos muy grandes de recia obra, que llaman muelles que entran por el mar, entre medias de ambos a dos es puerto do están las fustas. Y en el uno de aquellos muelles están hechos catorce molinos de viento, y de fuera de la ciudad hay muchas casas y huertas muy hermosas, y muchas cidras y limas y limones, y otras muchas frutas; y la generación de la gente de esta ciudad y de esta isla son griegos, y usan la iglesia griega casi todos los más: y esta ciudad es una grande escala de mercaderías, que vienen allí de muy muchas partes, ca ningun navío no pueden ir en Alejandría, ni en Jerusalén, ni en la Siria, que no vayan a esta isla, o a lo menos pasen a ojo de ella. Y la tierra de la Turquía está tan cerca de esta isla, que se aparece muy bien, y en esta dicha isla de Rodas hay otras villas y castillos sin la ciudad de Rodas.

El viernes, que fueron 31 días del mes de agosto, los dichos embajadores arrendaron una nave para ir hasta la isla de Xío, de que era patrón un genovés que había nombre micer Leonardo Gentil. Y partieron de aquí de la isla de Rodas, como quiera que hacía tiempo contrario, y este camino desde la isla de Rodas a Xío es peligroso, por cuanto la tierra de la Turquía está a la mano derecha, y han de ir junto con ella, de la otra parte hay muchas islas pobladas, y despobladas, y es peligrosa para andar por allí de noche, y más para con tiempo contrario.

Y el dicho día viernes que partieron, y sábado y domingo y lunes y martes tuvieron viento contrario, y anduvieron volteando de una parte para otra, que no podían doblar un cabo de la tierra de la Turquía.

Y el miércoles siguiente, que fueron 5 días del mes de septiembre, fueron a par de la isla de Lango, y por cuanto no podían pujar adelante por tiempo contrario, surgieron en el puerto de la villa de esta isla de Lango, y estuvieron allí todo este día, y tomaron agua y refresco de viandas. Y esta isla de Lango es del señorío de la isla de Rodas, y la villa está poblada en un llano junto al mar, y tiene un castillo pequeño, y entre el castillo y la villa está una grande laguna del agua de la mar, que entra dentro en una puente por do entran al castillo, y alrededor de la villa están muchas huertas y viñas y casas: en esta dicha isla están siempre cien frailes de los de Rodas, y un teniente que tiene el castillo y la villa.

El jueves siguiente 6 días de septiembre partieron de aquí y anduvieron todo el día muy poco, por el viento ser contrario, y otro día viernes anduvieron asimismo muy poco, por el viento ser contrario, y por no poder tomar vueltas salvo cortas por las muchas islas, y por la tierra de la Turquía ser cerca, y anduvieron todo este dicho día volteando, que no pudieron pujar salvo muy poco, y a hora de mediodía siendo cerca de una isla que llaman la isla de las Bestias, creció el viento contrario, y lanzó la nave a la costa de la isla, de manera que hubieron de ser perdidos, y echaron ancla, y estuvieron todo el día allí, y esta isla es despoblada, y sin agua y sin montes.

Y el domingo siguiente a hora de mediodía partieron de aquí, y anduvieron todo este día entre unas islas despobladas, y a par de una isla poblada del señorío de Rodas que es llamada Calamo.

El lunes en la mañana amanecieron bien cerca de donde les anocheció, y a hora de mediodía fueron a par de una ciudad que estaba en la tierra de la Turquía que ha nombre la Palacia Nueva, y en aquella ciudad decía que estuviera el Tamurbec, cuando venció al turco y robó la Turquía.

Y el martes en la mañana fueron juntos con una isla poblada del señorío de Rodas que es llamada el Berro, y por cuanto el viento era contrario, por no perder lo que habían andado, surgieron y echaron ancla en el puerto de esta isla y tomaron agua. Y esta dicha isla del Berro tenía una villa y castillo muy fuerte y alto, y de muy grandes edificios, pero estaba mal parado, y teníala un fraile de Rodas: y la gente de esta isla eran griegos, y decían que turcos de la Palacia habían destruido y hecho mucho mal en aquella isla, y que aún aquel año había venido allí una galeota de moros de la

Palacia que les habían llevado mucho ganado, y los hombres que segaban los panes.

Y el jueves partieron de aquí, y el viernes en la mañana amanecieron en par de una isla despoblada que es llamada Madrea, y en ella hay pastos para ganados y agua dulce. Y fueron este día a par de otra isla que es llamada el Forno, y a par de otra isla que es llamada Tatanis, que es poblada de griegos, y fueron otro día par de una isla grande que es llamada Samos, y es poblada de turcos, y fueron otrosí a ojo de otra isla que es llamada Micarea, y es poblada, y es de una dueña, y arma en ella una galera, y aparecieron en ella muchas labranzas: y aparecieron este día otras muchas islas grandes y pequeñas.

Y el sábado siguiente, que fueron 15 del dicho mes de septiembre, y el domingo siguiente anduvieron en estas dichas islas que no pudieron andar su viaje con calma que hizo, y en la tarde hizo un poco de buen viento que duró poco, y el lunes en la mañana fueron en par de un cabo de la tierra de la Turquía, que es llamado Cabo Xanto, y apareció de allí la isla de Xío.

Y el martes en la mañana a hora de misa tomaron el puerto de Xío, y este día tomaron tierra los dichos embajadores, e hicieron sacar de la nao todas las cosas que llevaban.

Y la dicha Xío es una villa pequeña, y la isla asimismo es pequeña, y es de genoveses, y la villa está llana a raíz del mar, y tiene dos arrabales, uno de una parte y otro de otra, y en ella hay muchas huertas y viñas: y cerca de ella está la tierra de la Turquía, tanto que se aparece muy bien.

Y en esta isla hay aldeas y castillos, boga en derredor ciento veinte millas, y en esta isla nace el almástiga en unos árboles que parecen lentiscos, y la villa es bien fuerte de muro y de torres, pero que está llana. Estando aquí los dichos embajadores tuvieron nuevas en como el hijo mayor del turco, que venció el Tamorlán, era finado, el que había de heredar la Turquía, y que otros sus hermanos habían guerra en uno sobre el señorío de la tierra.

Y los dichos embajadores quisieran partir de aquí de Xío luego, pero no hallaron fusta presta, y estuvieron aquí en esta isla de Xío el dicho día martes que llegaron, y miércoles y jueves y viernes y sábado y domingo, hasta otro domingo siguiente, que fueron 30 días del dicho mes de septiembre, que fletaron una nave pequeña castellana, de que era patrón un genovés, que había nombre micer Boquira de Marta. Y este dicho día domingo salió la dicha nave del puerto a la media noche, e hicieron vela, y fueron de aquí, y tuvieron buen viento en popa, y cuando fue el día claro fueron en par de una isla poblada, que era a la mano derecha entre la tierra de la Turquía, que ha nombre Metella, y otrosí fueron a par de otras dos islas pobladas que aparecieron a la mano izquierda, que han nombre Pixara y Antipixara, y en la tarde fueron cerca de un cabo de la tierra de la Turquía, que ha nombre el cabo de Santa María, y en anocheciendo creció el viento tanto, que rompió las velas y las echó al mar. Y por cuanto la Boca que decían de Romania, era cerca, y el viento crecía, y la noche era entrada, y por recelo de no poder hallar la Boca para entrar, acordó el patrón de voltejar con la nave hasta que fuese el día: y a la media noche un poco antes levantóse una gran tormenta, y cuando fue el día, halláronse cerca de la isla de Merdi a la entrada de la tierra de la Turquía, y tuvieron su acuerdo de ir a la isla de Metellin por adobar allí sus velas, y tomar algún piloto, que no llevaban ninguno. Y antes que llegasen al puerto apareció en la dicha isla de Metellin un castillo que ha nombre Mollenos, y luego adelante apareció otro castillo que llaman Cuaraca, y a hora de mediodía fueron en el puerto de la villa de Metellin, y estuvieron allí el dicho día martes que llegaron, y miércoles y jueves y viernes adobaron sus velas, y tomaron piloto.

Y la villa de Metellin es poblada en un otero alto que es junto con el mar, y cércala de las dos partes, y a cada parte tiene un puerto, y la villa es cercada de buen muro alto, y de muchas torres, y de fuera tiene un gran arrabal: y esta isla tiene trescientas millas en derredor, y tiene aldeas y castillos en ella asaz, y al derredor de la villa tiene muchas huertas y viñas. En esta isla cerca de la villa había muy grandes edificios de casas y de iglesias, y parece que otro tiempo fue muy poblada esta isla: y al un cabo de la ciudad en un llano cerca de las fuentes y huertas estaban unos grandes palacios caídos, y en medio de ellos estaban hasta cuarenta mármoles blancos enhiestos puestos como cuadra, y decían que encima de aquellos mármoles solía estar una cuadra en que hacían consejo los de la ciudad: y la gente de esta isla es griega, y solían ser del imperio de Constantinopla, y ahora es de un genovés que ha nombre micer Juan de Catalus, y su padre estuvo casado con una hija del emperador de Constantinopla, y de que ahora es señor de esta isla contaban una muy grande maravilla, y decían, que ahora puede hacer veinte años, que temblara aquella isla una noche, y que este señor y su padre y su madre y otros dos sus hermanos, que dormían en un palacio del castillo, y que cayera aquella noche, y que murieran todos salvo éste que escapó en una cuna en que estaba, y halláronlo otro día en una viña que al pie del castillo estaba, ayuso de unas peñas muy altas, que fue una gran maravilla escapar.

Y cuando los dichos embajadores a esta isla llegaron, hallaron al emperador de Constantinopla el mozo que andaba echado del imperio, según adelante vos será contado, que había casado con una hija del señor de Metellin, y que hacía con él su morada lo más del tiempo en aquella isla, y que ahora poco hacía, yerno y suegro habían partido de allí con dos galeras y cinco galeotas para tomar la ciudad de Salónica, que es del emperador viejo de Constantinopla: y la razón que los moviera ir sobre aquella ciudad, era ésta: que este emperador mozo vivía con el turco Murat, y estando en una ciudad de la Turquía que ha nombre Solombria, llegara allí Mosén Buchicate, gobernador de Génova, con diez galeras, y que tomara al dicho emperador de allí por fuerza, y lo llevara a Constantinopla, y que lo hiciera amigo con el emperador su tío con tal condición, que le diese esta dicha ciudad de Salónica, en que viviese, y la razón de la discordia que entre estos dichos dos emperadores es, adelante en su lugar vos será contada. Y Mosén Buchicate de que los hubo avenido, tomó consigo al emperador viejo, y trájolo en Francia a demandar ayuda al rey, y quedó con el imperio el emperador mozo por gobernador, hasta que él tornase de Francia. Estando el emperador viejo en Francia, el emperador mozo tenía acordado, cuando el Murat y el Tamurbec querían en uno haber su batalla, que si el turco venciese al Tamurbec, de entregar al turco la ciudad de Constantinopla, y se la atributar; por lo cual el emperador viejo de que fue tornado en Constantinopla, y supo lo que su sobrino tenía acordado, tuvo grande saña de él, y mandóle que no apareciese más ante él, y que saliese de su tierra, y diole la isla de Estalimen, y quitóle esta dicha ciudad de Salónica, y por cuanto primeramente le había prometido la ciudad de Salónica, y ahora no se la daba, habíanse movido él y el dicho su suegro por la tomar, si pudiesen: y el dicho micer Juan, señor de la dicha isla, había enviado una galeota al dicho Mosén Buchicate, en que le enviara un embajador, con el cual le enviara decir, que bien sabía como el emperador viejo prometiera por ante él al emperador su yerno la ciudad de Salónica, en que viviese, y que ahora que no la quería dar, salvo la isla de Escalines, porque le enviaba rogar, que de que de Alejandría partiese le quisiese venir a ayudar a tomar la dicha ciudad, con aquella armada que allí tenía, y que en la dicha Escalines lo esperaban: y estando los dichos embajadores en esta isla de Metellin, llegó la dicha galeota que había ido en la dicha embajada, y no se pudo aprender con qué venía, salvo tanto que Buchicate era venido con la dicha armada a Rodas, y que partiera de allí y no sabían para dónde.

El sábado, que fueron 6 días de octubre, al alba cuando amanecía, hicieron vela, y partieron de aquí, y tornaron por la vía que llevaron cuando allí a Metellin llegaron, y vinieron entre la tierra de la Turquía y la dicha isla de Metellin, hasta que llegaron al cabo de Santa María, que es en la tierra firme de la Turquía. Y el domingo siguiente por la mañana halláronse allende del dicho cabo, que lo habían ya doblado, y apareció a la mano izquierda una isla que es ahora deshabitada que ha nombre Tenio, y apareció otra isla más allende poblada, que es del señorío de Constantinopla, que ha nombre Nembro. Este día hizo tiempo contrario, y viniendo escaso creció todavía hasta la noche, aunque anduvieron muy poco este día, y como quiera que la dicha isla del Tenio estuviese cerca, y habían voluntad de tomar allí puerto, no pudieron por el viento ser contrario, y la corriente que allí era, y a la noche surgieron las anclas entre la tierra firme de la Turquía, y entre esta dicha isla del Tenio, que es allí un estrecho para entrar a la Boca que dicen de Romania, y en derecho de donde fue poblada la grande ciudad de Troya, y de allí aparecían los edificios de la dicha Troya y pedazos del muro aportillados a lugares, y la señal por do iba el muro adelante, y pedazos de torres enhiestas, y otros edificios como de castillos, y los muros que aparecían por do fuera la ciudad, y comenzaba de un llano que estaba un poco arredrado de la mar, e iba adelante hasta unas sierras altas, y tomaba en sí aquello que parecía, por do fuera la cerca muchas millas, y en cabo de la ciudad aparecía una sierra alta y aguda, y allí decían que solía ser el castillo que llamaban Elion, y la dicha isla del Tenio que en derecho de esta ciudad estaba, donde la nave estaba surta, allí solía ser puerto de la ciudad donde estaban las fustas que a la ciudad venían. Y esta isla poblara el rey Príamo, e hiciera en ella un gran castillo que es llamado Tenedon, para defendimiento de los navíos que a la ciudad viniesen, y esta dicha isla solía ser muy poblada, y ahora está deshabitada. Y de que la nave fue surta, la barca fue a la isla por agua y leña, que hacía menester para la nave, y algunos de los hombres de los embajadores fueron a la dicha isla por verla, y anduvieron por ella, y en ella había muchas viñas y huertas y árboles, y muchas fuentes de aguas, y tierras de gran labranza de pan, y las viñas mucho buenas y muchas, y en ella había mucha caza de perdices y conejos, y en ella había un gran castillo derrocado, y la razón porque esta dicha isla es despoblada, es ésta: Decían que ahora podía hacer veintidós años que el emperador de Constantinopla, cuya solía ser la dicha isla, y que la prometiera dar a genoveses, porque le ayudasen con ciertas galeras en la guerra que él había con el Morate, y habiéndosela así prometido, que la vendió a venecianos, y que les dio la posesión de ella, y que la habitaron, que estaba despoblada, y fortalecieron la villa y el castillo, y que los genoveses, de que supieron que los venecianos tenían la dicha isla, dijeron que era suya, y que a ellos les pertenecía, pues que el emperador se lo prometiera, y ellos le hicieran el servicio que con él pusieran, y que no la pudiera vender, ni dar a persona alguna: y sobre esto tuvieron su discordia entre venecianos y genoveses, a tanto que los unos y los otros hubieron de hacer muy gran armada de galeras y de naos, y destruyeron lo más de la isla, y hubo grandes muertes entre los unos y los otros, y vinieron a Venecia, e hicieron paz con tal condición, que el castillo y la villa fuese derrocado, y despoblasen la dicha isla, y que los unos ni los otros no la tuviesen ni poblasen, y de esta manera fue despoblada. Y ésta fue una de las cosas porque hoy día hay desavenencia entre venecianos y genoveses.

El miércoles siguiente quisieron partir de aquí, y no pudieron porque el viento era contrario, y estuvieron allí el jueves y viernes y sábado y domingo siguiente, que no pudieron partir. El domingo en la tarde llegó allí un gripo al puerto del Tenio, que venía hacia Constantinopla, y enviaron saber de qué partida era, y tuvieron nuevas que era de Galipoli, un lugar del turco que está en la tierra de la Grecia, y que iba cargado de trigo para Xío, y decían que en el dicho lugar de Galipoli andaba gran mortandad de pestilencia, y el viento fue contrario, y estuvieron aquí trece días y no pudieron partir, y desde esta dicha isla del Tenio donde estaban, a la mano izquierda apareció un monte muy alto que es en la tierra de la Grecia, que ha nombre Monteston, y dicen que hay en él un monasterio de monjes griegos, y hacen buena vida, que no consienten allí estar mujeres, ni perros, ni gatos, ni otra cosa mansa que haga hijos, y no comen carne, y que este monasterio es de gran renta, y decían que desde el pie de aquel monte hasta arriba, donde el dicho monasterio está, que hay dos jornadas: y sin este monasterio que hay en este monte, hay otros cincuenta o sesenta monasterios, y que todos los monjes de ellos visten cilicio negro, y que no comen carne, ni beben vino, ni comen aceite, ni pescado que tenga sangre; y esto contaban algunos griegos que en la dicha nave estaban, que habían estado y vivido algún tiempo en aquel monte santo. Eso mismo lo contaba el patrón, y otros hombres que habían estado allí.

El miércoles, que fueron 22 días del dicho mes de octubre, tuvieron buen viento, como quiera que fuese poco e hicieron vela, y partieron de aquí, así que estuvieron de aquí surtos entre la dicha isla del Tenio, y la tierra de la Turquía en la canal quince días. Y este día miércoles que de aquí partieron, a hora de mediodía fueron en par de una isla despoblada que ha nombre Mambre, y el jueves siguiente hizo calma, que no pudieron pujar de esta isla adelante, ni podían entrar por la Boca, como quiera que parecía: y el viernes siguiente a hora de vísperas hizo buen viento. Y entraron por la dicha Boca de Romania, y a la entrada es tan angosta, que no ha en ancho más de ocho millas, y luego a la entrada a la mano derecha está la tierra de la Turquía, y apareció luego allí en ella a la entrada en un otero alto que está junto del mar, un castillo alto con grande pueblo alrededor, y la cerca estaba desmochada y aportillada, y decían que podía hacer un año y medio que llegaron allí ocho galeras de genoveses, y que la tomaron y robaron, y este castillo ha nombre el Cabo de los Caminos, y cuando los griegos pasaron de la Grecia para destruir a Troya, aquí en este castillo tuvieron su real, y delante este castillo estaban hechas unas grandes cavas que los griegos hicieron entre sí, y la ciudad de Troya; porque en caso que los de la ciudad viniesen a hacer rebato en ellos, no pudiesen llegar a la hueste. Y estas cavas eran tres, una ante otra, y a la mano izquierda en la tierra firme de la Grecia en derecho de este castillo de los armenios apareció otro castillo en un cerro cerca del mar que ha nombre Xetea, y aparecían aquestos dichos lugares según estaban hechos, que fueron por guardar la entrada de la dicha Boca de Romania: y luego un poco adelante en la tierra de Turquía aparecieron dos torres grandes, y al pie de ellas unas pocas de casas, que había nombre Dubeque. Y decían que desde el cabo de Santa María hasta allí duraba la ciudad de Troya, que son sesenta millas, y a la tarde cuando el Sol se quería poner, fueron en par de una torre que estaba junta con el mar en tierra de la Grecia, que ha nombre la torre del Vituperio.

Y otro día el sábado siguiente fueron encima del lugar de Galipoli, un castillo y una villa que es en la Grecia, pero es de Muzalmán Ahalali, hijo mayor que quedó del turco. Y en este dicho Galipoli tiene el turco toda su flota de galeras y de naos, y tiene unas atarazanas muy grandes, y tiene allí hasta cuarenta galeras, y tiene allí el dicho castillo muy abastecido, y con mucha gente y grande guarda. Y este Galipoli fue el primer lugar que los turcos tuvieron en tierra de Grecia, y tuviéronlo por ocasión de genoveses: y de este castillo a tierra de Turquía no hay más de hasta diez millas, que son tres leguas. Y por ocasión de este castillo ganaron los turcos los lugares y tierra que han ganado de la Grecia, y si este lugar perdiesen, perderían cuanto en la Grecia han ganado, ca como tienen en este castillo sus fustas y la tierra de la Turquía cerca, luego les pasa socorro de gente. Y en este castillo tiene el turco toda su fucia para apremiar a los griegos, y desde la entrada de la Boca de Romania, hasta este dicho lugar de Galipoli es muy estrecho, ca el mar entra angosto allí entre la tierra de la Grecia, y la tierra de la Turquía, y de aquí adelante se hace el mar un poco más ancho: y encima del dicho lugar de Galipoli aparecieron dos castillos, que ha nombre el uno de ellos Satorado, y el otro Examille. Y en este derecho apareció la tierra de la Turquía, sierras y montañas altas, y la tierra de la Grecia llana y tierra de labranzas de pan. Y a la noche fueron a par de un cabo de la tierra de la Turquía que ha nombre Quinisico, y decían que cuando el Tamurbec venció al turco, que cierta gente que huyó de la batalla, que se viniera allí a aquel cabo por escapar, y probaron de hacerlo isla y caváronlo. Y otro día domingo fueron en par de una isla poblada que ha nombre el Marmora. Y de esta isla fueron sacados los jaspes y mármoles y losas que en Constantinopla hay.

Este día en la tarde fueron en par de un lugar del emperador que ha nombre la Redea, y apareció una isla hacia tierra de la Turquía que ha nombre el Calonimo, y apareció el golfo de Trilla, y allí es una gran escala de los que van en Vursca, una gran ciudad de la Turquía. Y el lunes siguiente amanecieron cerca de aquí, ca hizo calma y poco viento, y otro día martes hizo poco viento y tiempo contrario, y fueron hasta tierra de la Grecia, y surgieron y echaron ancla cuanto dos millas de la tierra. Y de allí a Constantinopla había quince millas, y de allí enviaron los dichos embajadores tomar posadas a la ciudad de Pera, y hacer saber al emperador en cómo iban.

Y el miércoles siguiente, que fueron 24 del dicho mes de octubre, hicieron poner todas sus cosas en una barca grande, y ellos entraron en ella, y fuéronse para Pera, donde tenían aparejado donde posasen, y esto hicieron ellos por cuanto el viento era contrario, y la nao no podía ir tomar el puerto, y por deliberar aína, y aderezar lo que les cumplía para ir su viaje, que el tiempo era breve.

Y el domingo siguiente, que fueron 28 días del mes de octubre, el emperador de Constantinopla envió por los dichos embajadores, y pasaron de Pera en Constantinopla en una barca, y hallaron asaz de gente que les estaba esperando, y caballos en que fuesen, y fueron ver al emperador, y halláronlo en su palacio que acababa de oír misa, y con él estaba asaz de gente, y recibiólos muy bien, y apartóse con ellos en una cámara: y al emperador hallaron en un estrado un poco alto con unos tapetes pequeños, y en el uno de ellos puesto un cuero de león pardo, y a las espaldas una almohada de tapete prieto con unas labores de oro. Y de que hubo estado con los dichos embajadores una gran pieza, mandóles ir para sus posadas, y un gran ciervo que entonces trajeron al dicho emperador unos sus monteros, mandólo traer a la posada de los dichos embajadores, y el emperador tenía allí consigo a la emperatriz su mujer, y tres hijos pequeños machos, y el mayor de ellos podía haber hasta ocho años. Y el lunes siguiente el emperador envió unos caballeros de su casa a los dichos embajadores, con los cuales les envió responder a lo que habían hablado.

Y el martes siguiente, que fueron 30 días del dicho mes de octubre, los dichos embajadores enviaron decir al emperador, en como ellos habían voluntad de ver y mirar aquella ciudad, y otrosí de ver las sus reliquias e iglesias que en ella había, y que le pedían por merced que se lo mandase mostrar, y el emperador mandó a su yerno que llamaban micer Ilario Genovés, que era casado con una su hija que no era legítima, que anduviese con ellos, y otros ciertos hombres de su casa, y que les mostrasen lo que quisiesen ver.

Y la primera cosa que les fueron mostrar fue una iglesia de San Juan Bautista, que llaman San Juan de la Piedra, la cual iglesia está cerca del palacio del emperador. Y luego encima de la entrada de la primera puerta de esta iglesia estaba una figura de san Juan muy rica y muy bien dibujada de obra de mosaico, y junto con esta puerta está un capitel alto armado sobre cuatro arcos, y so él pasan para entrar al cuerpo de la iglesia, y el cielo de este capitel y las paredes es todo imaginado de imágenes y figuras muy hermosas de obra de mosaico, la cual obra de mosaico son de unos pedazuelos muy pequeños, que son dorados de fino oro, y de esmalte azul y blanco y verde y colorado, y de otras muchas colores cuantas pertenecen para departir las figuras e imágenes y lazos que allí están hechos: así que esta obra parece muy extraña de ver, y allende de este capitel está luego un gran corral cercado alrededor de casas sobradadas con sus portales, y en él muchos árboles y cipreses, y a par de la puerta de la entrada del cuerpo de la iglesia está una hermosa fuente so un capitel que está armado sobre ocho mármoles blancos, y la pila de la fuente es de una losa blanca, y el cuerpo de la iglesia es como una cuadra redonda, y encima un capitel, y es muy alta y armada sobre mármoles de jaspe verdes, y de frente como hombre entra están tres capillas pequeñas en que están tres altares, y el de en medio es el mayor, y las puertas de esta capilla son cubiertas de plata sobredorada. Y a esta puerta de esta capilla están cuatro mármoles de jaspe pequeños, y por ellos unas cintas de plata sobredoradas que les cruzan como en cruz, y en ellas engastonadas muchas piedras y de muchas maneras, y a las puertas de estas capillas están unos destajos de paños de seda que se corren a una parte y a otra, y estos destajos ponen, porque cuando el Preste entra a decir misa, que no lo vean, y el cielo de esta cuadra es muy rico, obrado de obra de mosaico. Y en el cielo alto está una figura de Dios Padre, y las paredes de esta capilla son de esta obra misma hasta cerca del suelo, y dende ayuso de losas verdes de jaspe, y el suelo de losas de jaspe de muchas colores hechas a muchos lazos, y esta capilla estaba cerrada toda alrededor de sillas de madera entretalladas muy bien hechas, y entre cada silla estaba uno como brasero de latón con ceniza, en que escupe la gente porque no escupa en el suelo, y muchas lámparas de plata y de vidrio, y aquí en esta iglesia había muchas reliquias, de las cuales tiene la llave el emperador. Y fueles mostrando este día el brazo izquierdo de san Juan Bautista: el cual brazo era de so el hombro ayuso hasta en la mano. Y este brazo fue quemado, y no tenía salvo el cuero y el hueso, y a las coyunturas del codo y de la mano estaba guarnecida de oro con piedras. Y esta dicha iglesia había otras muchas reliquias de Jesu-Cristo, y no les fueron mostradas este día, por cuanto el emperador era ido a cazar, y las llaves dejólas a la emperatriz su mujer, y cuando ella las dio olvidóse de dar las do estaban las dichas reliquias; pero después otro día les fueron mostradas, según adelante vos diré y contaré: y esta dicha iglesia es monasterio de monjes religiosos, y tienen un refitor en un sobrado muy grande, y en medio de él estaba una mesa de piedra de mármol blanco, en que había treinta pasos, y ante ella muchas sillas de madera, y tenía veinte y un poyo otrosí de losas blancas, que eran así como platos para poner vajilla o vianda: y otrosí tenía otras tres mesas pequeñas otrosí de losas: dentro en este monasterio hay muchas huertas y viñas y otras cosas asaz que no se podrían escribir en breve.

Y luego este día fueron ver otra iglesia de Santa María que ha nombre Peribelico, y en la entrada de esta iglesia está un gran corral en que hay cipreses, nogales y olmos y otros muchos árboles, y el cuerpo de la iglesia de partes de fuera es todo imaginada de imágenes y figuras de muchas maneras de obra rica de oro y de azul, y de otras muchas colores. Y luego a la entrada del cuerpo de la iglesia a la mano izquierda estaban muchas imágenes figuradas, entre las cuales está una imagen de santa María, y a par de ella de la una parte está una imagen de emperador, y a la otra parte una imagen de emperatriz, y a los pies de la imagen de santa María están figurados treinta castillos y ciudades, y escritos los nombres de cada uno de ellos en griego. Y estas dichas ciudades y castillos dijeron que solían ser del señorío de aquella iglesia, y que se las hubiera dado un emperador que la dotó que tuviera nombre Romano, que allí yace enterrado. Y a los pies de aquella imagen estaban colgados unos privilegios de escrito en acero, sellados con sellos de cera y de plomo, que decían que eran los privilegios que aquella iglesia tuviera de las dichas ciudades y castillos. Y en el cuerpo de esta iglesia había cinco altares. Y el cuerpo de esta iglesia era una cuadra redonda muy grande y alta, y era armada sobre mármoles de jaspe de muchos colores, y el suelo y las paredes era asimismo de losas de jaspe: y esta cuadra era cercada alrededor de tres naves que se contenían en ella, y el cielo era todo uno, el de las naves, y el de la cuadra era todo labrado de obra de mosaico muy rica, y en un cabo de la iglesia a la mano izquierda estaba una gran sepultura de piedra de jaspe colorado, y allí yacía el dicho emperador Romano, y dijeron que aquella sepultura solía ser cubierta de oro, y en ella engastadas muchas piedras preciosas, y decían que cuando los latinos ganaron aquella ciudad, podía hacer noventa años que robaran aquella sepultura. Y en esta iglesia estaba otra gran sepultura de piedra de jaspe en que yacía otro emperador: y aquí en esta iglesia estaba el otro brazo del bienaventurado san Juan Bautista, el cual fue mostrado a los dichos embajadores: el cual brazo era el derecho, y era desde el codo ayuso con su mano, y estaba bien fresco y sano, y como quiera que dicen que todo el cuerpo del bienaventurado san Juan fue quemado, salvo un dedo de la mano derecha con que señaló cuando dijo: Ecce Agnus Dei: todo este dicho brazo estaba sano, según allí apareció: estaba engastonado con unas vergas de oro delgadas, y faltábale el dedo pulgar, y la razón que los monjes decían porque faltaba aquel dedo de allí, era ésta: Decían que en la ciudad de Antioquía, al tiempo que en ella había idólatras, que andaba en él una figura de dragón y que habían por costumbre los de la ciudad de dar cada año a comer a aquel dragón una persona. Y que echaban suertes a cual caería, y que aquel a quien caía, que no pudiese excusar que no lo comiese aquel dragón: la cual suerte dicen que cayó en aquel tiempo a una hija de un hombre bueno, y que cuando vio que no podía excusar de dar su hija a aquel dragón, que tuvo gran cuita en su corazón, y que con dolor de la hija que se fuera a una iglesia de monjes cristianos, que entonces en la dicha ciudad había, y dijo a los monjes que él había oído algunas veces, que Dios había hecho muchos milagros por san Juan, por ende que él quería creer que era verdad, y adorar en aquel brazo suyo que allí tenían. Y demandóle merced que entre los otros milagros que Dios nuestro Señor había mostrado por él, que quisiese ahora hacerle merced de mostrar éste, e hiciese como su hija no muriese tan mala muerte, como era comida de aquella fiera, y la librase de aquel peligro; y que los monjes habiendo compasión de él, que le mostraron el dicho brazo, y que él que hincara los hinojos por lo adorar, y que con dolor de la hija que trabara con los dientes del dedo pulgar de la mano del santo glorioso, y que se lo arrancara y llevara en su boca, que los monjes no lo vieron, y que cuando quisieron dar la doncella al dragón, que él que abrió la boca por la comer, y que él entonces que le lanzó el dedo del bienaventurado san Juan Bautista en la boca, y que reventó luego el dragón, que fue un gran milagro; y que aquel hombre que se convirtió a la fe de nuestro Señor Jesu-Cristo.

Y otrosí en esta misma iglesia les fue mostrada una cruz pequeña cuanto un palmo, guarnida con un pie de oro, y con unas vergas de oro por los cabos, y con un crucifijo pequeño, y estaba engastonado en una talla que era cubierta de oro, que se podía quitar y poner en ella, la cual es que dijeron que fuera hecha del palo mismo de la vera-cruz en que nuestro Señor Jesu-Cristo fuera puesto, y era de color prieto, y fuera hecho cuando la bienaventurada santa Elena, madre de Constantino que pobló aquella ciudad, trajo la vera-cruz allí a la ciudad de Constantinopla, que allí fue traída toda enteramente desde Jerusalén, donde la halló cuando la hizo buscar y desenterrar. Y otrosí les fue mostrado el cuerpo del bienaventurado san Gregorio, el cual estaba sano y entero: y fuera del cuerpo de la iglesia estaba una claustra de obra bien hermosa de muchas historias, entre las cuales estaba figurado la virga de Iesse, del linaje donde vino la virgen santa María, y era de obra mosaico, y era tan maravillosa y tan rica, y tan bien dibujada, que tengo que el que esta vio que no vio otra tan maravillosa: y en esta iglesia había muchos monjes que mostraron a los dichos embajadores las sobredichas cosas, y mostráronles un refitorio muy ancho y muy alto, y en medio de él estaba una mesa de mármol blanco muy bruñido y muy bien hecha, y había en luengo treinta y cinco palmos, y el suelo de losas llanas otrosí, y al cabo de este refitorio había otras dos mesas pequeñas de mármol blanco, y el cielo era todo de obra mosaico, y en las paredes estaba historiado de obra de mosaico, la cual era desde que el ángel san Gabriel saludó a la virgen santa María, hasta que nació Jesu-Cristo nuestro Dios, y después que anduvo por el mundo con sus discípulos, y todo el discurso de su bendita vida hasta que fue crucificado. Y en este refitorio había muchos poyos de losa blanca apartados cada uno sobre sí, que eran hechos por poner en ellos la vajilla y vianda. Y además en este monasterio había muchas casas en que moraban los monjes, y había muchos cumplimientos en las dichas casas, porque había huertas y aguas y viñas, a tanto que parecía que podía en ella ser poblada una grande villa.

Otrosí este dicho día les fue mostrado otra iglesia que ha nombre San Juan, y es un monasterio do viven muchos monjes religiosos, y han un mayoral entre ellos. Y la primera parte de la iglesia es muy alta y de obra rica, y delante de esta puerta está un grande corral y luego el cuerpo de la iglesia, y el cual cuerpo es una cuadra redonda sin esquinas muy alta, y es cerrada alrededor de tres grandes naves, que son cubiertas de un cielo ellas y la cuadra. Y hay en ella siete altares, y el cielo de esta cuadra y naves y las paredes es de obra de mosaico muy ricamente labrada, y en ello muchas historias, y la cuadra está armada sobre veinticuatro mármoles de jaspe verde, y las dichas naves son sobradadas, y los sobrados de ellas salen al cuerpo de la iglesia: y allí había otros veinticuatro mármoles de jaspe verde, y el cielo de la cuadra y las paredes es de obra mosaico, y los andamios de las naves salen sobre el cuerpo de la iglesia, y allí do había de haber verjas había mármoles pequeños de jaspe, y fuera del cuerpo de la iglesia estaba una hermosa capilla obrada de maravillosa labor de obra de mosaico rica, y en ella estaba muy ricamente figurada la imagen de santa María, y bien parecía que a reverencia suya había sido hecha aquella capilla, y asimismo había en aquella iglesia un grande refitorio de una gran mesa de mármol blanco, y en las paredes de este refitorio estaba historiado de mosaico el misterio del jueves de la cena, en como nuestro Señor Jesu-Cristo estaba sentado a la mesa con sus discípulos, y en este monasterio había muchos cumplimientos de casas de huertas y aguas, y otras muchas cosas.

Otro día les fueron mostrados un campo que es llamado el Hipódromo, donde solían justar y tornear, el cual es cerrado de mármoles blancos, a tan gruesos cuanto tres hombres podrían abarcar con los brazos, y tan altos como dos lanzas de armas, y más, los cuales mármoles eran puestos por compás uno con otro alrededor, y eran treinta y siete mármoles, y estaban asentados sobre unas basas blancas muy grandes, y encima eran todos cerrados de arcos que iban de uno al otro, de manera que se podían todos andar por encima alrededor, y encima había hechos andamios con su pretil y almenas cerrado de ambas partes, y aquellos arcos y cerramiento que encima era hecho, era tan alto, que daría a un hombre a los pechos: y era hecho de losas y mármoles blancos entretallados entre aquellos andamios que estaban hechos: todo lo cual era hecho a efecto de que sobre estos dichos mármoles acostumbraban estar las dueñas y doncellas, y gentiles mujeres, cuando miraban las justas y torneos que allí se hacían: y luego de estos mármoles adelante por un llano iba uno rengle de mármoles, derecho uno con otro; y cuanto veinte o treinta pasos de aquellos mármoles estaba entre ellos un asentamiento alto sobre cuatro pilares de mármoles, y encima de ellos estaba una silla de mármol blanco con otros asentamientos alrededor, y de los asentamientos salían hacia arriba cuatro imágenes de piedra blanca, tan grandes como un hombre cada una, y en aquella silla y asentamiento solían estar los emperadores, cuando miraban las justas y torneos. Y un poco adelante entre estos dichos mármoles estaban dos basas de piedra mármol muy grandes, una encima de otra, que era cada una tan alta como una lanza de armas, y más: y encima de estas basas estaban cuatro tajos de cobre cuadrados, y encima de estos tajos estaba enhiesta una piedra alargada todavía más aguda hacia arriba, la cual piedra podía ser tan alta como seis lanzas de armas, y esta piedra estaba sobre los dichos tajos, que no estaba pegada ni se tenía con ninguna cosa, tanto que era una maravilla de ver una tan grande cosa de piedra tan aguda y delgada cómo pudo ser puesta allí, o cuál ingenio, o cuál fuerza de hombre la pudieron enhestar y poner allí, que tan alta es que por la mar se aparece antes aquella columna de muy grande pieza que no la ciudad, y esta piedra dícese que fue puesta allí por memoria de un gran hecho que acaeció en el tiempo que allí se puso, y en las basas debajo de ella estaba escrito, quien mandó allí poner aquella piedra, y por cuál hecho: y por cuanto la escritura era en latín griego, y era ya tarde, por eso no se pudieron detener, a que fuesen por quien la leyese; pero decían que por un grande hecho que en aquel tiempo acaeciera fuera allí puesta, y de allí para adelante iba siempre el dicho rengle de mármoles, pero no eran tan altos como los primeros: y en ellos estaba entretallado y pintado los grandes hechos y cosas que en aquel tiempo hacían los caballeros y gentiles hombres, y entre estos mármoles estaban tres figuras de culebras de cobre y de otros metales, y eran torcidas en uno como soga, y encima tenía tres cabezas apartada la una de la otra, y las bocas abiertas, y decían que fueran puestas aquellas figuras de culebras allí por un encantamiento que fuera hecho, que decían que en la ciudad solía ser y haber muchas culebras, y otras alimañas malas que mataban los hombres, y los emponzoñaban: y que un emperador que a la sazón era que las hizo encantar en aquellas figuras de culebras, y que en adelante nunca hicieron mal a ninguna persona en la ciudad. Y este dicho campo era muy grande, y era todo alrededor cercado de grandes gradas, unas que subían encima de las otras bien altas, y estas gradas eran hechas, para que estuviese y mirase la gente menuda del pueblo, y debajo de estas gradas estaban grandes casas con puertas que salían al campo donde se armaban y desarmaban los caballeros que habían de justar y de tornear.

Y otrosí fueron ver este dicho día la iglesia que dicen Santa Sofía. Y Santa Sofía quiere decir en lenguaje greciano, como vera sapiencia que es hijo de Dios. Y a esta significanza fue hecha esta iglesia, y es la mayor y la más honrada, y más privilegiada de todas cuantas en la ciudad hay: y en esta iglesia hay canónigos que llaman Caloyeros, que la sirven así como iglesia catedral, y en ella está el patriarca de los griegos que ellos llaman Marpollit. Y en una plaza que está ante la iglesia están nueve mármoles blancos, los mayores y más gruesos que creo que hombre viese, y encima tenían sus basas, y decían que allí solía estar edificado encima un grande palacio donde solían juntarse y hacer su cabildo el patriarca y los clérigos: y en esta misma plaza ante la iglesia estaba una columna de piedra muy alta a maravilla, y encima de ella estaba puesto un caballo de cobre, a tan alto y tan grande como podrían ser cuatro caballos grandes, y encima de él estaba una figura de caballero armado, asimismo de cobre, con un plumaje muy grande en la cabeza a semejanza de cola de pavo. Y el caballo tenía unas cadenas de hierro atravesadas por el cuerpo que estaban atadas a la columna, que lo tenían que no cayese ni le derrocase el viento; el cual caballo es muy bien hecho, y está figurado con la una mano y con el un pie alzado, como que quiere saltar ayuso, y el caballero que está encima tiene el brazo derecho alto, y la mano abierta, y con la mano izquierda del otro brazo tiene la rienda del caballo, y una pella redonda dorada en la mano, el cual caballo y caballero es tan grande, y la columna tan alta que es una maravillosa cosa de ver: y esta maravillosa figura de caballero que encima de esta columna estaba, dícese, que era del emperador Justiniano, que edificó esta figura y esta iglesia, e hizo grandes y notables hechos con los turcos en su tiempo. Y a la entrada de esta iglesia debajo de un arco que está aquende de la puerta está él puesto armado sobre cuatro mármoles, y so él está una capilla pequeña muy rica y muy hermosa, y adelante de esta capilla está la puerta de la iglesia, y es muy grande y alta y cubierta de latón, y adelante de ella está un corral pequeño, y en él unos andamios altos: y luego está otra puerta cubierta de latón según la primera, y delante de aquella puerta va una nave muy ancha y alta, que es cubierta de un cielo de madera, y a la mano izquierda está una claustra muy grande y muy bien hecha, con muchas losas y mármoles de jaspe de muchos colores, y a la mano derecha so esa dicha nave cubierta, que está ante la segunda puerta, está el cuerpo de la iglesia: el cual tiene cinco puertas altas y grandes cubiertas de latón, y la de en medio es más alta y mayor, y por ellas entran al cuerpo de la iglesia, el cual cuerpo de la iglesia es una como cuadra redonda, la mayor y más alta y más rica y hermosa que creo que en el mundo pueda ser, la cual cuadra es en el cuerpo de la iglesia, y es cercada alrededor de tres naves muy grandes y anchas, que se contienen con la dicha cuadra, que no hay departimiento entre ellas: y la dicha cuadra y estas naves son sobradadas, y los sobrados salen al cuerpo de la cuadra, de suerte que desde allí pueden oír la misa y las horas, y de estos sobrados suben unos a otros, los cuales son armados sobre mármoles de jaspe verde, y después los cielos juntamente con la cuadra; pero el capitel de la cuadra sube muy más alto que no el cielo de las naves: el cual es un capitel redondo y muy alto, tanto que bien ha menester hombre que catar con los ojos desde ayuso: la cual cuadra ha en luengo ciento y cinco pasos, y en ancho noventa y tres, y es armada sobre cuatro pilares muy grandes y gruesos, que son cubiertos de losa de jaspe de muchas colores, y de pilar a pilar iban unos arcos que eran armados sobre doce mármoles de jaspe verde, y muy altos y grandes que sostienen la dicha cuadra. Y en ellos había cuatro mármoles muy grandes, los dos a la una parte derecha, y los otros dos a la siniestra, los cuales eran colorados de una cosa que es hecha de polvos artificialmente, y llámanle pórfido: y el cielo de esta cuadra era cubierto y dibujado de obra de mosaico muy rica, y en medio del cielo encima del altar mayor estaba figurada una imagen muy devota de Dios Padre muy grande y muy propia de aquella obra mosaico de muchas colores, y tan alta es esta cuadra donde este Dios Padre está hecho, que desde abajo no parecía salvo tan grande como un hombre, o poco más, y tan grande es que dicen que del un ojo al otro hay tres palmos, y al que lo mira no parece salvo que es como ni más ni menos un hombre, y esto es por la grandísima altura en que está. Y en el suelo en medio de esta cuadra estaba uno como predicatorio hecho sobre cuatro mármoles de jaspe, y las paredes de él cubiertas de muchas losas de jaspe de muchas colores, y este predicatorio era todo cubierto de un capitel, que estaba sobre ocho mármoles muy grandes de jaspe de muchas colores, y allí predicaban, y también decían en él el Evangelio el día de fiesta, y así las paredes como el suelo de la dicha cuadra y naves de la iglesia eran de unas muy grandes losas de jaspe de muchas colores, y muy bruñidas: todo lo cual estaba labrado y hecho con muchos lazos y trenzamientos bien hermosos de ver, y una pieza de las paredes de los arcos que sostenían la dicha cuadra, era de losas blancas muy hermosas, en que estaban hechos muchos entallamientos de muchas y diferentes figuras propias, y lo que era así entretallado y cubierto de losas, era cuanto un estado de hombre en alto del suelo, y desde arriba era de obra de mosaico muy rica y muy bien hecha, y los sobrados de las naves de la sobredicha iglesia cercaban arriba toda la cuadra en derredor, salvo allí do era el altar mayor, todo lo cual era cosa de ver. Y estos sobredichos sobrados habían en ancho hasta noventa pasos, poco más o menos, y alrededor tendría como hasta cuatrocientos y diez pasos, y estos andamios y sobrados, y el cielo de ellos eran obrados de obra de mosaico, muy hermosamente artificiado: y en una pared de estos sobredichos sobrados de hacia la mano izquierda como hombre subía arriba, estaba una grandísima losa blanca puesta en la pared, entre otras muy muchas en que estaba de suyo dibujado muy naturalmente sin ningún artificio humano de esculpido ni pintado, la sacratísima y bienaventurada virgen santa María, con nuestro Señor Jesu-Cristo en sus santísimos brazos, y el gloriosísimo precursor suyo san Juan Bautista de la otra parte, y estas imágenes, como aquí digo, no eran dibujadas ni pintadas con ningún color, ni hecha de ningún entallamiento, más de suyo mismo, porque la propia piedra nació así y se crió con las propias venas y señales que en ella claramente se aparecían, y formábanse en ella aquellas imágenes, y decían que cuando aquella piedra fue labrada y sacada, para poner allí en aquel santísimo lugar, vieron aquellas maravillosísimas y bienaventuradas imágenes en ella, y visto aquel misterio tan grande y milagro, y por ser esta dicha iglesia la mayor de la ciudad, fue traída y puesta allí aquella piedra, y estas dichas imágenes parecían como que estuviesen entre las nubes del cielo, cuando está claro, y como si tuviese un velo delgado ante sí. Y tanto parecían más maravillosas siendo como cosa espiritual que Dios quiso allí mostrar, y al pie de estas imágenes estaba un altar y una capilla pequeña en que decían misa, y aquí en esta iglesia les fue mostrado un cuerpo santo de un patriarca, que estaba entero en carne y en hueso.

Otrosí les fueron mostradas las parrillas en que el bienaventurado san Lorenzo fue asado, y en esta dicha iglesia hay sótanos y cisternas, y casas debajo en que hay extraña cosa de obra maravillosa de ver, y muchas casas, y cumplimientos de todas cosas, pero que se va a perder lo más de ello: y otrosí junto con la iglesia hay muchos edificios caídos, y puertas que entraban a la iglesia cerradas y caídas, y decían que el circuito de esta iglesia solía durar alrededor de esta iglesia diez millas, y en esta iglesia había una cisterna muy grande que estaba so tierra que tenía mucha agua, y tan grande era que decían que podrían en ella estar cien galeras: todas estas dichas obras, y otras muchas fueron vistas en esta iglesia, y tantas que no se podrían contar ni escribir tan en breve, ca tan grande es el edificio y obras maravillosas que en esta iglesia hay, que no se acabara de ver en mucho tiempo, aunque el hombre no se ejercitara más de cuanto pudiese mirar de cada día, que siempre vería cosas nuevas, y los tejados de ella son todos cubiertos de plomo. Y esta dicha iglesia es muy privilegiada, porque cualquier persona, así griego como de otra cualquiera generación que sea, que haga cualquier maleficio, así de robo, como de hurto o de muerte, y se acoja a ella, no será de allí sacado.

Y este dicho día fueron ver otra iglesia que ha nombre San Jorge: en el cual templo luego ante la primera puerta está un grande corral en que hay muchas huertas y casas, y el cuerpo de la iglesia está entre estas huertas, y ante la puerta de la iglesia de partes de fuera está una pila de bautizar bien grande y hermosa, y sobre ella está un capitel armado sobre ocho mármoles blancos entretallados de muchas figuras, y el cuerpo de esta iglesia está muy alto, y toda cubierta de obra de mosaico, y en él estaba figurado cuando nuestro Señor Jesu-Cristo subió a los cielos, y el suelo de esta iglesia estaba maravillosamente obrado, ca era cubierto de losas de pórfido, y de jaspe de muchas colores, y en él hechos muchos lazos muy bien hechos, y de esta obra misma eran las paredes, y en medio del cielo de esta iglesia está figurado un Dios Padre de obra de mosaico encima de la entrada de la puerta, y está figurada la vera-cruz, que la muestra un ángel de entre las nubes del cielo a los apóstoles, al tiempo que viene sobre ellos el Espíritu Santo en figura de fuego, de obra de mosaico muy maravillosamente obrado, y en esta iglesia estaba una gran sepultura de jaspe, y cubierta con un paño de seda, y yacía allí una emperatriz, y por cuanto era ya la noche cerca, quedó para otro día miércoles que los dichos embajadores pasasen en Constantinopla a la puerta que es llamada Quinigo, y que allí hallaría al dicho micer Ilario, y a los otros de casa del emperador que con ellos andaban, y caballos en que cabalgasen, y que irían a ver lo más de la ciudad, y de las cosas de ella, y los dichos embajadores se tornaron a Pera donde posaban, y los otros sobredichos se fueron a sus casas.

Y otro día miércoles los dichos embajadores no pudieron pasar en Constantinopla como tenían acordado, porque este día vinieron nuevas a la ciudad de Pera, en como ciertas galeras de venecianos habían salido a la armada de galeras de genoveses que iban de la guerra del reino de Alejandría, de que era capitán Mosén Buchicate, y que las había desbaratado cerca de Mondon, y habían muerto muy muchos de ellos en demasía, y había tomado ciertas galeras, y habían prendido a Chastel Morate, sobrino de Buchicate.

Y sobre esto hubo en la ciudad muy grande bullicio, y prendieron ciertos venecianos que ahí estaban, y tomáronles ciertos navíos que allí tenían, y la potestad y gobierno de la ciudad hizo tomar una galeota en que los dichos señores embajadores habían de ir a Trapisonda, porque la querían para enviar en mensajería, y fue gran desmán a los dichos embajadores, el hacerles tomar aquella galeota, por cuanto el tiempo era breve, y no podían hallar navío tan aína como querían, y hubieron de buscar otro navío para haber de avisarse en lo que cumplía a servicio del rey, y enviaron decir al dicho micer Ilario, que no podían aquel día pasar en Constantinopla como le habían prometido y tenían acordado, pero que otro día pasarían: y este día vino el emperador de monte, y envió a los dichos embajadores medio puerco de uno que había muerto.

Y después otro día jueves primero día de noviembre, los dichos embajadores pasaron en Constantinopla y hallaron presto al dicho micer Ilario, y otros de casa del emperador a la puerta de Quinigo, que los estaban esperando, y cabalgaron, y fueron ver una iglesia que ha nombre Santa María de la Cherne, la cual iglesia estaba dentro en la ciudad a par de un castillo que estaba derrocado, que solía ser posada donde los emperadores habitaban: el cual castillo derrocó un emperador porque lo prendió en él un su hijo, según adelante vos será contado: la cual iglesia de Santa María de la Cherne solía ser capilla de los emperadores, y el cuerpo de ella eran tres naves, y la de en medio era la más grande y mayor y más alta, y las otras dos eran más bajas, y eran sobradadas, y los sobrados de ellas salían a la nave mayor: las cuales naves de la dicha iglesia, así la mayor como las otras, eran armadas en esta manera: que se levantaban de unos grandes mármoles de jaspe verde, y los pies sobre que estaban, y las basas eran de mármol blanco entretallados de muchas labores y figuras, y el cielo de estas naves y las paredes de ellas, hasta la mitad eran de losas de jaspe de muchas colores, y artificiosamente estaban hechos muchos lazos y obras bien hermosas, y el cielo de la nave mayor era muy rico, y era hecho de madera a cubos y a trabamientos, y era todo el cielo y cubos y trabamientos dorado de muy fino oro, ca como quiera que la iglesia estaba mal parada a muchas partes, empero la labor de aquel cielo y doradura de él estaba tan fresco y tan hermoso como si entonces se acabara de labrar, y en la nave mayor estaba un rico altar y un predicatorio, y asimismo muy rico: y esta obra de esta iglesia era muy rica y costosa, y los tejados de ella eran todos cubiertos de plomo.

Y este dicho día fueron ver las reliquias que estaban en la iglesia de San Juan, las cuales no les fueron mostradas el día de antes por mengua de las llaves, y como llegaron a la iglesia los monjes revistiéronse, y encendieron muchas hachas y cirios, y tomaron las llaves, y cantando sus cantos subieron a una como torre, do estaban las dichas reliquias, y con ellos un caballero del emperador, y descendieron un arca colorada, y los monjes venían trabados de ella diciendo sus cantos muy dolorosos, y las hachas encendidas, y muchos incensarios ante ella, y pusiéronla en el cuerpo de la iglesia sobre una mesa alta que era cubierta de un paño de seda: la cual arca estaba sellada con dos sellos de cera blanca, que estaban echados a dos aldavillas de plata. Y asimismo estaba cerrada con dos cerraduras, y abriéronlas y sacaron de ellas dos plateles grandes de plata dorados, los cuales cuando sacaban las reliquias servían para ponerlas encima. Y sacaron luego de la dicha arca un talegón de dimito blanco, que estaba sellado con un sello de cera, y deselláronlo, y sacaron una arqueta de oro pequeña redonda, y dentro estaba el pan que el jueves de la cena dio nuestro Señor Jesu-Cristo a Judas, en señal de quién era el que lo traicionaría, el cual no lo pudo comer. Y estaba envuelto en un cendal colorado, y sellado con dos sellos de cera bermeja, y sería aquel pan cuanto tres dedos de la mano. Otrosí sacaron de aquel talegón una arqueta de oro más pequeña que la primera, y dentro en ella estaba una bujía engastonada en ella que no se podían de allí quitar: la cual bujía era de cristal, y dentro en ella estaba de la sangre de nuestro Señor Jesu-Cristo, de la que le salió por el costado, cuando Longinos le dio la lanzada. Y de este talegón sacaron otra arqueta pequeña de oro, y la tapa de encima era horadada así como un rayo, y dentro de ella estaba de la sangre que salió de un Cristo crucificado que una vez hirió un judío por hacer escarnio en la ciudad de Baruto: y sacaron otrosí una bujía de cristal, que tenía una tapadera, y una cadenilla de oro de que se tenía, en que estaba un cendal pequeño colorado, en que estaban de las barbas de nuestro señor Jesu-Cristo, de las que le mesaron los Judíos cuando lo crucificaron. Otrosí sacaron del dicho talegón un relicario en que estaba un pedazo de la piedra en que nuestro Señor Jesu-Cristo fue puesto, cuando lo descendieron de la cruz. Y otrosí de esta arca fue sacada una arca de plata sobredorada cuadrada, de hasta dos palmos y medio en luengo: y la cual estaba sellada con seis sellos que estaban echados a seis pares de aldavillas de plata redondas, y tenía una cerradura, y de ella colgada una llave de plata, y abrieron aquella arca, y sacaron de ella una tabla que era toda cubierta de oro, y estaba en ella el hierro de la lanza con que Longinos dio a nuestro Señor Jesu-Cristo, y era delgado como espiote o hierro de aljaba, y a donde estaba el hasta, estaba horadado, y podría ser tan luengo como un palmo y dos dedos, y en él a los cabos a lo agudo estaba la sangre tan fresca, como si entonces acaeciera lo que con él hicieron a Jesu-Cristo, y sería este hierro a tan ancho cuanto dos dedos, y estaba engastonado en aquella tabla, que era cubierta de oro, y el hierro no era claro, antes estaba oscuro como reniente. Y otrosí estaba engastonado en aquella tabla un pedazo de la caña con que dieron a Jesu-Cristo nuestro Señor en la cabeza, cuando estaba ante Pilatos, y era a tan luenga como un palmo y medio, y era como colorada, y ayuso del hierro de la lanza, y de esta caña estaba en esta tabla asimismo engastonado un pedazo de la esponja con que a Jesu-Cristo nuestro Dios fue dada la hiel y el vinagre en la cruz, y en la dicha arca de plata donde esta tabla fue sacada estaba la vestidura de Jesu-Cristo nuestro Dios, sobre que echaron suertes los caballeros de Pilatos, y estaba doblada y sellada con sellos, porque no cortasen de ella los que la viniesen a ver, como habían ya hecho algunas otras veces, y la una manga estaba fuera de la dobladura y de los sellos, la cual vestidura era forrada de un dimite colorado, que es como cendal, y la manga era angostilla de las que se abrochan, y era hendida hasta el codo: tenía tres botoncillos hechos como de cordoncillo, así como nudo de piguelas, y los botoncillos y la manga, y lo que se pudo ver de la saya, apareció de color colorado oscuro como de color rosado, y pareció que más tiraba a este color que a otro, y no parecía que fuese tejida salvo como labrada de aguja, ca los filos parecían como torcidos en trisne, y muy juntos: y cuando los dichos embajadores fueron ver estas reliquias, los hombres honrados y gente de la ciudad que lo supieron fueron llegados allí por verlos, y lloraban muy fuertemente, y hacían todos oración.

Y este día fueron ver un monasterio de Dueñas que es llamado Omnipotens, y en esta iglesia les fue mostrada una talla de mármol de muchas colores, en que había nueve palmos en luengo, y en aquella piedra dijeron, que fue puesto Jesu-Cristo nuestro Dios, cuando lo descendieron de la cruz, y en ella estaban las lágrimas de las tres Marías y de san Juan, que lloraron cuando fue Jesu-Cristo nuestro Dios descrucificado: las cuales lágrimas parecían heladas propiamente, como si entonces acaeciera allí.

Otrosí en esta ciudad de Constantinopla está una iglesia muy devota que llaman Santa María de la Dessetria, y es una iglesia pequeña, y en ella viven unos canónigos religiosos que no comen carne, ni beben vino, ni comen aceite ni otra grosura alguna, ni pescado en que haya sangre, y el cuerpo de esta iglesia es obrado de mosaico muy hermosamente, y en esta iglesia está figurada una imagen de santa María en una talla, la cual imagen, dicen que ha hecho y dibujó, e hizo con su propia mano el glorioso y bienaventurado san Lucas: la cual imagen, dicen, que ha hecho y hace muchos milagros cada día, y los griegos han en ella gran devoción, y hácenla gran fiesta, la cual imagen está pintada en una tabla cuadrada tan ancha como seis palmos, y otros tantos en luengo, y está sobre dos pies, y la dicha tabla es cubierta de plata, y en ella engastonadas muchas esmeraldas y zafiros y turquesas y aljófar, y otras muchas piedras, y está metida en una caja de hierro, y cada martes le hacen una gran fiesta, y ayuntase allí una gran pieza de gente de religiosos y de beatos, y otras muchas gentes, y otrosí se ayuntan clérigos de otras muchas iglesias, y cuando dicen las horas, sacan aquella imagen fuera de la iglesia a una plaza que allí está, y tan pesada es, que hay tres o cuatro hombres que la sacan afuera con unos como cintos de cuero que tienen con sus arpones, de que tiraban de aquella imagen, y de que la han sacado, pónenla en medio de la plaza, y hacen toda la gente oración a ella con gran lloro y gemidos que la gente da. Y estando así viene un hombre viejo y hace oración ante aquella imagen. Y de sí tómala en peso muy ligeramente, como si no pesara nada, y tiénenla en la procesión, y de sí métela en la iglesia. Y maravilla es, un hombre solo alzar tan grande peso como aquella imagen pesa, y dicen, que otro hombre ninguno no la podría alzar, salvo aquel, porque viene de un linaje, que place a Dios que la alce. Y en ciertas fiestas del año llevan aquella imagen a la iglesia de Santa Sofía con gran solemnidad, por la gran devoción que la gente tiene en ella.

En esta iglesia está enterrado un emperador, padre del emperador que anda fuera de Constantinopla en las razones, porque el emperador que anda echado fuera de Constantinopla, dicen, que ha derecho al imperio, y otrosí porque el castillo de Constantinopla fue derrocado, es esto. Este que ahora es emperador en Constantinopla llámase Chirmanoli, que quiere decir Manuel, y su hermano fue emperador antes de él, y tuvo un hijo, el cual fue desobediente a su padre tanto, que trataba ser contra él. Y el turco Morato, padre de éste que el Tamurbec venció, hubo otrosí otro hijo en aquel tiempo, que le fue desobediente. Y el hijo del turco y del emperador hiciéronse a una, para deponer a sus padres, y tomarles el señorío. Y el Morato y el emperador de Constantinopla hicieron eso mismo en uno contra los hijos, y vinieron sobre ellos, y halláronlos en el castillo de Galipoli, el que ahora es del turco, y cercáronles allí y acordaron el Morato y el emperador, que si a sus hijos tomasen, que les sacasen los ojos, y que aquel castillo que lo derrocasen, porque quedase por ejemplo para los que de ellos viniesen; e hiciéronlo así, que luego como los tomaron, derrocaron el castillo, y el turco sacó los ojos al su hijo: y el emperador tuvo duelo del su hijo, y no se los quiso sacar, mas mandólo poner en una cárcel muy honda oscura, y con bacines calientes hízole perder la vista de los ojos: y después que un tiempo estuvo así en la dicha prisión, consintió que la mujer de su hijo estuviese allí en la prisión con él, y ella le puso tales cosas en los ojos con que tornó a ver un poco: y un día estando aquella mujer con el hijo del emperador vio una gran culebra salir de un gran agujero, y díjolo a su marido, y él luego dijo a la mujer, que le llevase do aquella culebra había entrado, y estuvo allí hasta que salió, y matóla con las manos, y dicen que era muy grande a maravilla, y mostráronla al emperador su padre, y cuando la vio, tuvo grande compasión de su hijo, y mandólo sacar, y a cabo de tiempo tornó a su mal propósito, y prendió a su padre el emperador, y túvolo preso un tiempo, hasta que tuvo mañas en como unos caballeros suyos lo sacaron, y de que fue suelto, huyó el hijo, y él con despecho derrocó el castillo en que lo prendió su hijo, y desheredólo, y después de sus días dejó el imperio a este Chirmanoli su hermano, que ahora lo tiene. Y él su hijo dejó un hijo que llaman Dimitie. Y éste ahora dicen que ha derecho al imperio, y trae revuelta al emperador, y son ahora avenidos en esta manera: que se llamen ambos a dos emperadores, y que después de sus días de éste que ahora tiene el señorío del imperio, que sea el otro emperador, y después de sus días que lo torne a ser el hijo de éste que ahora es, y después el hijo del otro: y de esta manera son acordados, lo cual tengo que no lo cumplirán el uno ni el otro.

Y en esta ciudad hay una cisterna bien hermosa de ver, que le llaman la cisterna de Mahomete: la cual cisterna es de bóvedas de argamasa, y debajo es armada sobre mármoles, hecha en ella dieciséis naves, y el cielo de ella está sobre cuatrocientos y noventa mármoles muy gruesos, y allí se solía coger mucha agua, que bastaba a gran gente.

Y la ciudad de Constantinopla es cerrada muy bien de un alto muro y fuerte, y de fuertes torres y grandes, y han en ellas tres esquinas, de esquina a esquina hay seis millas, así que mide alrededor toda la ciudad dieciocho millas, que son seis leguas, y las dos partes de ella cerca el mar, y la otra la tierra, y al un cabo al esquina que no cerca el mar, en uno alto están los palacios del emperador, y como quiera que la ciudad sea grande y de gran cerca, no es toda bien poblada, ca en medio de ella hay muchos oteros y valles, en que hay labranzas de pan y huertas. Y a do están estas dichas huertas hay casas como a barrios, y esto es en medio de esta ciudad: y lo más poblado de ella es en lo bajo a raíz de la ciudad, cerca que va junta con el mar. Y el mayor meneo es de la ciudad a las puertas que salen al mar, señaladamente a las puertas que son en derecho de la ciudad de Pera, por las fustas y navíos que allí llegan a descargar. Y porque los de la una ciudad y de la otra pasan a hacer sus mercaderías, y hácenlas allí en derecho de la mar. Otrosí en esta ciudad de Constantinopla hay muy grandes edificios de casas y de iglesias y de monasterios, que es lo más de ello todo caído. Y bien parece, que en otro tiempo, cuando esta ciudad estaba en su juventud, que era de las notables ciudades del mundo. Y dícese, que hoy día hay en esta ciudad bien tres mil iglesias entre grandes y pequeñas: y dentro en la ciudad hay fuentes y pozos de agua dulce: en la ciudad a la una parte bajo de la iglesia que llaman Santo Apóstol hay una parte de puente que llegaba de un valle a otro por entre casas y huertas, y por esta dicha puente solía ir agua de que se regaban estas huertas, y una rúa que es a una de las puertas de la ciudad, de las que salen en derecho de Pera; en medio de la calle a do son los cambios, está un cepo en medio hincado en el suelo, y aquel cepo es para los hombres que caen en alguna pena de cárcel, o que pasan algún mandamiento y regla de las que ordena la ciudad, o vende la carne o pan con falsas pesas, y a estos tales échanlos allí, y déjanlos estar de día y de noche al agua y al viento, que ninguno no osa llegar a ellos. Y de partes de fuera de la ciudad entre el muro y la mar, en derecho de la ciudad de Pera, están muchas casas en que venden muchas cosas, y almacenes en que tienen las mercaderías que allí traen a vender sobre mar: y la ciudad de Constantinopla está junta con el mar, como os he dicho, y las dos partes de ella cerca el mar, y de frente de ella está la ciudad de Pera, y entre ambas ciudades es el puerto. Y Constantinopla está así como Sevilla, y la ciudad de Pera así como Triana, y el puerto y los navíos en medio, y los griegos no llaman a Constantinopla como nos la llamamos, salvo Escomboli.

Y la ciudad de Pera es una ciudad pequeña y bien poblada, y de buen muro, y de buenas casas y bien hermosas: es de genoveses, y del señorío de Génova. Y está poblada de genoveses y de griegos, y está tan junta con el mar, que entre el muro y el mar no hay más anchura de cuanto una carraca podría ir, poco más, y la cerca va junta con el mar al luengo, y de sí sube un cerro arriba, y en lo más alto está una torre grande, donde se vela y guardan la ciudad, y este cerro en que está la torre no es tan alto, que de partes de fuera no está otro en su derecho, que es más alto que no el que está en la ciudad. Y en este cerro tuvo el turco puesto su real, cuando tuvo cercadas estas dichas ciudades de Constantinopla y de Pera, y de allí combatían y hacían lanzar con ingenios, y él mismo vino dos veces sobre esta ciudad, y la tuvo cercada por mar y por tierra, y estuvo sobre ella una vez seis meses, y tenía por tierra bien cuatrocientos mil hombres, y por mar sesenta galeras y naos, y no la pudo entrar, ni solamente el arrabal de ella, ca para tan grande gente como los turcos eran no era defendedera esta ciudad, y parece que los turcos no son buenos combatientes, si no entráranla. Y esta mar que sube entre estas ciudades de Pera y de Constantinopla es angosta, que no hay de una ciudad a otra salvo hasta una milla, que es tercio de legua: y esta mar es puerto de estas ambas ciudades, y tengo que sea el mejor y más hermoso del mundo, y el más seguro, ca es seguro de tormenta de todos vientos; otrosí es seguro, que de que los navíos allí son, están seguros de navíos de enemigos, que no les pueden empescer, si ambas las ciudades son a uno. Y él es muy hondo y limpio, que la mejor nao o carraca del mundo puede llegar hasta cerca del muro, y poner plancha en tierra como si fuesen galeras, y de la tierra de la Turquía a estas ciudades hay muy poco, que desde el un cabo de Constantinopla, hasta la tierra de la Turquía, hay un campo que está junto con el mar que llaman el Escotari. Y para pasar de estas ciudades de una a otra, para ir a la tierra de la Turquía, cada día se hallan muchas barcas, y este mar que entra entre estas ciudades sube arriba cuanto media legua, y de si tornase, y esta ciudad de Pera tuvieron genoveses en esta manera: Compraron de un emperador aquel sitio y solar, cuanto un cuero de buey abarcase hecho todo correas, y de que hubieron hecho y edificado aquella ciudad, hicieron otros dos muros adelante, en que cercaron dos arrabales que tenían juntos con la ciudad, y esto más de fuerza que de grado: pero el primer cargo de esta ciudad es del emperador, y tratan en ella su moneda por fuerza, y tiene en ella cierta jurisdicción, y como quiera que genoveses llaman a esta ciudad Pera, los griegos la llaman Galata, y este nombre le dicen ellos, por cuanto antes que aquella ciudad allí se edificase, era allí unos casares donde se ayuntaba el ganado cada día, y ordeñaban allí la leche de los que llevaban a vender a la ciudad, y por eso le decían Galata, que quiere decir, el corral de la leche en nuestra lengua, ca por leche dicen ellos gala: y esta ciudad ha noventa y seis años, poco más o menos, que fue edificada.

En esta ciudad de Pera hay dos monasterios bien hermosos de cosas y cumplimientos, y el uno de ellos es de San Pablo, y el otro de San Francisco, los cuales fueron ver los dichos embajadores. Y el dicho monasterio de San Francisco es cumplido de asaz ornamentos, y bien proveído, y aquí en este monasterio les fueron mostradas asaz reliquias muy bien guarnidas, las cuales son éstas: Primeramente les fue mostrado un relicario de cristal que es muy ricamente guarnido, sobre un pie de plata sobredorado, en que estaban los huesos del bienaventurado san Andrés, y del glorioso san Nicolás, y del hábito del glorioso y bienaventurado san Francisco. Y otrosí les fue mostrado otro relicario de cristal guarnido en plata, en que estaba un hueso de la islalla de santa Catalina. Otrosí les mostraron otro relicario de cristal, que estaba ricamente guarnido en plata sobredorada con piedras y aljófar, en que estaban huesos del bienaventurado san Luis de Francia, y de san Si de Génova. Otrosí les fue mostrada una arqueta muy bien obrada, en que estaban huesos de los Inocentes. Otrosí les fue mostrado una canilla del brazo de san Pantaleón. Otrosí les fue mostrado una canilla del brazo de santa María Magdalena, y una canilla del brazo de san Lucas Evangelista, tres cabezas de las once mil Vírgenes, y un hueso de san Ignacio, un devoto de la virgen santa María. Otrosí les fue mostrado el brazo derecho sin mano de san Esteban el primer mártir, lo cual estaba muy bien guarnido en Plata con piedras y aljófar. Otrosí les fue mostrado el brazo derecho con su mano de santa Ana: estaba muy guarnido, y faltábale el dedo pequeño, y decían que lo tajara de allí el emperador de Constantinopla, para ponerlo en sus reliquias, y que anduvieron sobre ello a pleito. Otrosí les fue mostrada una cruz de plata dorada guarnida de piedras y de aljófar, y en medio de ella estaba engastonada una cruz pequeña del madero de la santísima vera-cruz; y fueles otrosí mostrado un rico relicario de cristal guarnido ricamente, en que estaba un hueso del glorioso san Basilio. Otrosí les fue mostrada una muy rica cruz de plata sobredorada, guarnida ricamente de mucho aljófar grueso y de muchas piedras, en que estaban engastonadas muchas reliquias de santos. Otrosí les fue mostrado un relicario de cristal muy guarnido, y dentro en él estaba una mano de plata, que tenía con los dos dedos enhiesto hacia arriba un hueso del bienaventurado san Llorente, y mostráronles una talega cubierta de plata, en que estaban reliquias del bienaventurado san Juan y de san Dionisio, y de otros muy muchos santos, y estas reliquias, decían, que tuvieran cuando Constantinopla entraron los latinos, y que después se las demandara el patriarca de los griegos, y que anduvieron en pleito sobre ello, y mostráronles muy ricos ornamentos que tenían de vestimentas y de cálices y de cruces. Y en este monasterio yacía enterrado junto al coro ante el altar mayor el gran mariscal de Francia, que prendió el turco, cuando desbarató los franceses que iban con el rey de Hungría: y en el monasterio de San Pablo yacía enterrado el señor de Truxi, y otros muchos caballeros que el turco hizo matar con unas yerbas después que los hubieron rescatado, y recibido el precio de ellos.

Y los dichos embajadores estuvieron en esta dicha ciudad de Pera desde el dicho día miércoles que allí llegaron, hasta el martes 13 días del mes de noviembre, que en todo este tiempo no pudieron hallar nao, ni otra fusta en que pasasen en Trapisonda, y por cuanto el invierno se llegaba, y el mar mayor es muy peligroso de navegar en invierno, por no se detener, tuvieron de fletar, y tomar sobre sí una galeota, de que era patrón un genovés que se llamaba micer Nicolo Socato, e hiciéronla adobar de marineros, y de las cosas que tuvieron menester, y este dicho día martes tiraron la galeota a fuera hacer vela y andar su viaje, y este día no pudieron partir por mengua de galeotes, y de otras muchas cosas que les faltaban.

Y otro día miércoles, que fueron 14 días del dicho mes de noviembre, a hora de misa hicieron vela, que hacía buen tiempo, y fueron su vía, y entraron en el estrecho de la entrada de la boca del mar mayor, y a hora de tercia fueron a par de una torre que está en la tierra de la Grecia junta con el mar, que ha nombre la Trapea, y tomaron allí puerto, que se habían allí de abastecer de agua, y comieron, y después de comer partieron de allí y fueron su vía, y un poco adelante pasaron cerca de dos castillos que están en dos oteros que son juntos con el mar, y el un castillo ha por nombre el Guirol de la Grecia, y el otro el Guirol de la Turquía. Y el uno está en la Grecia, y el otro en la Turquía: y el de la Grecia está despoblado y destruido, y el de la Turquía está poblado. Y en la mar entre estos sobredichos castillos está una torre dentro en el agua, y al pie del castillo de la Turquía está una peña en que está una torre, y del castillo dice una cerca hasta esta torre, y de estas sobredichas torres solía ir una cadena de la una a la torre, y cuando aquella tierra de la Turquía y de la Grecia solía ser de los griegos, entonces estos castillos y torres fueron hechos para en guarda de la entrada de aquella torre y boca, y que cuando algún navío o fusta venía del mar mayor para entrar en la ciudad de Pera, o en Constantinopla, o algún otro navío quisiere entrar al dicho mar mayor, que echaban aquella cadena de una torre a otra, y que no consentía que por allí pasasen hasta que pagaban sus derechos. Y a hora de vísperas fueron a la boca del mar mayor, y por cuanto era cerca de la noche, surgieron, y estuvieron allí hasta otro día: y esta boca es muy angosta, y a la mano derecha está la tierra de la Turquía, y a la mano izquierda está la tierra de la Grecia, y en la tierra de la Grecia y de la Turquía aparecieron cerca del mar muchas iglesias, y hay edificios derribados.

Y a hora de la media noche partieron de aquí, y entraron en el mar mayor, y el su camino fue junto con la tierra de la Turquía, y a hora de tercia, yendo a la vela con buen tiempo, quebró el antena y anduvieron un poco a remos, y llegáronse un poco a la tierra, y adobaron su antena, y partieron de aquí después de mediodía un poco, y fueron en par de un castillo pequeño que estaba encima de una peña en la tierra de la Turquía, y cercábalo el mar todo alrededor, salvo una entrada pequeña, y había nombre este castillo Sequello. Y de que fue hora de Ave Marías, fueron en un puerto que es en una isla pequeña, la cual es llamada la Finogia de los genoveses: y el común de la ciudad de Pera habían enviado a este mar mayor dos carracas armadas que estuviesen en guarda de las naos de venecianos, que habían de venir del mar de la Tana, cargadas de mercaderías, y que en llegando seguras las tomasen, porque no sabían de la guerra que en uno había: de las cuales carracas de genoveses estaba allí la una en aquella isla de la Finogia, y esta noche estuvieron allí.

Y otro día viernes cuidaron partir de allí, e hizo tiempo contrario, y estuvieron quedos en conserva de la dicha carraca: y esta dicha isla de la Finogia es una isla pequeña, y está despoblada que no vive en ella ninguno, y tiene un castillo que es tan grande cuanto es la isla, y de allí a la tierra de la Turquía hay dos millas: y por cuanto este puerto de la Finogia no es seguro, acordaban de ir al puerto del Carpi, que era a seis millas de allí donde estaba la otra carraca de genoveses que aguardaba a las naos de venecianos. Y el cómitre les dijo, que mejor estaban allí, para ir su camino, que no en el Carpi, e hicieron levar el escala, y diéronse adentro un poco, y a hora de la media noche creció el viento contrario, y alzóse el mar, y el cómitre pensando estar mejor y más seguro tras la carraca que no allí, hizo levar el ancla, y a remos pensó llegar a la carraca, y no pudo, ca el mar creció mucho, y el viento era recio y la tormenta alta, y cuando pensaron tomar el puerto, do habían partido, no pudieron, y de que vieron que no pudieron llegar a la carraca, ni tornar al puerto, echaron dos anclas, y la tormenta creció todavía, y traía las anclas a tanto que echó la galeota entre unas rocas, y quiso nuestro Señor Dios que las anclas hallaron tanto, a que la galeota salvó las rocas sin tocar en ellas, ca si tocara luego fuera deshecha, y entonces tuvieron las anclas que no hallaron, y la tormenta creció en tanta manera que era espanto, y todos se encomendaban a nuestro Señor Dios, que pensaban nunca escapar: y las olas del mar hacían tan altas, que quebraban y entraban por él un borde, y salían por el otro, y la galeota trabajaba mucho y hacía mucha agua, y en poca de hora, tal como la gente, que los más no hacían ya de sí cuenta, salvo esperar la merced de nuestro benditísimo Señor Dios, y si claro hiciera, hicieran vela, y fueran a tierra, más hacía oscuro y no sabían dónde estaban: y estando en esta tormenta la carraca que ahí estaba, soltóseles el compaño, y vino derecho a herir en la galeota, empero quiso nuestro Señor Dios socorrerlos, que pasó sin tocar en ella, y a poca de hora fallescieron las anclas a la sobredicha carraca, y fue de través a la tierra de la isla, y antes que fuese el día, fue toda deshecha, que no quedó de ella nada, y en una barca que tenía fuera de la carraca, escapó toda la gente: pero todo lo suyo perdieron, y el cimo y el bauprés de la sobredicha carraca fue toda pasar junto con la galeota, y si en ella tocara, deshiciérase, y quiso nuestro Señor Dios y su bendita madre escapar a la galeota de toda la madera de la carraca, que no le hizo ningún daño: y la dicha galeota hacía mucha agua en demasía, tanto que, por esgotar que hacían, estaba ya en punto de se anegar; en esto duraron hasta el alba, y el viento se cambió, y fue muy bueno para ir fuera a la Turquía, y volvieron el antena, y al volver había muy pocos que ayudasen, que los más de ellos estaban ya más cerca de la muerte que de la vida, y que si la muerte viniera, que la sintieran muy poco: y de sí hicieron vela, y fueron salir en tierra de la Turquía el sábado en amaneciendo, y la gente de la carraca que había escapado que estaban en la dicha isla, bien pensaban, que la galeota era anegada y perecida la gente de ella, y tuvieron a maravilla, cuando a la galeota vieron hacer vela, según después contaban, ca decían, que después que de cerca de la carraca se partió la galeota, que pensaban que luego fuera anegada, y que antes que ellos viesen su suceso que hicieron oración a Dios nuestro Señor, que quisiese escapar la dicha galeota y gente de ella, y como la galeota fue a tierra, todo hombre el que más podía se echaba a la mar, y escaparon todos y fueron a tierra, y de que los dichos señores embajadores se vinieron en tierra, pusieron su diligencia, en como las cosas que el dicho señor rey enviaba, se sacasen de la dicha galeota, y se pusiesen en tierra, y fue todo sacado, que no se perdió ninguna cosa; pero que la sacaron con muy gran trabajo y peligro, ca como la galeota fue a tierra, el mar la tornaba adentro, y después venía la vaga de la tormenta y daba con ella a tierra, y cuando a tierra venía, los hombres que en ella estaban echaban lo que en ella venía a tierra, y tomábanlo otros, y así escapó todo lo que el señor rey enviaba, y no tardó mucho, que la sobredicha galeota no fuese en breve espacio toda deshecha, y de que fue puesto todo lo que la dicha galeota traía en tierra, lleváronlo a un monte que ende estaba, y el cómitre de la galeota dijo a los dichos señores embajadores, que como quiera que todo aquello tenía puesto en tierra, que los turcos vendrían y lo tomarían todo para el señor. Y estando en esto vinieron unos turcos y preguntaron, que qué gente era, y dijeron que eran genoveses de Pera, y que venían en la carraca que se había perdido en esa noche en aquel puerto, y que aquellas cosas que allí tenían, que las querían llevar a la otra carraca que estaba en el Carpi, y que si caballos tuviesen para ello, que se los pagarían, y dijeron, que bien podría haber caballos para otro día, mas no luego: empero ellos dijeron, que irían a las aldeas, y porque otro día siguiente habría recado luego en la manera que fue: así que luego otro día domingo vinieron mucha gente con sus caballos, que llevaron a los dichos señores embajadores y a lo que allí tenían al Carpi, donde la dicha carraca estaba: y cuando allí llegaron, los dichos señores embajadores hallaron la dicha carraca en el puerto, y fueron hablar con micer Ambrosio que era patrón de ella, y contáronle su suceso de lo que les había acaecido, y de cómo la otra carraca era perdida, y en el dicho patrón hallaron buen acogimiento, y díjoles que por servicio del señor rey de Castilla, que ellos hiciesen de aquella carraca, como si fuese suya propia, y que pusiesen todas sus cosas en ella, que él pondría buen recaudo en ellas, y que él diría a los turcos del lugar, que eran los de la otra carraca: y al embajador del Tamurbec que allí estaba vistiéronle como cristiano, y dijeron que era de la ciudad de Pera, ca si los turcos le conocieran, matáranlo, y viéranse en peligro por ello: y de que fueron puestas todas las cosas en la sobredicha carraca, y ello en salvo, entendieron que Dios nuestro Señor había hecho por ellos muchos milagros en muchas maneras. Lo primero en los escapar de tormenta tan grande y tan deshecha como aquélla; ca decía el patrón y marineros que allí estaban, que hacía doce años, que navegaban en aquel mar, y que nunca tan gran tormenta vieran: y lo otro, tenía que mostraba Dios nuestro Señor milagro, en los poner en salvo a ellos y a las cosas del rey su señor, y no ser robados de turcos, ni de los marineros que lo hicieran más aína, salvo por estar en tierra de turcos, y otrosí en hallar allí aquella carraca, la cual dijo el patrón que estuvo en tiempo de ser perdida: y estuvieron aquí en el puerto hasta el martes siguiente esperando buen tiempo, y este día llegó a los dichos señores embajadores un turco, que era mayoral por el señor en aquella aldea, y díjoles, que ellos habían venido y pasado por tierra del señor paños y otras cosas, de que debían pagar derecho, y que se lo mandasen pagar, e hiciéronle dar alguna cosa, y esto fue, por cuanto los turcos habían sabido, que ellos ni aquéllos no eran genoveses, ni de la ciudad de Pera, y si en tierra los tuvieran, no los dejaran venir: y este dicho día en la tarde hicieron vela, y partieron de aquí para se tornar luego a la ciudad de Pera.

Y el jueves amaneciendo, que fueron 22 días del dicho mes de noviembre, fueron en la ciudad de Pera, y los dichos señores embajadores hicieron todas las cosas llevar a la ciudad, y cuantos los veían que los conocían, les decían que según la tormenta que hiciera, y el lugar en que quebrantó, que era maravilla, en como habían escapado. Y los dichos señores embajadores quisieran luego catar, en como partiesen de allí. Y no pudieron hallar navío que osase entrar a navegar en el mar mayor, por cuanto era entrado el invierno; por lo cual los navíos que estaban fletados para ir en Trapisonda, y cargados, no osaron partir, antes algunos que eran partidos, se tornaron a hibernar allí, y esperar hasta el mes de marzo; y la razón porque este mar mayor es tan recelado y peligroso y tan grande, es, por cuanto él es un mar redondo, y mide en derredor hasta tres mil millas, y no hay otra entrada ni salida en él salvo esta boca, que es cerca de la ciudad de Pera, y es todo cercado de muy altas y grandes sierras en derredor, y no tiene playas, donde se extienda, y entran en él muy muchos nos y grandes, y el mar no hace todavía si no bullir y andar en derredor, y el agua que acierta a salir por aquella boca, va a salir fuera, y la otra anda en derredor, y cuando se levanta algún viento furioso luego bulle y se alza el mar, y es tormenta, y señaladamente es con el viento tramontana, y con gallego, que llaman maestro, por cuanto viene en través en aquel mar. Y es otrosí peligroso, por cuanto los navíos vienen cerca de la boca, y es muy mala de conocer, y si no la conocen, van a tierra y piérdense, como se han perdido ya muchas veces, y otrosí en caso que conozcan la boca, viniendo cerca de ella, si se levanta cualquier de los dichos vientos maestro o tramontana, son en peligro, por cuanto son través, que los echa a tierra: en este tiempo se perdió una nao que venía de Cafa. Y en este tiempo llegaron seis galeras de venecianos a la gran ciudad de Constantinopla, que venían, por pasar todas las sus naos que venían de la Tana, y el emperador mandóles recoger dentro en la ciudad, y dijo a los patrones, que el puerto era suyo, y él tenía su paz con ellos y con los genoveses; que no se hiciesen mal los unos a los otros: y los venecianos y genoveses hicieron treguas por cierto tiempo, y pasaron sus naos los venecianos. Y los dichos señores embajadores hubieron de estar en esta ciudad de Pera todo el invierno, y no pudieron hallar navío más presto que fue una galeota de hasta diecinueve bancos, e hiciéronla armar, que les costó asaz de dinero, la cual sobredicha galeota fue armada y presta para en el mes de marzo, y eran patrones de esta dicha galeota micer Nicolao Pesano, y micer Lorenzo Veneciano. Y los dichos señores embajadores fletaron esta dicha galeota por ir más aína, antes que el Tamurbec partiese de allí donde hibernara, y la primera fusta que este año entró en el mar mayor a navegar, fue esta sobredicha galeota.

Y el jueves 20 días de marzo del año del Señor de 1404, la sobredicha galeota fue presta, y los dichos señores embajadores partieron de aquí en la tarde a hora de vísperas. E iba juntamente con los embajadores el dicho embajador que el Tamurbec envió al dicho señor rey, y este día no fueron más que hasta las columnas, que es cuanto una milla de la ciudad de Pera, por cuanto había allí de tomar agua. Y el viernes siguiente partieron de aquí, y entraron en el mar mayor a hora de misa, y tuvieron buen tiempo, y a hora de vísperas fueron en el castillo de Sequel, y estuvieron allí aquella noche: y después de media noche partieron de aquí, y fueron su vía, y a hora de vísperas fueron en la Finogia, donde perdieron la otra galeota, y no quisieron quedar allí y fueron de largo y a hora de vísperas fueron en par de un río que salía de la Turquía, y quisieran allí quedar esta noche salvo porque era baja, y fueron de largo, e hizo calma esta noche, y estuvieron fuera de puerto.

Y el domingo siguiente a hora de vísperas fueron en un puerto que es junto con una villa de la Turquía que ha nombre Pontoraquia, la cual villa es de Mizal Mathalabi, hijo mayor del turco, y estuvieron allí.

Y otro día lunes se estuvieron surtos allí aquel día, que no podían partir, por el viento ser contrario: y esta villa de Pontoraquia es poblada en unas peñas que son juntas con el mar, y en lo más alto tiene un castillo, el cual es muy fuerte, y está mal poblada, y los que viven en ella son todos los más griegos, y salvo unos pocos de turcos, y solían ser del imperio de la gran ciudad de Constantinopla, y decían que podía hacer hasta treinta años, poco más o menos, que el emperador de Constantinopla la vendiera al turco, padre del dicho Mizal Mathalabi por tantos mil ducados. Y esta villa era en aquella tierra famosísima y rica en demasía, por el buen puerto que tiene, y aqueste nombre tomó ella de un emperador que la edificó, el cual había nombre Ponto, y a la tierra decían Raquia.

Y otro día martes, que fueron 25 días del dicho mes de marzo, partieron de aquí y fueron su vía, y a hora de vísperas fueron en par de un castillo que estaba en la tierra de la Turquía junto con el mar que ha nombre Río, y está deshabitado, y al pie de él está un puerto, y no lo pudieron tomar, por cuanto estaban allí llegados muchas gentes de turcos, que se habían llegado de la costa, de que la galeota vieron, pensando que era de gente que venía a hacer daño en la tierra, y surgieron de fuera en una playa, y a la media noche partieron de aquí, y a hora de misa fueron en un río que salía de la Turquía, que ha nombre Parten. Y entraron en él a tomar aguas, y a la entrada estaban unas peñas muy altas, y encima de ellas estaba un edificio de torre, que fuera hecha para en guarda de la entrada de aquel río, porque galeras no pudiesen allí tomar puerto, y partieron luego de allí, y a hora de mediodía fueron en una villa que es llamada Samastro.

La cual dicha villa de Samastro es de genoveses, y está en la tierra de la Turquía junta con el mar en un otero muy alto, y delante de este cerro más adentro en el mar está otro tan alto, que es junto con él, en que está la villa, y cércalos ambos a dos una cerca, y del un cerro, que es muy alto, al otro está un arco muy grande en demasía de puente, por do pasan, y hay dos puertos, uno de un cabo, y otro, de otro cabo: y la villa es pequeña, y las casas pequeñas asimismo, y de partes de fuera de la villa había grandes edificios caídos de iglesias y de palacios y de casas, y pareció, que otro tiempo lo mejor de ello fue lo de fuera que ahora estaba caído: y estuvieron aquel día que llegaron, y el jueves siguiente, y otro día viernes de la Cruz después de la pasión dicha partieron de aquí, y a hora de vísperas fueron en un puerto que es llamado Dos-Castellos, y otro día sábado partieron de aquí, e hizo grande niebla cerrada, y a hora de tercia metióse un viento bien esforzado, y el mar se levantó, y hacía grandes olas, y tuvieron recelo de tormenta, y no sabían si eran cerca de tierra, o lejos de ella, y por cuanto no habían puerto salvo a lejos, curaron de andar, y después de mediodía fueron en par de un castillo que es llamado Ninopoli, y es de la Turquía, y quisieran allí quedar, salvo porque no había puerto, y partieronde allí y fueron su vía: y a hora de vísperas tornóse la niebla, que no podían ver tierra, como quiera que fuesen cerca de ella, y la noche vino, que no sabían do estaban, y el mar andaba alto, y unos decían, que habían pasado el puerto, otros decían que no, y estando así tomando consejo de lo que debían hacer, oyeron ladrar un perro, y dieron voces de la galeota, y oyéronlas los que velaban el castillo, y sacaron lumbres de encima del castillo, que era allí el puerto, y llegóse la galeota, y ante el puerto había unas rocas en que quebraba el agua, y no sabían la entrada para el puerto, y estaban en peligro, y un galeote se lanzó al agua y fue nadando a tierra, y tomó una linterna, y alumbró de manera, que la galeota fue al puerto en salvo.

Y otro día domingo día de Pascua mayor estuvieron aquí en este puerto, y encima en unas peñas altas estaba un castillo muy fuerte y ha nombre Quinoli, y es de un caballero moro que llaman Espandiar, que es un grande señor de mucha tierra, y era atribuido al Tamurbec, y en su tierra trataba la moneda del Tamurbec. El señor no estaba allí, pero un su alcaide, de que supo, en como estaban allí los dichos embajadores por honra del Tamurbec, vínoles a ver, e hízoles traer un carnero y gallinas y pan y vino: y aquí en las montañas de este castillo de Quinoli son las mejores fustes para ballestas que en toda Romania se hallan.

Y otro día lunes, a 31 días del dicho mes de marzo, partieron de aquí, y a hora de vísperas fueron en el puerto de una ciudad de la Turquía que es llamada Sinopoli, y surgieron allí: y esta dicha ciudad de Sinopoli es de Espandiar, y cuando los dichos embajadores allí llegaron, supieron en como el dicho Espandiar, señor de aquella tierra, no era allí, salvo en otra ciudad que era a tres jornadas de allí, que llamaban Castamea, y que tenía ayuntados hasta cuarenta mil hombres para pelear con el hijo del turco, que lo quería mal, porque se había atribuido al Tamurbec, y los dichos embajadores lo quisieran mucho hallar allí, porque les dijera nuevas ciertas donde estaba el señor, y los pusiera en consejo, para ir por tierra, y la razón porque este caballero señor de esta tierra se atribuyó al Tamurbec es, por cuanto el turco Bayaceto, el que venció el Tamurbec, mató a su padre, y tiróle la tierra: y después que el Tamurbec lo venció, tornó toda la tierra a este caballero Espandiar.

El sábado en amaneciendo, que fueron 5 días del mes de abril, partieron de aquí los dichos embajadores, e hizo calma, y no pudieron alcanzar a puerto, y estuvieron esta noche en el mar, y otro día domingo a hora de misa fueron en par de una villa que está en la Turquía junta con el mar, que ha nombre Simiso, y tiene dos castillos, y el uno es de genoveses, y el otro y la villa es de Muzalmán Chalabi, y no quisieron tomar allí puerto, y fueron de largo: y esta noche estuvieron en mar, ca hacía calma, y otro día lunes a hora de mediodía fueron en un puerto de un castillo que ha nombre Hinio, y tomaron allí puerto, porque hablan el viento contrario, y junto con el puerto en unas peñas altas estaba la villa, y era bien pequeña y poblada de griegos, y en una cabeza de sierra muy alta que cerca de la villa estaba había un castillo muy alto que era de la villa, en que decían, que vivían hasta trescientos turcos: el cual castillo y villa es de un señor griego que ha nombre Melaseno, el cual hacía tributo al Tamurbec, y en el puerto junto con el mar había unas pocas de casas de herrerías, y en aquel derecho lanzaba el mar una arena negra menuda, y allegábanla y hacían de ella hierro: y otro día martes partieron de aquí, e hizo viento contrario, y fueron tomar un puerto que es en la tierra de la Turquía que ha nombre Leona, y en el cual puerto estaba un castillo junto con el mar encima de unas peñas, y estaba despoblado, y decían, que podría hacer cuatro años que genoveses le robaran: y esta tierra es de un señor turco que ha nombre Arzamir, y este día partieron de aquí, y desde a poco fueron en par de un castillo pequeño que está junto con el mar encima de una peña, que ha nombre Santo Nicio, y fueron un poco encima de este castillo, y surgieron por cuanto el viento era contrario, y estuvieron esta noche allí a una boca de un río, y esta tierra y otras aldeas que allí aparecieron, eran del dicho Arzamir: y este señor de esta tierra, decían, que podía haber hasta diez mil o más a caballo, y hacían tributo al Tamurbec, y otro día miércoles partieron de aquí e hizo viento bueno para su viaje, pero que llovía, y a hora de tercia fueron en par de una villa que ha nombre Guirifonda, la cual era junto con el mar, y poblada encima de una peña alta, y había una grande cerca que cercaba toda la peña, y dentro había muchas huertas y árboles: y a hora de mediodía fueron en par de una gran villa que era asimismo poblada al mar, que ha nombre Tripil, y esta tierra es del emperador de Trapisonda, y a poca de hora fueron en un castillo que es junto con el mar, que ha nombre Corila, y no quisieron tomar puerto en estos lugares, por cuanto hacía buen tiempo: y ahora de vísperas fueron en un castillo que ha nombre Viopoli, y tomaron allí puerto, y estuvieron esta noche, y otro día el jueves siguiente partieron de aquí, e hizo tiempo contrario y el mar muy grueso, y a hora de tercia fueron en par de un castillo que ha nombre Sanfoca, y surgieron allí, porque refrescase la gente, y partieron luego, y a hora de vísperas fueron en un puerto que ha nombre Platana, y por cuanto el viento era contrario, no se atrevieron ir esta noche a Trapisonda, como quiera que no había más de doce millas, y esta noche estuvieron allí, y el viento fue contrario, y tan recio, que araron las ondas, y hubiéronse esa noche de perder.

Y otro día el viernes siguiente, que fueron 11 días del mes de abril, partieron de aquí, y como a hora de vísperas, y fueron a la ciudad de Trapisonda, y desde la ciudad de Pera, donde partieron con esta galeota, hasta esta dicha ciudad de Trapisonda hay novecientas y sesenta millas, y genoveses hay en esta ciudad de partes de fuera de la cerca de ella en un buen castillo, y los dichos embajadores fueron posar allí con ellos, e hiciéronles asaz honra.

Y otro día el sábado siguiente el emperador envió por los dichos embajadores, y envióles caballos en que fuesen, y cuando llegaron a su palacio, halláronlo en una sala que era en un sobrado, y recibiólos muy bien, y de que hubieron hablado con él, tornáronse para su posada, y con el dicho emperador hallaron a un su hijo que estaba con él, y podía haber hasta veinte y cinco años, y el emperador era de buen cuerpo y persona bien parecida, y estaban vestidos el emperador y su hijo de paños imperiales, y tenían en las cabezas sendos sombreros altos con unas vergas de oro que subían arriba, y encima unos castillejos con unas plumas de grullas, y en los sombreros unos capirotes de cueros de martas, y al emperador dicen Germanoli, y al hijo Quelex: y al hijo llaman emperador así como al padre, ca es su costumbre, de llamar al hijo mayor legítimo que ha de heredar, emperador, aunque su padre sea vivo, y por emperador dicen los griegos Basileo, y este emperador daba tributo al Tamurbec, y a otros turcos sus vecinos: y el emperador era casado con una parienta del emperador de Constantinopla, y su hijo casado con una hija de un caballero de Constantinopla, y tiene dos hijas pequeñas.

Y otro día domingo en la tarde, estando los dichos embajadores en su posada, viniéronlos a ver dos caballeros los más honrados de casa del emperador, y los más privados, y el uno había nombre Horchi, que quiere decir como paje que lleva el arco ante el emperador, y el otro había nombre Protevestati, que quiere decir tanto como Tesorero. Y éste otrosí era muy privado del emperador, que no se hacía en el imperio salvo cuanto él quería, y decían, que era de bajo linaje, y que era hijo de un herrero; pero había buen cuerpo, y decían, que el emperador mozo, viendo que su padre fiaba tanto de este caballero, y que no curaba de los grandes de su imperio, que tuvo saña, y que se levantó contra el padre, diciendo, que echase de sí aquel hombre, y que le hizo guerra, y que lo tuvo cercado en esta ciudad bien tres meses, y que le ayudaban a ello los mayores hombres del imperio, y que vinieron después a tales tratos, que el dicho Horchi fue amigo del emperador mozo, y de los otros que lo habían vuelto; pero después se siguió asaz deshonra, y trabajo y daño al dicho emperador por tener consigo a este caballero.

Y esta ciudad de Trapisonda es poblada cerca del mar, y la su cerca de ella sube por unas peñas arriba, y en lo más alto de la peña estaba un castillo bien fuerte que tiene otra cerca sobre sí, y de la una parte de él pasa un río pequeño que va hondo entre unas peñas, y de esta parte es la ciudad muy fuerte, y de la otra parte es muy llano; pero buen muro tiene, y la ciudad es de parte de fuera cercada de arrabales, y muchas huertas: y lo más hermoso de la ciudad es una calle que va junta con el mar, que es en uno de estos arrabales, y en esta calle se venden todas las cosas de la ciudad: y juntos con el mar están dos castillos de buen muro y torres fuertes, y el uno de ellos es de venecianos, y el otro de genoveses, que los hicieron ellos a consentimiento del emperador, y de fuera de la ciudad hay muchas iglesias y monasterios: en esta ciudad tienen los armenios una iglesia y un obispo, como quiera que sea gente que se quiera mal, y estos armenios tienen las iglesias como los católicos, y consagran el cuerpo de Dios así como los católicos; pero el Preste, cuando se reviste, no se pone el estola cruzada por los pechos, y cuando dice el Evangelio, vuelven las espaldas al Abad, y la cara contra el pueblo, y cuando consagran, no echan agua en el cáliz, y confiésanse, y ayunan una Cuaresma cada año, y los sábados del año comen carne, y la víspera de Pascua mayor, y la Cuaresma ayunan bien, y no comen pescado en que haya sangre los más de ellos, ni comen aceite ni grosuras, pero en comunal ayunan todos de esta manera: comen pescado y no beben vino, y comen cuantas veces quieren al día; y otrosí desde Pascua Mayor hasta Pascua de Pentecostés comen carne todos los días, así el viernes como toda la semana: y dicen, que el día que Jesu-Cristo nació, fue bautizado, y otros algunas menguas tienen en la fe, pero son muy devotos, y oyen la misa muy devotamente.

Y los griegos otrosí son gente muy devota, salvo que ha en ellos muchos errores en hecho de la fe. Lo primero consagran con pan en que hay levadura, y hácenlo de esta figura: toman un pan que es tan grande como la mano y más, y en medio le hacen un sello con unas letras, que es tan grande como una dobla, y aquel sello consagran, y el clérigo que dice la misa no lo ven las gentes, que tiene un paramento ante sí, y de que ha consagrado, toma aquel pan puesto en la cabeza con un paño blanco, y cantando sale a do está la gente, y todos se echan de cara en tierra llorando, y dándose en los pechos, diciendo, que no son dignos de verlo: y de sí el clérigo tornase al altar, y consume aquel sello que está en medio del pan, y de que la misa es dicha, toma aquel pan que queda, y pártelo como pan bendito, y dalo él mismo con su mano a la gente: y cuando oficían la misa, no tienen libro ni campanas en las iglesias (salvo en Santa Sofía de Constantinopla) que con unas tablas tañen a misa: y los clérigos son casados, y no casan más de una vez, y con mujer virgen: de que les finan, no casan más, y están todavía viudos, y muy doloridos con duelo toda su vida: y no dicen misa salvo dos días en la semana, sábado y miércoles, y cuando han de decir misa, toda aquella semana han de estar en la iglesia que no salen de ella ni vienen a sus casas, y ayunan seis cuaresmas en el año. Y en ellas no comen pescado en que haya sangre, ni beben vino, ni comen aceite, y los clérigos no van a sus casas en este tiempo; las cuales cuaresmas son éstas: la primera es desde primero de agosto, hasta el día de Santa María mediado de agosto, y la otra es desde Santa Catalina, hasta Navidad, y la otra es la cuaresma que nosotros ayunamos de los cuarenta días, y ayunan otra de veinticuatro días por honor de los doce apóstoles, y ayunan quince días por un santo que llaman san Dimitri, y en todo el año no comen carne los miércoles ni los viernes, y los sábados comen carne, y los miércoles guardan mucho, ca antes comían carne en viernes que no en miércoles, y así lo hacen, que el miércoles en todo el año no comen carne, y cómenla cuatro viernes del año, los cuales son éstos: el viernes de la primera semana de antes de Pascua de Navidad, y el viernes de la semana de carnestolendas, y el viernes de antes de Pascua mayor, y el viernes de antes de Pascua de Pentecostés, y otro sí yerran en el bautismo, y en otras ciertas cosas, y dicen, que cuando algún hombre fina que usó mal en este mundo, y entienden que es muy pecador, que de que es finado vístenle paños de orden, y múdanle el nombre, porque el diablo no le conozca, y estas opiniones y otras tienen, pero son gente muy devota, y de gran oración: y otrosí los griegos se arman de arcos y espadas, y armas como los turcos, y cabalgan asimismo.

Y los dichos embajadores estuvieron en esta ciudad de Trapisonda desde el dicho día viernes que llegaron, y fueron 11 días de abril, hasta el sábado 26 días del dicho mes, guarneciéndose de caballos, y de las cosas que les era menester, para andar su camino por tierra. Y el domingo, que fueron 27 días del dicho mes de abril, los dichos embajadores partieron de aquí, y con ellos una guarda que les mandó dar el emperador, para que los guiase por su tierra: y este día fueron dormir cerca de un río que ha nombre Pexic, en una iglesia yerma que ende estaba, y el camino que este día llevaron, fue por unas sierras altas pobladas, en que había asaz labranzas de pan, y muchas aguas que descendían de aquellas sierras.

Y otro día lunes partieron de aquí, y la guarda que el emperador les dio, tornóse de allí, y dijo, que no osaba ir adelante por recelo de enemigos del emperador, y los dichos embajadores fueron su vía: y a hora de vísperas fueron en par de un castillo del emperador, que ha nombre Pilomazuca, el cual estaba en una roca muy alta, y la entrada de él es por una escalera, y ayuso de él en la peña estaban unas pocas de casas, y el camino de este día fue por unas montañas bien hermosas, y buen camino de andar, y este día hallaron, que se había caído un pedazo de una sierra, que cegó el camino y un río, de manera que los dichos embajadores no pudieron pasar salvo con gran trabajo, y este día anduvieron bien poco por esta ocasión, y fueron dormir en el campo. Y otro día martes anduvieron un fuerte camino de montañas muy altas de muchas nieves y de aguas muchas, y en la noche fueron dormir en par de un castillo que ha nombre Sigana, el cual estaba encima de una alta peña, que no había combate ni entrada salvo por una puente de madera que estaba de una peña a la puerta del castillo: el cual era de un caballero griego que llamaron Quirileo Arbosita. Y otro día miércoles a hora de tercia fueron en un castillo que era junto con el camino y una peña alta que ha nombre Cadaca, el cual castillo y peña cercaba de la una parte un río, y de la otra parte estaba una sierra muy alta rasa sin montes, que no hay hombre que por ella osase pasar, y así que el camino era entre el río y el pie del castillo, y el paso era muy angosto, que no podía ir salvo un hombre ante otro, o un caballo ante otro, y poca gente que en el castillo estuviese, podría defender aquella pasada a mucha gente, y en toda aquella tierra no hay otro paso salvo éste: y del dicho castillo salieron hombres que demandaron a los dichos embajadores derecho de las cosas que llevaban, y este castillo es asimismo del dicho Cabasica, en el cual castillo acostumbraban siempre estar ladrones y malos hombres, y el señor es otro tal, y este camino no se osa andar, salvo cuando van muchos mercaderes en uno, que dan gran presente al señor de aquella tierra, y a sus hombres: y adelante de este castillo cuanto tres leguas estaba una torre, y encima de una peña alta que estaba en un paso angosto: y a hora de vísperas fueron cerca de un castillo que estaba encima de una alta peña, que había nombre Dorile, y el castillo pareció muy hermoso de fuera, y nuevo lo más de él, y el camino iba al pie de este castillo, y los dichos embajadores habían sabido, en como en aquel castillo estaba el señor de aquella tierra, y enviáronle un trujamán a hacerle saber, quién eran, aunque ya bien sabía él en cómo iban, que de sus castillos se lo habían hecho saber y de que fueron al pie del dicho castillo, salió un hombre a ellos a caballo que les dijo, que el señor les mandaba, que estuviesen allí quedos, y descendieron en tierra, e hicieron poner las cosas que llevaban en una iglesia que ende estaba: el cual hombre les dijo, que era costumbre de los que por allí pasaban, de pagar cierto derecho al señor, y de hacerle alguna cortesía de lo suyo, y que así convenía a ellos de hacer, ca él vivía en aquellas montañas, y que tenía allí gente con que hacía guerra a los turcos, y que no vivía salvo de lo que le daban los que por allí pasaban, o de lo que iban a ganar de sus enemigos, y como quiera que los dichos embajadores quisieron ir al castillo a ver el señor, y hacerle la cortesía que él quisiese, no se lo consintieron hombres suyos que allí estaban, que les dijeron, que no curasen de ir a él, que otro día en la mañana sería allí con ellos, y los vendría a visitar.

Y otro día jueves, que fue primero día de mayo, en la mañana el dicho Cabasica descendió de su castillo, y vino para do estaban los dichos embajadores, y venían con él hasta treinta de caballo con sus arcos y flechas, y él venía en un buen caballo, y traía otrosí su arco y flechas, y de sí descendió él y todos los suyos, y sentóse, e hizo asentar a los dichos embajadores cerca de sí, y díjoles: que él estaba en aquella tierra tan fragosa, como ellos velan, y era paso que se debía guardar de los turcos, que eran sus vecinos, y que siempre vivía en guerra con ellos: y que no tenía que comer él ni los que con él estaban, salvo lo que le daban los que por allí pasaban, y robaban de tierra de sus vecinos; por ende que le quisiesen hacer alguna ayuda y cortesía de alguna ropa y de dineros: y los dichos embajadores le dijeron, que ellos no eran mercaderes, salvo embajadores, que su señor el rey de España enviaba al señor Tamurbec, y que ellos no tenían otra cosa salvo aquello que llevaban al dicho Tamurbec; y otrosí el embajador del Tamurbec que ahí estaba le dijo: que bien sabía, en como el emperador de Trapisonda era señor de aquella tierra, que era vasallo del Tamurbec, y que aquellas cosas que allí llevaban ellos, que eran del Tamurbec, y que debían ir seguros por aquella tierra, y ellos respondieron, que verdad era, mas que él no vivía salvo de lo que les había dicho, y aún que, cuando todo les faltaba, que a la tierra de su señor iba robar que comiese; por ende que de todo en todo les convenía dar lo que les demandaba: y los dichos embajadores, viendo su voluntad, tomaron un pedazo de escarlata que llevaban, y una taza de plata, y el embajador del Tamurbec diole una ropa de escarlata forrada en Florencia, y una pieza de lienzo delgado: y no se contentó con todo ello, y demandóles, que le diesen más, y por cuantas buenas palabras les dijeron de cortesía, no les valió, ca todavía dijo, que les convenía de le dar lo que les demandaba, ca de valde despedían palabras: por lo cual hubieron de comprar de un mercante que iba una pieza de camelote, y diéronselo. Y entonces fue contento, y no bien; pero díjoles, que estaba presto de guardarlos de allí adelante, y de allí adelante hacerlos poner en salvo en tierra de Arsinga, que era ya del señor Tamurbec, y les daría caballos en que fuesen y llevasen lo suyo: y los dichos embajadores quisieron luego de allí partir, mas no pudieron, y alquilaron allí caballos para llevar lo suyo hasta tierra de Arsinga, y hombres que les guardasen y llevasen; y otro día viernes en la mañana partieron de aquí, y fueron con ellos diez hombres a caballo, y a hora de misa fueron al pie de un castillo que estaba encima de una alta peña, que era otrosí del dicho Cabasica, y hallaron hombres en el camino que les tomaron derecho de lo que llevaban, y hubiéronselo de dar, y a hora de mediodía fueron en un valle donde decían que estaba cerca de allí un castillo de turcos de un linaje que llaman Chapenies, que habían guerra con el dicho Cabasica, que allí en aquel valle era la guarda que ellos tenían, e hicieron esperar a la gente que estuviese queda, y los hombres de caballo atajaron primero la tierra, y de sí pasaron: y a hora de vísperas fueron en una aldea de Arsinga que ha nombre Alangogaza, y como los diez del dicho Cabasica allí llegaron, descargaron luego las cargas, y cabalgaron y tornáronse luego: y el camino de este día fue muy fragoso de montañas y sierras muy altas, y en esta aldea estaba un caballero turco que tenía aquel lugar por el señor de Arsinga: el cual recibió muy bien a los dichos embajadores, y les dio buenas posadas y viandas, y lo que hubieron menester; y que en esta aldea supieron de este caballero, en como el Tamurbec era partido de Carabaqui donde hibernara, y se iba para tierra de Soltania.

Otro día sábado, que fueron 3 días del mes de mayo, partieron de aquí, y a hora de tercia fueron en una aldea, y recibiéronlos ende bien, y dieron asaz vianda y caballos en que fuesen y llevasen lo suyo, y en la noche fueron dormir a otra aldea, donde les dieron mucha vianda y caballos, y lo que hubieron menester, y la costumbre de esta tierra es ésta: a cada aldea do llegaban, ahora hubiese de estar allí, o no, luego de cada casa sacaban tapetes en que se asentaban, y luego en ese punto les ponían delante un cuero por manteles, que era como de guadamacir redondo, que llaman cofra, y allí tienen el pan: el cual pan de esas aldeas era muy malo, y hecho de esta guisa: amasaban un poco de harina, y hacían unas tortas muy delgadas, y ponían una sartén sobre el fuego, y de que era caliente, echaban aquella torta dentro, y cuando era caliente sacábanla luego, y éste era el pan que traían en aquellos cueros, y de sí traían mucha carne, y escudillas de leche, y de natas ácidas, y huevos y miel, y esto era el mejor manjar con que luego de presente los servían, y esto traían de cada casa, y si allí habían de estar, dábanles mucha carne, y cuanto les era menester: y como llegaban a cualquier lugar, venía ante ellos el mayoral, y el embajador del Tamurbec mandaba traer viandas y caballos y hombres que les sirviesen, y si tan aína no lo hacían dábanles de palos y de azotes, tantos que era maravilla, y así estaban escarmentados las gentes de estas aldeas, que viendo un Checatay, luego huían: y el Checatay dícese por los hombres de la hueste del Tamurbec, de un linaje que hay entre ellos, y partieron este día de esta aldea; en estas aldeas moraban algunos cristianos armenios.

El domingo siguiente, que fueron 4 días del dicho mes de mayo, llegaron a la ciudad de Arsinga a hora de vísperas, y este día el camino que trajeron fue fragoso de montañas y sierras altas, y cerca de la ciudad hallaron mucha nieve en el camino, y de la ciudad salió asaz gente a recibir y a ver los dichos embajadores, y fuéronse para sus posadas, que las tenían aparejadas, y esa noche les hizo el señor de aquella ciudad enviar mucha vianda cocida y adobada y mucha fruta y pan y vino.

Y otro día lunes el señor de aquella ciudad les hizo dar cierta cuantía de dinero de cada día, de que se mantuviesen mientras allí estuviesen, que les bastaba para cosas diversas, y a hora de mediodía el señor envió por ellos, que los quería ver, y envióles caballos en que fuesen, y hombres que les guardasen, y lleváronlos a un prado fuera de la ciudad, y hallaron que estaba el señor sentado en un estrado llano, so una sombra de un paño de seda con dos mástiles, y con cuerdas que lo tiraban, y con él estaba mucha gente: y como los dichos embajadores fueron llegados, vinieron unos caballeros con pieza de gente y recibiéronlos, y de que llegaron a do estaba el señor, él se levantó a ellos y les dio las manos, e hízoles asentar cerca de sí, y recibiólos buenamente: y el señor tenía vestidos unos paños de sutimi azul con unas bordaduras de oro, y en la cabeza tenía un sombrero alto, y en él cosas de aljófar y piedras, y encima del sombrero tenía un castillejo de oro en el bubalax, y del castillejo descendían dos trenzas de cabellos bermejos hechos en trisne, que descendían hasta las espaldas, que llegaban hasta los hombros, y estos cabellos así hechos es la divisa del Tamurbec: y el señor podía ser de edad de hasta cuarenta años, y era hombre bien hecho y bajo, y la barba negra: y de que hubo demandado a los dichos embajadores por el estado del rey nuestro señor, la primera honra que les hizo tomó una taza de plata con vino, y dio con su mano a beber a los dichos embajadores, y después a todos los sus hombres, y al que él daba a beber habíase de levantar e hincar los hinojos ante él, y tomar la taza con dos manos, si con una la tomase, habíalo por desprecio, ca dice, que de su igual debe el hombre tomar la taza con una mano, y no del señor; y de que la taza habían tomado de mano del señor, levantábanse, y desviábanse un poco atrás, y no volvían las espaldas al señor, y de que habían bebido, habían de alzar el hinojo derecho, y dar con él en tierra tres veces, y habían de beber todo el vino de la taza: y de que les hubo dado a beber con su mano, trajeron unas acémilas en que venían unas cocinas de madera encima de ellas, en que venía cociendo al fuego asaz ollas de cobre, y de sí tiráronlas de encima de las acémilas, y trajeron muchos tajadores de hierro estañado redondos, con un pie alto sobre que estaban: otrosí trajeron hasta cien escudillas de hierro, estaban todas redondas y hondas que querían parecer bacinetas jinetes, y de sí pusieron cosas de carne en aquellos tajadores, y en las escudillas carnero adobado y albóndigas, y arroz y otros manjares, que era cada uno de su color, y sobre cada escudilla y cada tajador pusieron una torta de pan delgada: y ante el señor y ante los dichos embajadores pusieron un paño de seda por el suelo como manteles, y de sí pusiéronles delante de aquellos tajadores, y escudillas de carne en el suelo, y comenzaron a comer, todos cuantos ahí estaban, y cada uno tenía su cañibete para cortar, y su cuchara de madero para comer; pero que ante el señor cortaba un hombre, y el señor hizo llegar ante sí dos caballeros que comiesen con él, y cuando hubieron de comer el arroz y otros potajes que allí tenían, comían todos tres en una escudilla y con una cuchara, y así como el uno la dejaba, tomábala el otro, y así comieron: y estando en este comer, llegó un mozo turco de hasta siete años, y venían con él hasta diez de caballo, y el señor tomólo y sentólo cerca de sí. Y este mozo era sobrino de Espandiar el señor de Sinopoli, de quien habéis oído que era grande señor en la Turquía: el cual venía del Tamurbec, y decían, que el señor Tamurbec enviaba mandar al dicho Espandiar, que la mitad de su tierra que la diese a aquel mozo, pues que era hijo de su hermana: y otrosí llegaron allí entonces dos caballeros que venían del Tamurbec, los cuales eran naturales de aquella ciudad de Arsinga, y decían que el Tamurbec los había tenido presos un tiempo, y que ahora los soltara, y la razón porque los prendió es ésta: Zaratan, un gran caballero, fue señor de esta ciudad de Arsinga, y de su tierra, que es un gran señorío, y al tiempo que murió, no dejó hijos de una mujer que tenía: la cual era hija del emperador de Trapisonda, y un tiempo antes que muriese dijo, que era su hijo éste que ahora es señor de Arsinga, y de que murió, no lo quisieron recibir por señor: y alzóse con la tierra un caballero hijo de una hermana de Zaratan, que había nombre Xevali, diciendo, que pues Zaratan muriera sin hijo, que él debía heredar por ser su sobrino, y a esto que le ayudaron aquellos dos caballeros que entonces allí llegaron. Y dicen que, cuando el Tamurbec venció al turco, que viniera a esta ciudad, y que prendiera al dicho Zevali y a estos dichos dos caballeros, y que hizo señor a éste que ahora lo es, el que dijo Zaratan que era su hijo: y que ahora que había soltado a estos dos caballeros, que al dicho Xevali que lo hizo llevar preso a la ciudad de Samarcanda. Y la razón por que el Tamurbec y el turco se hubieron de desavenir el uno del otro, y hubieron de pelear, fue por causa y ocasión de este dicho Zaratan, señor de esta tierra, según que adelante os será contado, que fue una hermosa razón: y de que hubieron comido los dichos embajadores, se tornaron para sus posadas, y el señor quedó allí con sus caballeros, y de que fue noche, el señor hizo enviar a los dichos embajadores muchas cosas, y calderas de carne cocida, y con ellas sus cocineros que las escudillasen, y servidores que sirviesen aquella vianda. Y el martes siguiente no les hizo fiesta ninguna; pero dioles dineros para su despensa cuantos tuviesen menester.

Y otro día el miércoles siguiente, después de comer envió por los dichos embajadores, y fueron a él, y halláronlo en su posada, y estaba en un portal ante una fuente, y con él muchos caballeros y gente y también juglares, que estaban ante él tañendo, y bien parecía casa de señor según el meneo de ella: y cómo los dichos embajadores entraron, inclinóse a ellos, e hízoles sentar cerca de sí, y trajeron luego muchos pedazos de azúcar, y dijo, que él y el caballero que no bebía vino (que era Ruy González) quería que aquel día fuesen compañeros en el beber, y trajéronle una gran jarra de vidrio llena de agua con azúcar, y bebió él, y después dio a beber al dicho Ruy González él con su mano, y a los otros todos dieron del vino: y después de esto trajeron mucha carne, y muchos arroces y potajes de muchas maneras, y comieron según el día de antes, y de que la carne fue comida, trajeron escudillas de miel y duraznos curtidos en vinagre y uvas y alcaparras otrosí curtidas, y comían muy feo. Y en todo esto el vino no cesaba, y de que duró un rato esto, trajeron una taza que cabía cuanto tres cuartillos, y tomaba el señor aquella taza, y daba él con su propia mano a beber a ciertos caballeros suyos, y bebíanse todo el vino, ca no había de dejar nada, que sería gran fealdad, para su costumbre, y de que el señor fue enojado de dar a beber, tomaban aquellos sus caballeros aquella taza grande, y dábanse unos a otros a beber, hasta que los más de ellos fueron bien beodos. Y este día no bebió vino el señor, por tener compañía al dicho Ruy González, y este señor había nombre Pitalibet: y de que fue noche, los dichos embajadores se tornaron a sus posadas.

Y esta dicha ciudad de Arsinga está hecha en un llano cerca de un río que es llamado Eúfrates, y es uno de los ríos que salen del Paraíso: y este llano en que está la ciudad es todo cercado de en derredor de unas sierras muy altas, y encima de lo más alto de estas sierras había mucha nieve, y ayuso en las faldas no había ninguna, y había muchas aldeas, y viñas y huertas, y el llano asimismo era todo labrado de panes y viñas, y muchas huertas y vergeles bien hermosos: y la ciudad no era muy grande, y la cerca de ella era de piedra con sus torres: esta ciudad edificaron armenios: en el muro había en muchos lugares hecha de piedra la señal de la cruz, y las casas de dentro eran todas con terrados, y así anda la gente por los terrados como por las calles, y era muy poblada, y dentro de ella había muchas rúas y calles bien hermosas y de muchos oficiales, y es ciudad muy rica y de muchas mercaderías: y había muchas hermosas mezquitas y muchas fuentes, y en ella había muchos cristianos, armenios y griegos: y decían, que cuando el Tamurbec viniera sobre la ciudad de Sabastria, una ciudad del turco, y la destruyó, que el turco que vino sobre esta dicha ciudad de Arsinga, y que la entraron, y de que el Tamurbec venció al turco, que tornó a esta ciudad, y que la tomó para sí, como la tenía de primero: y dicen que estando aquí, que los moros de la ciudad que se le querellaron de los cristianos que allí venían, diciendo, que Zaratan su señor que les quitaba más honra que no a ellos, y que eran más recibidos, y que habían iglesias que eran mejores que las sus mezquitas: por lo cual dicen, que el dicho Tamurbec hubo de enviar por el dicho Zaratan, y contóle lo que los moros decían: y Zaratan respondía, que él tenía a los cristianos en su tierra porque se aprovechaba de ellos en sus menesteres. Y el Tamurbec envió por un clérigo griego que allí estaba, que era mayor de los otros: de que fue delante de él, por la grande saña que tenía de los de Constantinopla, y de los genoveses de la ciudad de Pera, díjole, que se renegase, y porque no lo quiso hacer, mandaba matar todos los cristianos de la ciudad: y el dicho Zaratan demandó merced por ellos al Tamurbec, y redimióles por nueve mil esperas, lo cual es cada espera cuanto medio real de plata: las cuales esperas les prestó Zaratan su señor; y el Tamurbec mandó derrocar todas las iglesias de los cristianos, y el Tamurbec tomó un castillo de esta ciudad, que ha nombre Camag, y diolo a un su Charatay que lo tuviese por él: y esto hizo él, por cuanto el dicho castillo es muy fuerte, y en lugar que rinde mucho, y es guarda de toda esta tierra, y por él pasan muchas mercaderías a muchas partes, así como en la Siria, y a la Turquía. Las razones porque el turco y el Tamurbec hubieron de saber el uno del otro, y porque el Tamurbec hubo de venir en la Turquía a pelear con el turco Baysit, es esto: este caballero Zaratan, señor de esta ciudad de Arsinga, comarcana está su tierra con el señorío del turco: habiendo el turco codicia de esta tierra de este Zaratan, señaladamente de este dicho castillo de Camag, envió decir, que se le tributase, y entregase el dicho castillo de Camag: y el dicho Zaratan dijo que le placía de conocerle señorío, y de hacer tributo; más que no le entregaría el dicho castillo y el turco envióle decir, que le convenía de dárselo, si no que por él había de perder toda la tierra: y el dicho Zaratan, habiendo oído del Tamurbec, y del su grande poder, y de cómo estaba entonces en la Persia haciendo guerra, y que había vencido al sultán de la Persia, envióle sus embajadores y su presente y letras, y envió demandar, que lo quisiese defender del turco, y aquella su tierra, y él que era a su mandado, y que hiciese de él como de un su cautivo: por lo cual el Tamurbec hubo de enviar un su embajador al turco, y envióle sus letras, en que lo envió a rogar, que aquel caballero Zaratan era suyo, y que por su honra no le quisiese hacer deshonor ninguno, y que él estaba presto de hacer otro tanto por él. Y el turco nunca habiendo oído del Tamurbec, salvo en aquella hora, y teniendo, que no había hombre en el mundo mayor que él, tuvo tan grande saña que fue maravilla, y envió luego sus cartas para el dicho Tamurbec, en que le envió decir: que era maravillado, de ser hombre tan loco, y atreverse a enviarle decir tan gran locura, que él no hiciese lo que él quisiese contra Zaratan, y contra todos los hombres de todo el universo mundo. Mas porque no quedase sin pena de la su locura, que él juraba y prometía de irlo buscar do quiera que estuviese, y que no le podría escapar que no le tomase preso, y que ante él a su despecho, le juraba de echarse con la su mujer mayor. Y el dicho Tamurbec siendo de tan grande esfuerzo, quiso mostrar en esto su gran poderío, y partió con sus huestes de allí do estaba, que era en la Persia, en unos hermosos campos que llaman Catarabaque, donde había hibernado aquel año, y vínose derechamente a esta sobredicha ciudad de Arsinga, y de allí partió luego, y entró por tierra del turco, y fue a una ciudad que llaman Sabastria, y cercóla, y combatióla muy de recio, y los de la ciudad de Sabastria enviaron por socorro al turco su señor, y cuando él supo que el Tamurbec era en su tierra, y le tenía muy cercada la ciudad de Sabastria, tuvo muy grande saña contra él, y mandó ayuntar gente, y luego con la primera que le vino envió a un su hijo el mayor que él había, el cual había nombre Muzulmán Chalabi, con doscientos mil hombres a caballo para acorrer la ciudad, que luego sería con otra más gente en pos de él. Y no pudieron los turcos tanto hacer, que antes que el socorro llegase, el Tamurbec no tenía entrada la ciudad: y entróla por esta manera. Combatiólos muy recio, tanto que vinieron a hablar los de la ciudad con él, y quedaron con él en esta manera: que saliese cierta gente de la ciudad a él, y que les aseguraba, de no hacer sangre en ellos, y que les diese cierta cuantía de oro y de plata. Y de que hubo recibido el Tamurbec el tributo que les hubiera pedido de ellos, dijo, que quería hablar con los de la ciudad algunas cosas que eran mucho para su provecho, y que para esto que los mayores y mejores de la ciudad que viniesen a él. Y ellos por el seguro que les tenía dado, otrosí porque le habían dado lo que les había demandado, salieron luego a él: y el Tamurbec, de que los tuvo fuera de la ciudad, hizo hacer muy grandes hoyos, y díjoles, que él les tenía prometido y asegurado de no hacer sangre en ellos, por ende que él los quería ahogar en aquellos hoyos, y mandar entrar la ciudad a su gente que la robasen, que lo habían menester que estaban pobres. E hízolo así, que mandó soterrar a cuantos habían salido de la ciudad, y mandó que entrasen la ciudad y la robasen: y de que la hubieron robado, mandóla aportellar, y destruyóla toda. Y como hubo esto hecho, movió él de allí: y el día que de allí partió, llegó el hijo del turco con los doscientos mil hombres de a caballo que traía: y de que halló que toda la ciudad de Sabastria era destruida, y el Tamurbec partido, esperó allí al padre. Y el Tamurbec como partió de allí, fuese derechamente para tierra del sultán de Babilonia. Y antes que allá llegase halló una generación de gente que llamaban Tártaros Blancos, que son una gente que se andaban todavía a los campos, y peleó y tuvo guerra con ellos: a los cuales venció, y los tomó, y tuvo preso al señor de ellos, y podría haber bien hasta cincuenta mil hombres y mujeres, y llevólos consigo. Y de allí fue a la ciudad de Damasco: el cual tenía gran saña de ellos, por cuanto no se quisieron atribuir, y le habían tenido presos los embajadores que les había enviado, y entró la ciudad por fuerza, y destruyóla, y cuantos maestros allí halló de todas las artes, a tantos hizo llevar a la ciudad de Samarcanda, y a los Tártaros Blancos, y a los que traía de Sabafria, entre los cuales llevó asaz cristianos armenios de Sabafria: y de sí tornóse a tierra de Persia, y fue a tener el verano a una tierra que llaman Alara, que es de Armenia la alta: y el turco tornóse sobre la ciudad de Arsinga, y con gran enojo y saña que había de este caballero Zaratan, porque por él había habido aquella deshonra, mandó combatir la ciudad, y entróla por fuerza, y tomó presa a la mujer de Zaratan, y de sí mandóla soltar, y mandó que no hiciesen mal ninguno en la sobredicha ciudad, partido de allí y tornóse para su tierra: y dicen, que aquí mostró este sobredicho turco muy poco esfuerzo en no destruir él aquella ciudad, como el Tamurbec le había destruido la su ciudad de Sabastria: y después que cada uno de estos señores fueron en sus tierras, enviáronse sus embajadores el uno al otro, y no se pudieron avenir ninguno de ellos: y en este mismo tiempo el emperador de la gran ciudad de Constantinopla y los genoveses de Pera enviaron decir al Tamurbec, que si él batalla había de haber con el turco, que ellos le podían muy bien servir, y ayudar con mucha gente y galeras, y sería en esta manera: que ellos armarían en breve tiempo ciertas galeras, para defender, que los turcos que estaban en la Grecia, que no pasasen en la Turquía, porque él pudiese mejor con el turco. Y otrosí, que le daría en servicio cierta cuantía de plata: y de que no se pudieron avenir el turco de la ciudad de Constantinopla y el dicho Tamurbec, ayuntaron sus gentes de la una parte y de la otra, y el Tamurbec que la tenía mucho más presta, como hombre astuto y sagaz en la guerra, partió de la Persia a gran prisa, y vínose para la Turquía, y trajo el camino que primero había traído, y vínose para la tierra de Arsinga, y a la ciudad de Sabastria: y cuando el turco supo en cómo el Tamurbec era en su tierra, el cual camino que traía dejó, y el fardaje de su hueste en un fuerte castillo que llaman Anguri, y tomó toda su gente, y fuese a gran prisa para el Tamurbec: y el Tamurbec, de que supo el ardid tan sagaz del turco, dejó el Tamurbec aquel camino que llevaba, y tornó a la mano izquierda por una montaña muy alta, y cuando el turco llegó, como el Tamurbec había dejado el camino que llevaba, y tomara otro, el turco pensó que huía, y fue en pos de él a muy gran prisa cuanto más pudo: y el dicho Tamurbec de que fue por aquellas montañas unos ocho días, tornó al camino llano, y fue al castillo de Anguri, donde el turco dejó todo su fardaje, y robóselo: y el turco, de que supo que el Tamurbec estaba sobre Anguri, anduvo cuanto más pudo, y cuando llegó, traía la gente cansada, y el Tamurbec había hecho aquel rodeo por lo desordenar, y hubieron de allí de pelear, y fue vencido y preso el turco, como habéis ya oído: y el emperador de Constantinopla, y los genoveses de la ciudad de Pera, en lugar de tener lo que con el Tamurbec habían puesto, dejaron pasar los turcos de la Grecia en la Turquía, y de que fuera vencido aqueste turco, pasaban ellos mismos a los turcos con sus fustas de la Turquía en la Grecia, de los que venían huyendo, y por esta ocasión tenía mala voluntad el Tamurbec a los cristianos, de que se hallaron mal los de su tierra: y este turco que el Tamurbec venció que había nombre Aldayre Bayazet, que quiere decir, el relámpago: basit quealdayre, dicen ellos por el relámpago, y Basit era su nombre: y su padre de este tuvo nombre Amirate, que fue muy buen caballero, y matóle un conde cristiano, que había nombre el conde Lázaro, y matóle en una batalla campal que tuvo con él, de encuentro de un estoque que le dio por los pechos, y le pasó a las espaldas: y después este Aldayre Bayazet vengó a su muerto padre, y mató al dicho conde Lázaro en una batalla él mismo con su propia mano: y ahora el hijo de este sobredicho conde Lázaro andaba con el dicho Bayazet, y ahora asimismo vive con Muzalmán Chalabi, hijo de este turco Aldayre Bayazet: y esto he querido escribir, porque se entienda a quien llamaron Murate; porque todos los señores de la Turquía no les sabemos acá otros nombres salvo el Murate, y cada un señor ha habido su nombre apartado: y otrosí el Tamurbec es su nombre propio éste, y no Tamorlán, como nos lo llamamos, ca Tamurbec quiere decir en su propia lengua, tanto como señor de hierro, ca por señor dicen ellos Bec, y por hierro Tamur, y Tamorlán es bien contrario del su señor, ca es nombre que le llaman en denuesto; porque Tamorlán quiere decir tullido, como lo cual él lo era tullido de la una anca derecha, y de los dos dedos pequeños de la mano derecha, de heridas que le fueron dadas robando carneros una noche, según adelante os será más largamente contado.

Y los dichos señores embajadores estuvieron en esta ciudad de Arsinga hasta el jueves, que fueron 15 días del mes de mayo, que partieron de allí: y el camino de este día fue por unas sierras altas sin montes, y este día nevó e hizo grande frío, y en la noche fueron dormir a una aldea que ha nombre Xabega, y tenía un, castillo pequeño, y cerca de él pasaba un río: y el camino de este día fue por unas sierras altas sin montes; pero que había muchas labranzas de pan, y aldeas y casas.

Y otro día sábado fueron dormir a una aldea que ha nombre Pagarrix, y tenía un castillo alto encima de una peña, y en este dicho lugar había dos barrios, el uno de armenios, y el otro de turcos, y decían, que podía hacer un año que el Tamurbec pasara por allí, y que mandó que las iglesias de los armenios que las derrocasen: y que los armenios, porque no se las derrocasen, que les dieron tres mil asperos, que es cada aspero como medio real. Y de que los hubo mandado tomar, mandó derrocar las dichas iglesias.

Y otro día domingo, día de Pascua de Pentecostés, partieron de aquí, y fueron a una aldea que había un castillo alto encima de una peña, que era de Arsinga.

Y el lunes siguiente fueron dormir en el campo, y el camino de este día fue entre unas sierras altas sin montes, de que descendían muchas aguas, y había muchas yerbas a maravilla, así en lo alto como en lo bajo: y esta tierra era de turcomanes, que comarcan hasta allí, que es una nación de moros que son allende de los turcos, y otro día martes partieron de allí, y el camino de este día fue llano, y de muchos prados y aguas.

Y a hora de mediodía fueron en una ciudad que es llamada Aseron, la cual ciudad estaba por el Tamurbec: la cual ciudad estaba en un llano, y había muy fuerte muro de piedra y de torres, y muy ancho, y tenía un castillo, y no estaba muy poblada, y en ella había una hermosa iglesia, ca solía ser esta ciudad de cristianos de Armenia, y en ella vivían muchos armenios, y solía ser esta ciudad la mejor y más rica que en toda esta comarca había, y al señor de esta ciudad llaman Subail, y era turcomán.

Y otro día jueves 22 días del dicho mes de mayo partieron de aquí, y fueron dormir a una aldea que ha nombre Partir Iuan, y es del señorío de una ciudad que es llamada Auniqui, una ciudad muy fuerte, y tiene señorío sobre sí, como quiera sea de armenios, y era de esta tierra señor un caballero chacatay que ha nombre Toladaybeque.

Y el viernes siguiente llegaron a una aldea que ha nombre Ischu, y estuvieron en esta aldea este día que allí llegaron, y otro día sábado, y en esta aldea vivían muchos armenios.

Y el domingo siguiente fueron dormir a una aldea que ha nombre Delularquente, que quiere decir, el aldea de los locos: y los que en esta aldea vivían eran moros, como ermitaños que llaman caxixes, y mucha gente de moros venían allí a ellos como en romería, y muchos dolientes allí guarecen, y entre ellos había un mayoral que le cataban mucha honra, y decían, que era santo, y cuando el Tamurbec por allí pasó, que fuera estar con este caxic: y estos ermitaños eran gente que les hacían mucha limosna las gentes, y el su mayoral era señor de esta aldea, y de los que de ellos quieren ser religiosos, y que las gentes los tengan por santos, rápanse las barbas y las cabezas, y desnúdanse, y desnudos por las calles, y al Sol y al frío, y andan comiendo por las calles, y vístense de los paños más rotos que hallan, y andan cantando de día y de noche con panderos, y encima de la puerta de esta ermita estaba un pendón de hilos negros de lana, y una Luna figurada encima, y al pie del pendón hincados muchos cuernos de ciervos y de cabrones y de carneros, y ésta es su usanza de estos caxixes, y de tener estos cuernos encima de sus casas, y tráelos en las manos cuando van por las calles.

El lunes, 26 días del dicho mes de mayo partieron de aquí, y fueron dormir en el campo cerca de un grande río que ha nombre Corras, y éste es un grande río que atraviesa todo lo más de Armenia: y el camino de este día fue entre unas sierras nevadas, de que descienden muchas aguas.

Y otro día martes fueron dormir en una aldea que ha nombre Naujua, y el camino de este día fue por ribera de este río, y el camino fue muy fragoso y de malos pasos: y en este lugar había un caxic por señor, e hizo mucha honra a los dichos embajadores, y en este lugar había muchos armenios; y otro día miércoles fueron dormir a una aldea que había un castillo alto encima de una peña: la cual peña era de sal, y esta sierra de esta sal dura bien media jornada, y todas las gentes que quieren sacar, sacan de esta sal, y se aprovechan de ella los que quieren, y no de otra.

De la ciudad de Calmarin, que fue la primera del mundo después del diluvio

Y otro día jueves, 29 días del dicho mes de mayo, a hora de me-diodía fueron en una grande ciudad que ha nombre Calmarin, y de allí cuanto a seis leguas apareció la montaña alta en que el arca de Noé apareció cuando el Diluvio. Y esta ciudad estaba en un llano, y de la una parte la pasaba grande río que le dicen Corras, y de la otra parte había un valle muy hondo en unas peñas, y tan ancho cuanto una ballesta podría echar un viraton, que cercaba la ciudad en derredor hasta juntar con el río: el cual valle y río hacía muy fuerte la ciudad, que no había combate ninguno salvo de donde se comenzaba el río: y el valle tenía una entrada, y aquél era el com-bate que había; pero encima de esta entrada había un castillo muy fuerte de grandes torres y altas, y había dos puertas una ante otra: y esta ciudad de Calmarin fue la primera ciudad que fue hecha en el mundo después del Diluvio, que la edificaron los del linaje de Noé. Y los de la ciudad decían, que ahora podía hacer ocho años que Tetani, emperador de Tartaria, que cercara esta ciudad, y que la combatiera dos días uno en pos de otro noche y día, y que al tercero día vinieran a pleitesía: y que se le dio la ciudad con tal condición, que no entrase en ella él ni su gente; pero que de cada año le diesen cierto tributo: de lo cual él fue contento el dicho em-perador; pero demandó, que le diesen la mitad de la gente de la ciu-dad, para que fuesen con él a tierra de Iurgania, que quería ir hacer guerra al rey Sorso. Y de que los de la ciudad le hubieron dado la dicha gente, mandó combatir la ciudad, y entróla por la fuerza, y robó todo lo que en ella halló, y quemó la ciudad, y aportillóla por muchos lugares, y mató mucha gente de ella: y la más gente que en esta ciudad había eran armenios, y de como esta tierra de Armenia partieron el señorío de ella los cristianos, y la cobraron los moros, como adelante vos será contado. En esta ciudad había muy grandes edificios, y por toda esta tierra daban a los dichos embajadores y a la su gente posadas y viandas y caballos en que fuesen, y toda esta tierra estaba por el señor Tamurbec.

Y otro día viernes partieron de aquí, y fueron dormir a un castillo alto que estaba encima de una peña: el cual castillo era de una dueña viuda, que era atribuida al Tamurbec con este castillo, y con otra tierra que ella tenía. Y en este castillo solía haber ladrones, y hombres que salían a robar a los caminos. Y el Tamurbec vino sobre este castillo, y entrólo por fuerza, y mató al señor de él, que era marido de esta dueña, y mandó, que nunca jamás acogiesen malhechores en él. Y porque no se pudiesen defender en él, mandó quitar las puertas al dicho castillo, y mandó que nunca jamás pusiese puertas en él, y diole a esta dueña. El cual castillo estaba entonces sin puertas, y había nombre el dicho castillo Egida. Y este castillo estaba al pie de la montaña alta del arca de Noé, y todas estas montañas y sierras que hallaron después que de tierra de Trapisonda partieron eran rasas y sin montes. Y esta dueña hospedó muy bien este día a los dichos embajadores de cuanto hubieron menester.

El sábado siguiente, que fueron 13 días del dicho mes de mayo, los dichos embajadores partieron de aquí, y el su camino fue por el pie de aquesta montaña del arca de Noé: la cual montaña era muy alta, y arriba en lo más alto estaba nevado y cubierta de nieve, y era rasa sin montes; pero en ella había muchas yerbas y aguas, y el camino iba alrededor de ella, y en ella había muchos edificios y cimientos de casas de piedra seca, que duraban grande pieza: y en ella había nacido mucho centeno, que se nacía ello cada año de suyo, como si fuera sembrado a mano; pero era vano que no granaba: y otrosí había nacido mucho mastuerzo, como si lo sembraran: y al pie de esta montaña se halla el carmesí con que se tiñe la seda: y en medio de esta montaña al pie de ella hallaron un grande edificio de pueblo, que fuera deshabitado gran tiempo, y duraba bien una legua: y las gentes de la tierra decían, que aquella fuera la primera puebla que en el mundo fuera hecha después del Diluvio, y que la hizo Noé y su generación: y ante la dicha puebla había un grande llano, en que había muchos cerraurjales de agua y árboles y rosales y muchas fuentes, y esta dicha montaña era aguda, y tenía un pico muy agudo y alto: el cual estaba nevado y cubierto de niebla, que no podía aparecer el cabo de la sierra, y decían, que todo el año así de invierno como de verano nunca se quitaba aquella niebla de aquella montaña, y esto es por la gran altura de ella: y este día tuvieron los dichos embajadores allí la siesta ante una hermosa fuente que allí estaba so un arco de piedra, y estando allí se quitó la niebla y apareció la montaña, y luego súbito se tornó, y decían que pocas veces se quitaba: y junto con esta alta montaña está otra que tiene otro pico agudo, pero no es tan alta como esta otra, y entre estos dos picos se hace una como silla, y allí dicen que se puso el arca, y ambas estas sierras eran muy altas y nevadas en lo alto. Y esta noche fueron dormir a un castillo que había nombre Vasit calaside, el cual castillo estaba encima de una alta peña muy fuerte a maravilla, y al pie de él un pueblo bien grande otrosí en otra peña, y de la villa al castillo iba otrosí un muy gran muro con sus torres, y de aquel muro se hacía una escalera que iba a la entrada del castillo, y de partes de fuera era muy alta la peña del castillo, y dentro en lo más alto de él nacía una fuente grande: y este castillo vino cercar el Tamurbec, podía hacer seis años, y el señor de él atributósele con tal condición, que en él no lo acogiese a él, ni a gente suya, ni fuesen en hueste con él.

El domingo, primero día de junio, a hora de vísperas fueron en un castillo que es llamado Macu, el cual castillo era de un cristiano católico que había nombre Noradin, y los que en el dicho castillo moraban eran otrosí cristianos católicos, como quiera que eran armenios de naturaleza, y la su lengua era armenia, como quiera que sabían tartaresco, y persesco. Y en el dicho lugar había un monasterio de frailes de santo Domingo: el cual castillo estaba en un valle en un rincón al pie de una muy alta peña, y el pueblo estaba en una cuesta arriba, y luego encima del pueblo en la dicha cuesta estaba una cerca de cal y de canto con sus torres dentro: tras esta cerca estaban casas en que moraba gente, y de esta cerca adelante moraba gente, y subía la cuesta más alta: y estaba luego otra cerca con sus torres y caramanchones, que salían hasta la primera cerca, y la entrada para esta segunda cerca era por unas gradas hechasen la peña, y encima de la entrada estaba una torre grande para guarda de ella: y allende de esta segunda cerca estaban casas hechas en la peña, en medio unas torres y casas donde el señor estaba, y aquí tenía toda la gente del pueblo su abasteci-miento, y la peña en que estaban estas casas subía muy alta más que las cercas y todas las casas, y de la dicha peña salía uno como colgadizo, que cobijaba el dicho castillo y las cercas y casas de él, así como el cielo que estuviese sobre él, y en caso que llueve el agua del cielo no cae en el castillo, ca la peña lo cobija todo, y de tal manera está el castillo que no se puede combatir por tierra ni aún por el cielo: y dentro en el castillo nace un gran golpe de agua, de que se aprovecha todo el pueblo, y se riegan muchas huertas: y al pie de este castillo está un hermoso valle que va por él un río, y en él hay muchas viñas y labranzas de pan. Y el Tamurbec vino sobre este castillo, y no lo pudo tomar; pero pleiteó con el señor, que le sirviese con veinte hombres de caballo cuando los enviase llamar: y desde a poco tiempo el Tamurbec pasó por allí con su hueste, y el señor del castillo tomó un su hijo y podía haber hasta veinte años, y diole tres caballos bien guarnidos para que los diese en presente al Tamurbec, y cuando el Tamurbec fue al pie del castillo, salió su hijo y diole los dichos caballos de parte de su padre, y ellos recibió, y mandó pregonar, que no hiciesen mal en tierra de aquel castillo, y el Tamurbec dijo: que pues el señor de aquel castillo tenía tan gran hijo como aquél, que no era razón de tenerlo consigo, y tomólo y llevólo consigo, y después diolo a un su nieto que llaman Homar Nirasa para que viviese con él, por cuanto era emperador de la Persia y de aquella tierra. El cual vive hoy día con él, y anda en su hueste de este emperador: y este emperador tornó moro por fuerza a este hijo del señor de este castillo, y púsolo por nombre Sorgat Mix, e hízolo su guarda. Y como quiera que él sea así tornado moro, no lo es en la voluntad ni en las obras. Y los dichos embajadores fueron del señor de este castillo bien recibidos, y él tomó con ellos gran consolación por ser cristianos, y hospedóles muy bien, y díjoles: que podía hacer hasta quince días que Iazan Miraxa, sobrino del Tamurbec y su gran privado, que le enviara decir, que lo quisiese acoger en aquel castillo, que quería poner en él su tesoro, y él que le respondiera, que no lo acogería en él: más que si tesoro alguno tenía para guardar que se lo diese, y que él se lo guardaría bien, y que nunca más sobre ello le requirió. Y los dichos embajadores estuvieron aquí este día que allí llegaron, y después en la hueste del emperador de Persia vieron al hijo de este caballero, señor de este castillo, y hablaron con él, y este señor de este castillo había otro hijo más pequeño que no éste, y dijo a los dichos embajadores, que aquél su hijo había aprendido, y que era buen gramático en aquella su lengua, y que cuando Dios quisiese que tornasen, que se lo daría para que lo trajesen al dicho señor rey, para que lo encomendase al Papa, y lo hiciese obispo de aquella tierra. Y es una gran maravilla durar este castillo entre tantos moros, y tan alongados de cristianos, y otrosí de armenios tornarse católicos, que es grande servicio de Dios.

Y otro día lunes, que fueron 2 días de junio, partieron de aquí, y fueron dormir en el campo, que no pudieron alcanzar poblado: y este día les mostraron un castillo que quedó a la mano izquierda que había nombre Alinga, el cual castillo estaba en una montaña alta, la cual era cercada de un muro y de torres, y dentro de este muro había muchas viñas y huertas y labranzas de pan, y muchas aguas y pastos para ganados, y en lo más alto de esta montaña había un castillo. Y cuando el Tamurbec venció al sultán de la Persia, que llamaban Zolten Amad, y le tomó la tierra, y alzósele en este castillo de Alinga, y túvolo aquí cercado a él y gente suya tres años, y de aquí huyó, y se le fue para el sultán de Babilonia, donde hoy día está.

Y otro día martes fueron dormir a un campo, donde estaban hasta cien tiendas de chacatays, que andaban paciendo aquella tierra con sus ganados. Y otro día miércoles fueron dormir otrosí a otras tiendas de chacatays, y en estas tiendas dieron a los embajadores viandas, y caballos en que fuesen, así como se los daban en las aldeas y en las villas. Y el camino que hasta aquí trajeron fue de unas montañas que había muchas aguas y yerbas, y mucha de esta gente de chacatays, que son gente de la hueste de la ciudad de Hoy.

Y otro día jueves, 5 días del dicho mes de junio, a hora de mediodía fueron en una ciudad que es llamada Hoy: la cual estaba asentada en un llano, y alrededor de ella muchas huertas y labranzas de pan, y cerca de esta ciudad había unos grandes llanos que duraban mucho: y por ellos, y por la ciudad venían muchas acequias de agua, y esta ciudad era cercada de una cerca de ladrillo con sus torres y barbacanas: y aquí en esta ciudad de Hoy se acaba Armenia la alta, y comienza tierra de Persia: y en esta ciudad viven muchos armenios. Y cuando los dichos embajadores llegaron a esta ciudad, hallaron en ella un embajador que el sultán de Babilonia enviaba al Tamurbec. El cual llevaba consigo hasta veinte de caballo y hasta quince camellos cargados de presentes que el sultán enviaba al Tamurbec, y otrosí llevaba seis avestruces y una alimaña que es llamada jirafa, la cual alimaña era hecha de esta guisa: había el cuerpo tan grande como un caballo, y el pescuezo muy luengo, y los brazos mucho más altos de las piernas, y el pie había así como el buey hendido, y desde la uña del brazo hasta encima del espalda había dieciséis palmos: y desde las agujas hasta la cabeza había otros dieciséis palmos, y cuando quería enhestar el pescuezo, alzábalo tan alto que era maravilla, y el pescuezo había delgado como de ciervo, y las piernas había muy cortas según la longura de los brazos, que hombre que no la hubiese visto bien pensaría que estaba sentada aunque estuviese levantada, y las ancas había derrocadas a yuso como búfalo: y la barriga blanca, y el cuerpo había de color dorado y rodado de unas ruedas blancas grandes: y el rostro había como de ciervo, en lo bajo de hacia las narices: y en la frente había un cerro alto agudo, y los ojos muy grandes y redondos y las orejas como de caballo, y cerca de las orejas tenía dos cornezuelos pequeños redondos, y lo más de ellos cubiertos de pelo, que parecían a los del ciervo cuando le nacen, y tan alto había el pescuezo y tanto lo extendía cuanto quería, que encima de una pared que tuviese cinco o seis tapias en alto podría bien alcanzar a comer: otrosí encima de un alto árbol alcanzaba a comer las hojas, que las comía mucho. Así que hombre que nunca la hubiese visto, le parecía maravilla de ver: y los dichos embajadores estuvieron en esta dicha ciudad el jueves que allí llegaron, y viernes y sábado y domingo siguiente, que fueron 8 días del dicho mes de junio, después de mediodía partieron de aquí. Y porque este día no se podrían haber caballos, mandaron tomar los caballos a la gente de la hueste que por allí pasaban. Y fueron esta noche dormir a unos prados, y de que los dichos embajadores tomaron tierra en tierra de Trapisonda, hasta esta ciudad siempre en las montañas apareció nieve, y de aquí adelante no la hallaron y fue tierra más caliente.

Y otro día lunes a hora de mediodía fueron en un lugar que ha nombre Caza: el cual era bien grande y poblado en un llano, y muchas huertas y aguas que iban por todas partes. Y ante este dicho lugar está un lago de agua salada que mide en derredor cien millas, y dentro en ella había tres islas, la una de ellas era habitada. Y en la noche fueron dormir a un lugar que ha nombre Cusacana:

el cual era un gran pueblo; pero que estaba lo más de él destruido: y decían, que el emperador Coramix, emperador de Tartaria, lo había destruido: el cual emperador destruyó el Tamurbec, y echó de su señorío, y está ahora sin él, según adelante os será escrito: y en este lugar había muchos armenios.

Y otro día martes fueron dormir a un lugar llamado Chauscad, y estaba en un llano, y en él había muchas huertas y viñas y muchos árboles y frutas, y de una montaña que encima de este lugar estaba, descendían muchas aguas, de que se regaban estas dichas huertas, y de este lugar llevaban mucha fruta así a la ciudad de Tauris, como a otras partes: y en la noche fueron dormir en el campo, y lo más del camino que este día anduvieron fue por entre huertas y viñas y aguas, que duraban mucho, y el camino era llano, y parecía muy hermoso el andar por estas dichas huertas.

Y el miércoles siguiente, que fueron 11 días del dicho mes de junio, a hora de vísperas fueron en la gran ciudad de Tauris, la cual ciudad está en un llano entre dos sierras altas sin montañas, y no es cercada, y la montaña de la mano izquierda está bien cerca de la ciudad y es muy caliente, y el agua que desciende de ella no es sana: y la otra montaña que está a la mano derecha está un poco más arredrada de la ciudad, y es muy fría, y en ella está nieve todo el año, y las aguas que de ella descienden son muy buenas. Y estas aguas van a la ciudad, y andan por ella por muchas partes, y en esta montaña a ojo de la ciudad están dos sierras altas, que dicen, que solían ser juntas una con otra, y que de cada año se arriedran la una de la otra: y en la montaña de la mano izquierda, cuanto una legua de ésta, está un cabezo alto, que dicen, que genoveses lo compraron una vez para hacer en él un castillo, y que lo compraron de un emperador que tuvo nombre Soltanvays, y decían, que de que se lo hubo vendido, que se arrepintió, y que cuando ellos quisieron hacer el dicho castillo, que envió por ellos el dicho emperador, y que les dijo, que en su tierra no era costumbre de mercaderes hacer castillo: salvo que las mercaderías que compraban, que las llevasen fuera de su tierra, y que así convenía hacer a ellos, y que si castillo querían hacer, que llevasen aquella tierra fuera de su señorío: y porque contrastaron con él, mandóles cortar las cabezas. Y de la montaña de la mano derecha desciende un gran río que viene a la ciudad, y antes que a la ciudad llegue, pártenlo por muchas acequias y caños, que van por ciertas calles y lugares de la ciudad, y por la dicha ciudad hay muchas rúas y calles muy ordenadas en que venden muchas cosas, y están oficiales bien ordenados, ca entre estas calles y rúas hay unas muy grandes casas con muchas puertas que son como alcacerías, y dentro ellas hay muchas casas y boticas, en que están oficiales de muchas maneras muy bien ordenados. Y de estas alcacerías salen ciertas puertas a ciertas rúas do venden muchas cosas, así como paños de seda y de algodón y cendales y tafetanes y seda y aljófar. Y en estas alcacerías venden otrosí muchas cosas. Y es ciudad de gran bullicio y de muchas mercaderías: y en un lugar de estas alcacerías están unos hombres que venden muchas olores y afeites para mujeres, y ellas mismas vienen allí a lo comprar, y se afeitan y untan con aquellos olores, y vienen todas cubiertas con unas sábanas blancas, y ante los ojos unas redes de sedas prietas de caballo, y así van tapadas que no las pueden conocer. Y en esta ciudad hay muy grandes edificios de casas y de mezquitas, hechas a maravillosa obra de azules y de losas, y de azul y oro de obra de Grecia, y de vidrieras muy hermosas y muchas. Y decían, que al tiempo que aquellas grandes obras se hicieron, que las hacían hombres grandes y ricos a fama, y de sí, unos a envidia de otros, por ver cuál haría más maravillosa obra, y que en esto dispendían sus caudales: y entre estas dichas obras y edificios había una gran casa que tenía una cerca sobre sí bien hermosa y de rica obra, en la cual casa había veinte mil casas, y cámaras apartadas y apartamientos, y esta casa, dicen, que hiciera un emperador de la Persia que tuvo nombre Soltanvays, y que la hiciera del tesoro del tributo que le diera el sultán de Babilonia el primer año que lo tributó, y puso nombre a esta casa Tolbatgana, que quiere decir, la casa de la ventura. Y esta dicha casa está lo más de ella enhiesto, y bien hecho, como quiera que todos cuantos buenos edificios en esta ciudad eran fuera de ella, tantos hizo derrocar Miaxa el hijo mayor del Tamurbec, por lo que adelante oiréis. Y esta ciudad es muy grande, y muy rica de moneda, y de muchas mercaderías que en ella se tratan cada día. Y dicen, que otro tiempo solía ser más poblada; pero en lo que hoy día es poblada hay bien doscientas mil casas y más, y en ella hay muchas plazas en que venden muy reglada y muy limpiamente carne cocida y adobada de muchas maneras, y muchas frutas: y en esta ciudad cerca de una plaza está un árbol seco en la calle junto con una casa, y dicen, que aquel árbol ha de tornar verde, y en aquel tiempo ha de ir a aquella ciudad un obispo cristiano, con mucha gente de cristianos, y que ha de llevar una cruz en la mano, y que ha de convertir a los de aquella ciudad a la fe de Jesu-Cristo, y esto, decían, que lo decía un moro Zayten, que era como ermitaño: y dicen, que la gente de esta ciudad que tuvo de esto gran despecho, y que fueron a cortar aquel árbol, y diéronle tres golpes con un destral, y los que se los dieron, quebráronseles los brazos, y este moro que esto decía hacía poco que murió, y dicen, que decía otras muchas cosas: y aún decían, que el Tamurbec estando en esta ciudad envió por este moro, y que le contó esto y otras cosas asaz: y este dicho árbol está hoy día allí en aquella calle, que no osa llegar ninguno allí. Y por las calles y plazas de esta ciudad hay muchas fuentes y pilares, y en verano hínchenlas de pedazos de hielo y con muchos jarrillos de latón y de cobre en ellas, con que beben las gentes, y en esta ciudad estaba un pariente del señor por corregidor de ella, que llaman ellos Derrega, que hizo mucha honra a los dichos embajadores, y otrosí en esta ciudad había muchas mezquitas muy ricas y hermosas, y otrosí había muchos baños los más solemnes que creo que en el mundo pueden ser: y los dichos embajadores estuvieron en esta ciudad nueve días, y cuando quisieron partir, trajéronles caballos de los del señor, en que fuesen ellos y todos los sus hombres, y llevasen lo suyo; ca desde aquí adelante tenía el señor puestos caballos en paradas, para que los que a él fuesen, cabalgasen en ellos, y anduviesen de día y de noche, de ellos a media jornada, y de ellos a una, y en algún lugar ciento, y en otro cincuenta, y en otro lugar doscientos, y así tenía los caminos ordenados hasta la ciudad de Samarcanda, y de esta ciudad hasta Babilonia había diez jornadas, y estaba a la mano derecha hacia Baldac.

Y el viernes, 20 días del dicho mes de junio, los dichos embajadores partieron de aquí de Tauris a hora de nona, y fueron dormir a un castillo que ha nombre Zaydana.

Y otro día sábado fueron comer a una aldea que ha nombre Hujan, y en la noche fueron dormir en el campo.

Y el domingo en la mañana fueron en una aldea que ha nombre Santguelana, y fueron comer a otra aldea que ha nombre Tucelar, y era habitada de una generación que llaman turcomanes, y esta tierra era llana más que la que hasta allí habían traído, y era muy caliente, y de cada aldea de estas sacaban mucha vianda que daban a los dichos embajadores, y la costumbre era ésta: como llegaban los dichos embajadores habían de descenderse, y asentarse en unos tapetes que les ponían en el campo y so alguna sombra, y de cada casa le daban luego súbito de comer, cual pan, y cual escudillas de leche ácida y otros potajes que ellos acostumbran a comer de arroz o de masa, y si allí querían quedar, dábanles mucha carne, porque lo que les así luego daban, era para en llegando. Y en anocheciendo partieron de aquí, por andar este camino de noche, ca no se puede andar de día en este tiempo, por la gran calentura que en este tiempo hace, y por los muchos tábanos que hay, que matan las bestias y los hombres, y aún cuando a esta aldea llegaron, no era el Sol bien caliente, y los tábanos eran tantos, que las bestias no lo pudieron durar, como quiera que fuesen corriendo, iba de ellas tanta sangre que era maravilla.

Y otro día lunes a hora de prima fueron en un lugar que es llamado Miana, que quiere decir, medio camino, y aquí estuvieron todo el día, y en la noche partieron de aquí en buenos caballos que les dieron holgados de los del señor, y anduvieron toda la noche.

Y otro día martes, día de San Juan, en amaneciendo fueron en unas grandes casas, que fueron hechas para en que estuviesen las gentes y mercaderes que por allí pasasen, y aquí estuvieron hasta hora de vísperas: y estando aquí les llegó un mensajero de Miaxa Mirassa, hijo mayor del señor, el cual les dijo: que el señor les enviaba rogar, que anduviesen cuanto pudiesen, y que le fuesen ver a un campo do estaba con su hueste, que era cerca de allí, y aquí les dieron otrosí caballos de los del señor, y en anocheciendo partieron de aquí, y cuando amaneció hallaron otro mensajero de Miaxa Mirassa, el cual les dijo, que el señor era ido a Zoltania, y que les rogaba, que anduviesen cuanto pudiesen, que él era venido allí por verlos, y a hora de mediodía fueron en una casa donde tenían caballos del señor, que estaba ribera de un río, y allí estuvieron la siesta, y en la tarde partieron de allí.

En la noche fueron en una ciudad que es llamada Sanga: la cual ciudad estaba lo más de ella deshabitada, y decían que ésta fuera una de las grandes ciudades que en toda la Persia solía haber, y estaba asentada en un llano entre dos montañas altas sin montes, y la cerca había caído; pero dentro en ella había grandes edificios de casas y de mezquitas, y por las calles iban muchos caños de agua que iban perdidos. Y de esta ciudad fue Darío señor, y ésta era la mayor ciudad de su señorío, y de que él más se preciaba, y donde más hacia la su morada: y de esta salió con su hueste y poderío, cuando peleó con Alejandro. Y aquí estuvieron esta noche hasta otro día, y diéronles caballos del señor en que fueron, y aquí les dieron mucha vianda y muchas frutas, y fueron bien servidos.

El jueves, 26 días del dicho mes de junio, a hora de mediodía llegaron a la gran ciudad de Soltania, y aquí hallaron al dicho Miaxa Mirassa hijo mayor del Tamurbec. Y otro día viernes en la mañana fueron ver al dicho Miaxa Mirassa, y por cuanto es su costumbre, de cuando alguno les va a ver, de darles alguna cosa, y los dichos embajadores tomaron algunas cosas, ropas de paño y lana, que se precia mucho en ellos y otras cosas: y lleváronlas al dicho Miaxa Mirassa, y halláronlo en unos palacios en que había una gran huerta, en que estaban armadas muchas gentes, y él recibiólos muy bien, e hízoles estar consigo en una tienda donde él estaba, y demandóles por el estado del rey nuestro señor, y de que hubieron departido una gran pieza, trajeron de comer, y comieron allí los dichos embajadores según su costumbre, y cuando se quisieron partir, hízoles vestir sendas ropas de camocan. Esta dicha ciudad de Soltania está en un llano, y no ha cerca ninguna; pero en ella está un castillo bien grande de buen muro de piedra con sus torres bien hermosas, y todas las torres y cercas eran bandadas de azulejos hechos a muchos lazos, y en cada torre había un trabuco pequeño. Y esta dicha ciudad es muy poblada; pero no es grande como Tuus; pero es mayor escala de mercaderías, ca aquí vienen de cada año señaladamente por el mes de junio y julio y agosto muy grandes caravanas de camellos, que traen grandes mercaderías, y caravanas dicen ellos así como nos decimos por recua de bestias: y es ciudad de gran meneo, y que rinde mucho al señor: y aquí vienen de cada año muchos mercaderes de la India menor que traen mucha especería, ca aquí viene la mayor suerte del especia menuda que no va a la Siria, así como clavos de girofre y nueces moscadas y cinamomo y maná y macis y otras muchas especias muy preciadas que no van en Alejandría, ni se pueden allá hallar. Otrosí viene aquí toda la más de la seda que se labra en Guilán, que es una tierra cerca del mar del Bacu, donde se hace mucha seda de cada año. Y de esta seda de Guilán va en Damasco y en tierra de la Siria, y en la Turquía y en la Zafa, y en otras muchas partes. Y otrosí viene la seda que se labra en tierra de Xamahi, que es una tierra donde se labra mucha seda, y los mercaderes van a aquella tierra por ella, y aún genoveses y venecianos. Y esta tierra es tan caliente, que cuando algún mercader de los de fuera parte le toma el Sol, mátalo, y cuando el Sol les toma, dicen, que les va luego al corazón, que les hace vasquear y morir, y dicen que les arde las espaldas mucho: y el que de ello escapa, dicen, que queda para siempre amarillo como alustrado, que nunca torna a su color. Y otrosí vienen aquí muchos paños de seda y de algodón y tafetanes y cendales y otros paños de una tierra que es llamada Xiras, que es cerca de la India menor, y de Yesen y de Serpi, y de tierra de Orazania viene mucho algodón hilado, y por hilar, y otros paños de algodón teñido de muchos colores, que hacen para vestir. Y esta tierra de Orazania es un grande imperio, que dura desde tierra de Tartaria hasta tierra de la India menor: y por estas tierras de Xiras y de Orazania pasaron los dichos embajadores, y otrosí de la ciudad de Ormus, que es una gran ciudad, que solía ser de la India menor, y ahora es del Tamurbec. Y viene a esta ciudad de Soltania mucho aljófar y piedras de precio. Ca del Catay vienen por mar hasta diez jornadas de esta ciudad las naos, y navegan por el mar Occidiano, que es el mar que está de fuera de la tierra, y de que llegan a un río vienen diez jornadas por él hasta esta ciudad de Ormus, y estas naos y fustas que navegan por aquel mar no han hierro, ni son hechas ni trabadas salvo con tarugos de madero y con cuerdas, ca si de hierro fuesen guarnidas luego serían deshechas por las piedras imanes, que ha muchas en este mar. Y en estas fustas vienen mucho aljófar, salvo que lo traen por horadar. Y otrosí vienen rubíes, que no los hay finos salvo en el Catay, y mucha especería, y de allí va después por todas las partes del mundo. Y lo más aljófar que en el mundo hay, se pesca y halla en aquel mar del Catay, y tráenlo a este lugar de Ormus a horadar y adobar, y mercaderes moros y cristianos, dicen, que no saben ahora en estas partidas donde se horade ni adobe aljófar, salvo en esta ciudad de Ormus. Y de esta ciudad de Soltania van hasta esta ciudad de Ormus en sesenta jornadas. Otrosí dicen en esta tierra de Poniente, que el aljófar nace en unas conchas grandes que llaman nácares. Y los que vienen de aquella partida de Ormus y del Catay, dicen, que el aljófar nace y se halla en las ostras, y estas ostras en que lo hallan, son grandes y blancas como el papel, y de ellas traen a esta ciudad de Soltania, y a la ciudad de Tauris, y hacen de ellas zarcillos y sortijas, y otras cosas que son semejantes de aljófar, y todos los mercaderes que van de tierra de cristianos, de Cafa y de Trapisonda, y los mercaderes de la Turquía y de la Siria y de Baldac vienen de cada año por este tiempo a esta ciudad de Soltania a hacer sus mercaderías: y esta ciudad está asentada en un llano, y vienen por ella muchos caños de agua, y en ella hay muchas plazas y calles bien ordenadas donde se venden las mercaderías. Y en esta ciudad hay muy grandes casas de mesones, en que posan y están los mercaderes que allí vienen. Y allende de esta ciudad comienzan unos grandes llanos que duran mucho, y es tierra muy poblada, y a la mano derecha están unas montañas altas rasas sin montes, y detrás de ellas está una tierra que se llama Curchistán, y estas montañas son muy fieras, y todo el año dura la nieve en ellas, y a la mano siniestra están otras montañas que son rasas sin montes, y son calientes, y detrás de ellas está una tierra que se llamaba Guilán. Está el mar de Bacu, que es un mar que está en medio de la tierra, que no llega a otro mar ninguno; y de esta ciudad de Soltania hasta este mar de Bacu hay seis jornadas. Y en este mar de Bacu se hallan los diamantes en unas islas de él. Y en esta tierra del Guilán nunca cae nieve, tan caliente es, y hay muchas cidras y limas y naranjas. Y esta ciudad de Soltania es de tan gran meneo, que rinde al señor de cada año muy gran cuantía, y esta ciudad de Soltania y de Tauris, con el imperio de la Persia, solía ser de este dicho Miaxa Mirassa, hijo mayor del Tamurbec, y ahora habíaselo quitado por estas razones que se siguen. Este Miaxa Mirassa, siendo emperador y señor de esta tierra, tenía consigo muchos caballeros y hueste que el padre le había dado, y estando en la ciudad de Tauris tomóle un antojo, y mandó derrocar y deshacer cuantas casas y mezquitas y grandes edificios que había, y fue deshecha una gran partida de ellos, y otrosí partió de allí y vino a esta ciudad de Soltania, y mandó otro tal hacer: y entró en el castillo, y el tesoro que su padre ahí tenía tomó mucho de ello, y partiólo por sus caballeros y gente: y de fuera de la ciudad un poco apartado estaban unas casas muy grandes como alcázar, que había hecho un gran caballero que yacía enterrado en él, y mandólo otrosí derrocar, y el caballero que yacía dentro enterrado mandólo echar fuera, y esto que así hacía decían, unos que lo hacía con locura que le había tomado, y otros diciendo: «Yo soy el hijo del mayor hombre del mundo, ¿qué obra haré en estas ciudades que sean famosas para en estas ciudades después de mis días?».

Y de que bien paró mientes en las labores, vio que él no podía tanto hacer que fuese mejor de lo que estaba hecho, y dijo: «¿Cómo, no ha de quedar remembranza de mí?» mandando que fuesen derrocados todos los dichos edificios que habéis oído; porque después de él dijesen: Miaxa Mirassa no hizo obra ninguna, mas mandó deshacer las mejores obras del mundo. Y cuando el padre supo esto, que estaba en Samarcanda, partió y vino para el hijo: y cuando al hijo le dijeron que el su padre venía, echóse una soga a la garganta y fuese para el padre, y demandóle perdón, y el padre quisiéralo matar, salvo que le demandaron merced por él sus parientes y caballeros, e hicieron tanto con él que lo perdonó; pero quitóle la tierra y señorío que le había dado, y la gente que lo guardaba. Y de que se lo hubo quitado llamó a un su nieto, hijo de este Miaxa Mirassa, que había nombre Aboaquer Mirassa, y díjole: «Pues tu padre me ha errado, toma tú su sierra y señorío».

Y el nieto le dijo: «Señor, nunca Dios quiera que yo tome lo que mi padre tenía, mas vos perderéis la saña de él, y se lo tornaréis».

Y de que no lo quiso tomar llamó a otro su nieto, hijo de este Miaxa Mirassa, y tomó el señorío y la hueste del padre. Y éste es ahora contra su padre y contra su hermano, y quisiéralos matar como adelante oiréis. Y después de esto el Tamurbec ganó del sultán de Babilonia las ciudades de Babilonia, y de Halap, y de Baldac, y dioles al su nieto, que no quiso tomar el señorío de su padre, y él y su padre viven ahora en estas ciudades, y hacen vida juntos después que el señorío le quitó: ca este Aboaquer es muy obediente al padre. Y cuando este Miaxa Mirassa hizo estas cosas, tenía una mujer consigo que había nombre Gansada, y ella se partió de él muy escondida, y anduvo días y noches hasta que llegó al Tamurbec, e hízole saber lo que su hijo hacía, y que parase mientes sobre sí, ca él se quería alzar y ser contra él: por lo cual le quitó el señorío, como habéis oído. Y a esta Gansada túvola todavía consigo, y hácela mucha honra, y nunca la deja venir al marido; pero Miaxa Mirassa tiene en ella un hijo que llaman Caril Zoltan. Y este dicho Miaxa Mirassa es hombre de edad de cuarenta años, y es hombre grueso y grande de cuerpo, y es gotoso. Y los dichos embajadores estuvieron en esta dicha ciudad de Soltania tres días.

Y el domingo, que fueron 29 días del dicho mes de junio, los dichos embajadores partieron de esta ciudad de Soltania en buenos caballos que les dieron del señor en que fuesen, y fueron a dormir esta noche a una aldea que ha nombre Atengala. Y otro día a hora de mediodía fueron en otra aldea que ha nombre Huar, y era un lugar bien grande, y en la noche fueron dormir en una aldea que ha nombre Cequesana, y era bien grande, y en ella había muchas aguas y huertas.

Y otro día miércoles siguiente fueron dormir en un castillo que lo habían despoblado pocos días hacía, y decían, que el señor pasará por allí con su hueste podía hacer un mes, y que por cuanto no hallaron en aquel dicho lugar cebada ni paja, ni tampoco había yerba en aquella tierra para las bestias y ganados de la hueste, mandó el señor que comiesen los panes que estaban sembrados, y después que pasó la hueste que venía detrás de él, con aquestas nuevas robaron cuanto en aquel lugar hallaron, y por esta razón se había despoblado; pero estaban allí hombres que tenían hasta cien caballos del señor, de los que tenían en paradas, y desde Soltania hasta aquí habían hallado dos lugares sin caballos del señor.

Y otro día jueves, 3 días del mes de julio, dieron a los dichos embajadores caballos en que cabalgasen, y partieron de aquí, y a hora de mediodía llegaron a una ciudad que ha nombre Xaharcan: en la cual ciudad aposentaron bien a los dichos embajadores, y sirviéronlos de lo que habían menester. Y estando en esta ciudad, les llegó mandado de un caballero que llamaban Babaxeque, el cual les envió decir, que el gran señor le mandara que los tomase y les hiciese mucha honra, y le mandó otrosí lo que habían de hacer; por ende que les enviaba rogar, que quisiesen ir a él allí do estaba: estuvieron aquí el dicho día jueves que allí llegaron, y viernes y sábado.

Y este dicho día sábado diéronles caballos del señor, y en anocheciendo partieron de aquí: y otro día domingo, 6 días del dicho mes de julio, a hora de mediodía fueron en una ciudad que ha nombre Teherán, en la cual hallaron al caballero Babaxeque, y saliéronlos a recibir, y lleváronlos a una posada donde el señor suele estar, cuando allí venía, que era la mejor de toda la ciudad. Y otro día lunes el dicho caballero envió por los embajadores: y cuando fueron cerca de su casa, saliólos a recibir, y tomólos consigo, y sentóse en un estrado con ellos. Y luego mandó ir por los embajadores del sultán de Babilonia que eran allí llegados, que iban con presente al Tamurbec, y dioles de comer de muchas viandas que tenía aparejadas: en las cuales les tenía un caballo asado con su cabeza, y de que hubieron comido, díjoles el caballero, que otro día partirían de allí, e irían a do estaba un gran Mirassa que era yerno del señor, que así lo había enviado mandar el gran señor: y cuando de él se quisieron partir los embajadores, hizo vestir al dicho Ruy González una ropa de camocan, y diole un sombrero, y díjole, que aquello tomase en señal del amor que el Tamurbec tenía al señor rey. Y esta ciudad era bien grande, y no había cerca, y era lugar bien deleitoso y abastecido de todas cosas; pero era lugar doliente, según decían, y la calentura que en él hacia era muy grande, y el terreno de esta tierra se llama rey, que es un gran señorío de mucha tierra, y es tierra muy abastecida, y esta tierra tenía por el señor este su yerno que habían de ir a ver: y el camino desde Soltania hasta aquí era muy llano y poblado, y era tierra bien caliente. Y otro día martes en la tarde partieron de aquí, y cuanto dos leguas apareció a la mano derecha una gran ciudad toda derrocada; pero aparecieron en ella torres y mezquitas enhiestas, y había nombre Xahariprey. Y esta fue la mayor ciudad que en toda esta tierra hubo, como quiera que estuviese ahora deshabitada. Y otro día miércoles fueron en una aldea, y habían ya dejado el camino llano, y entraron por unas montañas, por cuanto habían de ir a aquel señor que estaba entre aquellas sierras, y en la tarde partieron, y a esta aldea llamaban Lanaza, y esta noche durmieron en el campo. Y otro día jueves, 10 días del mes de julio a hora de misa hallaron unos hombres a caballo que les dijeron, que el señor estaba bien cerca de allí en un campo con su Horda, y que les envió decir, que quisiesen esperar a los embajadores del sultán, y que todos en uno lo fuesen ver, y esperaron. Y de que el embajador de Alcayro llegó, fuéronse cada uno por su parte, y de que fueron cerca del Campamento del señor, hicieron armar una tienda, y esperaron allí mandado: y a poca de hora envió el señor por ellos, y halláronlo ante unas tiendas so unas sombras que tenían hechas, e hízoles sentar ante sí, y recibiólos bien, e hízoles traer luego de comer, y de que hubieron comido, mandólos tornar a sus tiendas, y díjoles, que luego otro día comerían con él. Y de que a sus tiendas vinieron, trajéronles mucha vianda, carneros vivos y pan y harina, y otro día fueron comer con él: en el cual comer hubo asaz viandas adobadas según su usanza, y caballos asados y las tripas de ellos cocidas, y a este comer se allegó muy gran gente, y de que hubieron comido, díjoles, que era mandamiento del señor que el presente que le traían que se lo mostrasen, y enviáronselo delante: y de que lo vio, mandó dar hombres y camellos que lo llevasen hasta donde el señor hallasen, y a los dichos embajadores rnandóles dar caballos, en que fuesen, de los del señor, y cuando de él se quisieron partir, dioles sendas ropas de camocan a los dichos embajadores, y al dicho Ruy González dio más un caballo grueso y amblador, que precian ellos mucho al que ambla, guarnido de silla y de freno muy bien según su usanza, y otrosí le dio una camisa y un sombrero. Y este señor había nombre Zulemán Mirassa, y era uno de los privados del señor, y de los que habían su poder: y este lugar do lo hallaron, eran unos prados riberas de unos ríos, entre unas montañas sin montes, y era lugar muy hermoso para gente en tal tiempo, y estas montañas habían nombre las montañas de Car, y podrían estar en aquel real hasta tres mil tiendas. Y este señor era casado con una hija del Tamurbec, y allí estaba con él un nieto del Tamurbec que había nombre Zoltan Hamet Mirassa, y estaba enfermo: y de que supo de los halcones gerifaltes que el señor rey enviaba al Tamurbec, envió decir al dicho Zuleman, que le mandase dar el uno de los halcones, que no pesaría al señor porque él lo tomase: y el Zuleman, viendo que hacía placer al señor en dar aquel halcón a su nieto, mandóselo dar. Y los embajadores dijeron a este señor, que eran maravillados lo que al señor grande llevaban, atreverse ninguno a los tomar. Y ellos le dijeron, que aquel era uno de los valientes Ebahadures que en el linaje del señor había, y que estaba doliente, y que por eso se atrevían a se lo mandar dar, sabiendo que al señor grande no pesaría. Y aún decían más, que este nieto del señor el día que el Tamurbec tuvo la batalla con el turco, que éste estaba con su gente por guarda del señor, y que el señor aquel día durando la batalla, que mandó a ciertas guardas que con él estaban, que fuesen pelear, y que este dijo al señor: que tal día como aquel que no hacía cuenta de él, y lo dejaba estar quedo, que lo mandase pelear, y dicen que el señor que no le respondió, y que con despecho que tuvo, que lanzó el bacinete de la cabeza, y que se fue a la batalla, y peleó aquel día sin traer bacinete en la cabeza.

Y el sábado, que fueron 12 días del mes de julio partieron de aquí. Y el maestro en teología, y Gómez de Salazar eran ya dolientes, y Ruy González se sentía ya un poco mejor, y pieza de la gente de los embajadores estaban asimismo dolientes; y este señor les envió decir, que porque aquella gente era doliente, y no pereciese en el campo que era luengo, que la dejasen allí: y quedaron allí siete hombres, y con Ruy González fueron dos Escuderos suyos, y con el maestro otro, y con Gómez un mozo: e hicieron tornar estos dolientes a la dicha ciudad de Teherán, y allí estuvieron hasta que los dichos embajadores tornaron; pero que murieron los dos de ellos. Y este día que de allí partieron, fueron dormir en el campo ribera de un río, y otro día domingo fueron dormir en el campo ribera de otro río: y otro día lunes, que fueron 14 días del dicho mes de julio, a hora de mediodía llegaron a un castillo que se llama Perescote. Y el señor Tamurbec se había partido de allí podría hacer doce días para irse a Samarcanda, y envió mandar a los dichos embajadores que se fuesen en pos de él cuanto más pudiesen, que hasta allí no los quería despachar, por cuanto era su voluntad que fuesen ver la su ciudad de Samarcanda. Y esta ciudad era la primera que él conquistó, y la que él más ennoblecía de cuantas había conquistado, y en ella hacía y ayuntaba su tesoro. Y el señor tuviera ahora este castillo de Perescote cercado, y lo entrara por fuerza, podría hacer quince días antes que los dichos embajadores allí llegasen, y la razón porque él cercara este castillo era ésta. El señor de este castillo era un su criado a quien él había hecho mucha merced, y le había dado aquel castillo con otra mucha tierra, y ahora ha habido saña de él, y habíalo mandado prender y enviar preso a Samarcanda, y llevábalo en poder un caballero, y llegando a este castillo salieron los de la villa y tomáronlo, y lleváronlo al castillo, y el señor de que esto supo, vino sobre este castillo, y cercólo treinta días, y los del castillo de que vieron que no se podían defender, diéronsele, y el señor del castillo huyó de noche: y este castillo era tan fuerte, que él nunca lo pudiera entrar, si él no se diera. Ca él estaba en una peña muy alta que estaba sola en un llano, que no llegaba a montaña ninguna, y luego al pie era llano, y había una cerca con sus torres, y allí era la villa, y luego encima de esta cerca había otra más alta, y luego más alto había otra cerca con sus torres, y entre medias de estas dos cercas había un pueblo, y encima de este pueblo había un castillo muy fuerte de muro y de muchas torres. Así que como quiera que fuese un lugar solo, entendíanse ser tres fortalezas una encima de otra. Y dentro nacía un gran golpe de agua que bastaba a todo el lugar, y otrosí cercaba la peña en que este castillo estaba, un río, y a las puertas de la villa había sus puentes levadizas, y por debajo iba el río.

Y el martes, que fueron 15 días del dicho mes de julio, antes que amaneciese partieron de aquí, y fueron dormir al campo: y otro día miércoles fueron otrosí a dormir al campo, que no hallaron poblado en estos dos días, y el camino fue muy fragoso entre montañas muy calientes, y no había agua si no muy poca. Y el jueves siguiente llegaron a una gran ciudad que estaba ribera de un río, y otros dos castillos que eran despoblados.

Y el jueves, que fueron 17 días de julio, en la noche fueron a una ciudad que es llamada Damogan, y estaba en un llano, y había una cerca de tierra, y al un cabo de ella tenía un castillo, y esta ciudad es ya en la provincia de tierra de Media, y es cabeza de la Persia. Y este día hizo tan gran calor, y viento recio y caliente, que fue gran maravilla, y el viento era tan caliente que parecía que salía del infierno, y este día se ahogó el un halcón gerifalte: y de fuera de esta ciudad cuanto un trecho de ballesta estaban dos torres tan altas como un hombre podía echar una piedra en alto, que eran hechas de lodo y cabezas de hombres, y estaban otras dos torres caídas en tierra. Y estas torres que de cabezas eran hechas, eran de unas generaciones de gente que llamaban Tártaros Blancos. Y éstos eran naturales de una tierra que es entre la Turquía y la Siria. Y cuando el Tamurbec se partió de Sabastria, que la entró y se fue para Damasco: cuando la destruyó halló en el camino esta generación de gentes, y pusiéronle la batalla y venciólos, y tomó muchos de ellos presos, y enviólos a esa tierra de Damogan que poblasen en ella, que estaba mal poblada, y de que allí fueron, ayuntáronse todos en uno, y hacían su vida en el campo como solían: y de que fueron todos ayuntados en uno, quisiéronse tornar para su tierra, y metiéronse a robar y destruir cuanto hallaban, y caminaban cuanto podían por se tornar para sus tierras. Y ellos estando cerca de esta ciudad llegó la hueste del señor, que los desbarató, y mataron cuantos hallaron, y de las sus cabezas mandó el señor hacer aquellas cuatro torres, y eran hechas un lecho de cabezas, y otro de lodo. Y otrosí mandó el señor pregonar, que cualquier que tuviese tártaro blanco por cautivo, a do quier que lo pudiesen haber, que lo matasen, y fue hecho así: y por do iba la hueste, de que oyeron este mandamiento, mataron cuantos Tártaros Blancos pudieron ver, así que por los caminos hallaríais muertos en un lugar diez, y en otro veinte, y en otros tres o cuatro, así que decían estos tártaros, que así murieron más de sesenta mil; y las gentes de esta ciudad decían, que muchas veces veían lumbre de candelas de noche encima de estas torres.

Y otro día viernes estuvieron aquí hasta la noche, y de sí diéronles caballos del señor en que fuesen, y anduvieron toda la noche. Y el sábado en amaneciendo fueron en una aldea pequeña, y estuvieron allí hasta la noche por la grande calentura que hacía, y en amaneciendo partieron de aquí, y anduvieron toda la noche.

Y el domingo, que fueron 20 días del mes de julio, a hora de prima fueron en una gran ciudad que llaman Vascal: y cuando los dichos embajadores allí llegaron, hallaron ahí un gran caballero que llamaban Ennacora que los estaba esperando, que había venido allí por mandado del señor, para los llevar y hacer honra, e hízoles dar posadas, y vínolos a ver, y por cuanto no podían ir comer con él, que venían dolientes, envióles mucha vianda y fruta a la posada, y después de comer envióles decir, que fuesen a honrar al señor grande, y que quisiesen ir do él estaba a un gran palacio, en que vestirían de las ropas del señor. Y ellos dijeron, que bien veían cuales estaban todos, que no se podían levantar, que le pedían por merced que les perdonase, y envióles otra vez a rogar que quisiesen ir allá. Y tanto hicieron con ellos, que hubo de ir el maestro, e hiciéronle vestir dos ropas de camocan, y la usanza era, cuando estas ropas ponían por el señor, de hacer un gran yantar, y después de comer de vestirles las ropas, y entonces de hincar los hinojos tres veces en tierra por reverencia del gran señor. Y hecho esto, el dicho caballero envió caballos a los dichos embajadores y a su gente de los del señor, que estaban holgados por andar más aína, y envióles rogar que quisiesen luego cabalgar, y que anduviesen, que tal era el mandamiento del señor que fuesen en pos de él cuanto más pudiesen, así de día como de noche: y ellos le enviaron a decir, que bien veía él cuáles venían, que no estaban para andar, que les rogaban que les quisiese dejar y estar allí dos días en que holgasen un poco: y él les envió a decir, que un rato solo no se osaría allí detener, ca si el señor lo supiese, no le costaría sino la vida, y por mucho que hicieron hubieron de partir, aunque les pesó, y ellos estaban tan flacos que eran más cerca de la muerte que de la vida. Y el dicho caballero hízoles poner en las sillas unos maderos en los arzones delanteros atravesados con sendas almohadas en medio, en que fuesen echados de pechos, y de esta guisa hubieron de partir de aquí, y anduvieron este día y toda la noche, y fueron dormir en el campo cerca de una aldea despoblada.

Y otro día lunes fueron dormir en unos palacios muy grandes que en el camino había, que fue hecho para en que estuviesen las gentes que por allí pasan, por cuanto no hay habitanza ninguna en dos jornadas por la grande calentura que hace, y por la mengua del agua, y el agua que a esta casa viene, tráenla una jornada dende por caños, que vienen so tierra. Y otro día martes 22 días del dicho mes de julio, fueron a dormir a una ciudad que es llamada Iagaro, e hizo este día muy gran calentura: y esta ciudad estaba en un llano al pie de una montaña sin montes, y de la dicha montaña vienen grandes caños de agua a la ciudad, y en medio de ella hay un castillo encima de un otero de tierra alto que fuera hecho a mano, y esta ciudad no tenía cerca ninguna, y el invierno de antes había hecho muchas nieves, y de que vino el verano que las deshizo, y el agua fue tanta que vino por los caños a esta ciudad, que derrocó todo lo más de ella, y el dicho castillo. Otrosí destruyó todos los panes este año, y el camino hasta aquí fue muy llano, y en todo él no se podía hallar una piedra, y era tierra muy caliente, desigual, y de poca agua. Y luego como llegaron, diéronles mucha vianda, y diéronles caballos en que fuesen, y partieron, y con ellos el caballero que el gran señor les envió, que les hacía mucha honra, y les hacía dar viandas y todo lo que habían menester: y otrosí les hacían dar en cada jornada caballos holgados del señor en que fuesen, porque fuesen más aína: ca el señor tenía de jornada en jornada puestos caballos en parada, en lugar ciento, y en lugar doscientos, y así tenía ordenados los caminos de su tierra hasta en Samarcanda. Y los que el señor enviaba en algunas partes, o iban a él, habían de ir en estos caballos cuanto más pudiesen, así de día como de noche: y también tenían estos caballos puestos en los lugares y tierras despobladas, como en la tierra poblada, y en los lugares donde no era poblado hacía el señor hacer unas grandes casas como mesones, y allí hacía tener sus caballos y mantenimientos a los de las ciudades y lugares más cercanos, y con los dichos caballos tenía hombres que los pensaban y guardaban, y estos hombres tales llámanlos Anchos. Y así como llegan los embajadores del señor, u otro cualquiera que al señor fuese con nuevas, luego estos hombres toman los caballos que llevan, y quítanles las sillas, y ensillan otros de los que allí tienen, y como parten de allí va con ellos un hombre o dos de aquellos Anchos que curan de los caballos, y como llegan a otro lugar, do haya caballos del señor, tórnase aquel con los suyos, y va el otro, y no basta esto. Mas si cualquier de estos caballos cansa en el camino, y hallan otro en cualquier lugar, o de cualquier otro hombre que va su camino, hácenle descender del caballo y tómanselo, y el del señor pone en recaudo el Ancho. Y la costumbre es tal, que si cualquier hombre va a caballo por un camino, como quier que sea señor, u otros cualesquier hombre o mercader, o algún embajador, u otro hombre cualquiera que vaya al señor, le dice que descienda y dé el caballo que va al señor, o lo envía en alguna mandadería, luego se lo han de dar, que no osaría decir que no, ca le costaría la cabeza, ca tal es el mandamiento del señor. Y aún toma estos caballos a la gente de la hueste, y muchas veces los tomaron los dichos embajadores a gente de la hueste para ellos y para sus hombres, y los hacían ir en pos de sí por sus caballos. Y no solamente los toman a estas tales gentes, mas al hijo del señor, o a su mujer, decían que le podrán tomar el caballo, si mengua hubiese de otros: y a los dichos embajadores decían, que ya acaeciera que al hijo mayor del señor descendieran del caballo embajadores que al gran señor iban. Y no tan solamente tenía este camino ordenado así de caballos, más toda su tierra, que podía saber nuevas de todas sus tierras y de sus comarcas en pocos días, según el andar ellos hacen sin duelo: ca más precia el señor que el que a él va, o el que él envía a alguna parte, ande entre día y noche cincuenta leguas, y mate dos caballos, que no que las ande en tres días, y más servicio le hace en ello. Y el gran señor tenía ordenado en el su imperio y tierra de Samarcanda, qué tan grandes fuesen las leguas; e hizo de dos leguas de las que antes solían ser una, y puso de legua a legua por señal unos torrejones, y mandó que el su chacatay o gente suya que anduviese doce de aquellas leguas cada día, o diez a lo menos por jornada: y a estas leguas llaman moles, porque estos torrejones que así mandó poner de legua en legua, y estas leguas que ordenó, fue en una tierra que se llama Mogalia. Y los embajadores fueron por esta tierra, y vieron los torrejones y leguas, y en cada una de ellas hay tanto como dos leguas de Castilla. Y en verdad no es de creer, si no a quien lo viese, lo que estos malditos andan cada día y noche, que no hacen si no andar cuanto los caballos los pueden llevar, y no solamente andan lo que el señor ordenó, más andan quince a veinte leguas de estas grandes entre día y noche, y no han duelo ninguno de los caballos, así los afanan. Mas cuando se les quieren morir degüéllanlos, y véndenlos, si están en lugar do haya gente; pero con todo esto hallamos tantos caballos muertos por los caminos de los que matan andando, tanto que es maravilla. Y los embajadores partieron de esta ciudad luego este día que ahí llegaron, y anduvieron todo el día y noche cuanto más podían, que aunque quisieran holgar, no los dejaban. Y como quier que fuese de noche, la calentura era tan grande que era maravilla, y hacía un viento recio y muy caliente que parecía que ardía. Y esta noche, se hubiera de finar Gómez de Salazar que iba doliente, y en este camino no hubo agua en toda esta jornada, y no se pararon esta noche salvo cuando dieron cebada.

Y el martes siguiente anduvieron todo el día sin hallar habitanza ninguna hasta la noche, que llegaron a una gran ciudad que ha nombre Zabrain. Y esta ciudad era muy grande, había en ella muy grandes edificios de casas y de mezquitas; pero todo lo más de ella estaba despoblado: y partieron luego de aquí cuando hubieron comido, y diéronles aquí caballos para andar, y anduvieron toda la noche. Y otro día viernes hasta cerca de mediodía llegaron a una aldea que estaba despoblada; pero de otra que estaba media legua trajeron vianda y todas las cosas que hubieron menester, y a hora de vísperas partieron de aquí, y anduvieron toda la noche por un camino muy llano.

Otro día sábado, 26 días del dicho mes de julio, llegaron a una gran ciudad que es llamada Nixaor, y antes que a esta ciudad llegasen cuanto una legua, hallaron unos grandes llanos, por los cuales iban muchos arroyos de agua por muchas huertas, y en estos llanos hallaron hasta cuatrocientas tiendas puestas, y no eran hechas como son las otras, antes eran luengas y de paños negros, y en ellas vivían unas gentes que se llamaban Alabares. Y ésta es una gente que no tienen otras casas salvo estas tiendas, y no habitan ni moran en otras ciudades ni lugares salvo en los campos, así de invierno como de verano, y estas gentes habían muchos ganados, carneros y ovejas y vacas, y traían otrosí hasta veinte mil camellos, y estas gentes andan con sus ganados por todas las tierras del señor, y daban de derecho al señor cada año tres mil camellos, y quince mil carneros, porque paciesen con sus ganados en su tierra. Y cuando los dichos embajadores allí llegaron, los mayorales de estas tiendas salieron a ellos, y lleváronlos a una tienda, e hiciéronles traer delante mucha leche y natas, y del pan según su usanza: y partieron de allí y fueron a la ciudad, y ya Gómez de Salazar quedaba muy doliente en una aldea, que no podía andar. Y esta ciudad de Nixaor estaba en un llano, y alrededor de ella muchas huertas y casas muy hermosas: y de que en la ciudad fueron, diéronles una hermosa posada en que posasen, y allí vinieron los mayores de la ciudad, e hiciéronles traer mucha vianda y mucha fruta, y melones, que los había muy grandes y muy buenos; y otrosí hicieron traer mucho vino. Y de que hubieron comido diéronles una ropa de camocan, que así era mandado del señor, que a la ciudad que llegasen les diesen alguna ropa o caballo. Y antes que a esta ciudad llegasen cuanto cinco leguas de ella hallaron un caballero que era mariscal de la hueste del señor que había nombre Melialiorga, el cual enviaba el señor a los dichos embajadores: el cual les dijo, que el señor lo enviaba para que les hiciese hacer toda honra, y les hiciese dar lo que hubiesen menester. Y de que supo que Gómez de Salazar quedaba flaco, tornó por él, y hallólo tan flaco que no se podía tener, y luego en esa noche que llegó hizo hacer unas andas, y poner al dicho Gómez en ellas, e hizo tomar hombres que lo llevasen a cuestas de Concejo en Concejo, y así lo trajeron hasta en esta ciudad de Nixaor: y de que allí lo trajeron, hízolo poner en unas buenas casas, y que curasen de él Físicos, que los había buenos, y quiso Dios que hubo aquí de finar el dicho Gómez. Y esta ciudad es muy grande y abastada de todas cosas, y muy viciosa; y esta ciudad es cabeza de tierra de Media, y aquí se hallan las turquesas; y como quiera que en otra parte se hallan, éstas son las mejores que ahora se saben: y hállanlas so tierra en un lugar sabido cierto, y de ellas en un río que desciende de una montaña que encima de la ciudad está: y la comarca de esta ciudad es muy poblada y tierra muy viciosa. Y aquí se acaba tierra de Media, y comienza tierra de Horazania, que es un grande imperio.

Y el domingo siguiente, que fueron 27 días del dicho mes de julio, partieron de aquí los dichos embajadores, y fueron dormir cerca de una aldea despoblada, y otro día lunes fueron dormir a un grande lugar que se llama Ferrior, y la gente de este lugar la más de ella huyó por miedo de la hueste del señor: ca el señor pasara por allí podía hacer doce días y la hueste iba en pos de él, y hacían mucho daño: y en este lugar dieron una ropa de camocan a los dichos embajadores, y esta tierra es muy llana y muy caliente.

Y el martes siguiente fueron dormir a una gran ciudad que se llama Hasegur, y en la noche partieron de aquí: y otro día miércoles 30 días del dicho mes de julio, fueron comer a una gran ciudad que es llamada Ojajan, y aquí hicieron mucha honra a los dichos embajadores, y les dieron asaz vianda, y lo que hubieron menester, y les dieron una ropa de camocan: y en esta ciudad les llegó un mandadero de un hijo del Tamurbec Xaharoc Mirassa, el cual enviaba a rogar a los dichos embajadores, que lo quisiesen ir a ver a una ciudad donde estaba que ha nombre Herey, que era bien treinta leguas arredrado del camino hacia la mano derecha a la tierra de la India, y que les haría mucha honra, y les mandaría por toda su tierra las cosas que fuesen menester muy cumplidamente: y los dichos embajadores tuvieron su acuerdo con el caballero que las llevaba, y respondieron, que el gran señor les enviaba a mandar que anduviesen cuanto más pudiesen, y se fuesen en pos de él, y que no osaría hacer otra cosa, por ende que pedía por merced al señor que quisiese personar. Y este Xaharoc Mirassa era emperador y señor de esta tierra de Horazania. Otrosí los dichos embajadores fueron a una gran ciudad que se llama Maxaque Horanza Zeltan, y aquí en esta ciudad yace enterrado un nieto del su Profeta Mahomad, hijo de una su hija, y dicen que es santo, y yace enterrado en una gran mezquita, en una gran sepultura que es cubierta de plata sobredorada. Y esta ciudad es un gran romeraje de ellos, que cada año viene aquí mucha gente en romería, y el romero que de aquí va, cuando llegan a su tierra, bésanle la ropa las gentes; porque dicen que llegó a lugar santo. Y a los dichos embajadores lleváronlos a ver esta mezquita. Y después en otras tierras cuando les oían decir que habían estado en esta ciudad, y habían visto la dicha sepultura, besábanles las ropas, diciendo, que habían sido cerca del santo Horazan. Y este sobrino de Mahomad había nombre Horazan Zeltan, y de éste tomara nombre esta tierra llamarse Horazania, y como quiera que esta tierra fuese partida sobre sí, la su lengua era Persiana.

Y el jueves postrimero día de julio llegaron a una gran ciudad que ha nombre Buelo, y es en esta tierra de Horazania: y esta ciudad es lugar muy sano, y fue el lugar mejor poblado que en todo el camino hallaron desde Soltania acá: y en esta ciudad estuvieron un poco del día en mientras les aparejaban cebada y vianda, porque les llevasen el Concejo de la ciudad, por cuanto habían de pasar una tierra despoblada que duraba cincuenta leguas. Y desde que hubieron comido diéronles caballos holgados en que pasasen aquel yermo, y en anocheciendo partieron de aquí, y anduvieron toda la noche. Otrosí anduvieron otro día viernes todo el día y la noche, que no pudieron llegar a poblado.

Y el sábado siguiente, que fueron 10 días de agosto, en la noche llegaron a un valle en que había muchas labranzas de pan, y por él iba un río, y ribera de este río había muchas tiendas de chacatays de los de la hueste del señor, y aquí entre esta gente había muchos ganados y camellos y caballos, y había quedado allí esta gente por sus ganados por cuanto los traían tasados, y en este valle había muchas yerbas. Y cuando los dichos embajadores allí llegaron, hallaron un caballero que el señor les enviara, porque les hiciera toda honra que pudiese, y les hiciese dar viandas y caballos, y todas las cosas que hubiesen menester donde quiera que llegasen, y que les hiciese andar lo más que pudiese. Y este caballero había nombre Mirabozar, y vino luego ante los dichos embajadores, y díjoles, que el señor los enviaba saludar, y que él era venido allí por los llevar y guiar, y hacer dar lo que hubiese menester. Y aquí fueron los dichos embajadores quitados del poder del primer caballero que el señor les enviara, y puestos en poder del dicho Mirabozar; pero que todavía fue en su compañía él y sus hombres, por haber vianda y cebada para él y para sus hombres y bestias, y servía a los dichos embajadores en lo que les mandaban: la costumbre era, que al lugar donde llegaban, así ciudad como villa o aldea, hacían luego que trajese mucha vianda, así para ellos como para cuantos allí estuviesen, y frutas y cebada que bastaría a tres tantos que ellos eran; y hacían venir a hombres que guardasen a los dichos emba-

jadores y a sus cosas de día y de noche, y que les guardasen otrosí
los caballos, y si algo se hacía menos, habían de pagarlo aquel
Concejo y lugar donde estuviesen, y si los del lugar donde llegaran,
a cualquier hora que fuesen, no traían luego súbito lo que era menester, dábanles tantos palos y azotes que era maravilla, o enviaban luego por los mayordomos de la ciudad o villa o lugar donde
llegaban, y traíanles ante estos caballeros, y la primera pregunta
que les hacían era de palos y de porrazos, que les daban tantos y
tan sin duelo que era maravilla, diciéndoles, que sabían que era
mandamiento del señor, cuando quiera que embajadores fuesen y
llegasen, les hiciesen toda honra, y les diesen todo lo que habían
menester, que ellos eran allí llegados con aquellos embajadores
francos, y que no tenían aparejado lo que habían menester; pues
que tan mal cumplían el mandamiento del señor grande, que ellos
de primero, y después sus haciendas y el Concejo lo pagarían, así
que les convenía de adivinar cuando embajadores habían de llegar,
si así les hacían como ahora. Y cuando llegaban a alguna ciudad o
lugar, la primera cosa que hacían los hombres de estos caballeros
que los dichos embajadores llevaban, preguntaban por los Arrayz,
que dicen ellos por los mayordomos, y el primer hombre que hallaban por las calles, tomábanlo, y ellos acostumbraban traer unos
alfaremes en las cabezas, y tirábanle el alfarme, y atábanselo al
pescuezo, y ellos al caballo, y los otros a pie trocado, y dándoles
palos y azotes los llevaban, que les mostrasen las casas de los Arrayz. Y la gente que los veían así ir y los conocían que era gente del
señor, sabiendo que venían con algún mandamiento del gran señor, daban a huir que parecía que el diablo iba en pos de ellos, y
los que estaban tras sus tiendas vendiendo sus cosas, cerrábanlas,
y daban asimismo a huir, y encerrábanse en sus casas, e iban diciendo unos a otros Elchi, que quiere decir embajadores, que ya
sabían que con embajadores tenían negro día, y así iban huyendo
que parecía que el diablo iba tras ellos. Y cuando a algún lugar

llegaban, con tal ruido llegaban, y tales cosas hacían y tan sin duelo, que parecía a la hueste antigua que entraba por él: y de que a los Arrayz hallaban, ¿pensáis que les hablaban manso? No, antes denostándolos e hiriéndolos con mazas, les hacían ir corriendo ante sí, y les hacían traer para los dichos embajadores todas las cosas que habían menester, y que estuviesen delante allí sirviendo, y no se osaban de allí partir salvo con licencia. Y sabed, que los dichos embajadores, y el embajador del sultán de Babilonia fueron todavía en una compañía, de que partieron del yermo del señor, y no tan solamente hacían esto por los dichos embajadores, mas cuando alguno va con cualquiera mandado del señor de esta manera hacen: ca dicen, que sobre el cumplir el mandamiento del señor deben matar y penar a quien se quisier, y no hay quien se lo contradiga, salvo callar a cualquier cosa que haga aquel que con mandado del señor va, aunque sea el mayor de la hueste del señor: y con esto tenían tan grande miedo del señor y de los suyos en toda la tierra, que era maravilla. Y aquí en estas tiendas hizo el dicho caballero traer mucha carne cocida ante los dichos embajadores, y mucho arroz, y mucha leche y natas ácidas, y muchos melones, que hay en esta tierra muchos y buenos: y esta gente de estas tiendas y otras casas es una gente que no han otra cosa salvo estas tiendas, y ándanse en invierno y en verano por los campos; en verano vanse do están las aguas, y siembran sus panes y algodones y melones, que han los más y los mejores que creo que en el mundo serán; y otrosí siembran muchos mijos, que lo comen ellos mucho cocido con la leche ácida, y en invierno vanse a los lugares calientes. Y el señor con toda su hueste asimismo anda de esta manera por los campos en verano y en invierno: y por cuanto están seguros, no andan todos juntos, salvo el señor con sus caballeros y privados, y servidores y mujeres a una parte, y los otros van a ciertos lugares, y así pasan su vida. Y han muchos ganados así como carneros y camellos y caballos muy muchos, y vacas hay pocas. Y esta gente cuando el señor les manda llamar para ir en hueste, van luego con todo lo suyo, con ganados y hacienda, y mujer e hijos, y estos abastecen la hueste y las tierras do llegan de muchos ganados, señaladamente de carneros y camellos y caballos. Y con estas gentes ha hecho el señor grandes hechos y vencidas muchas batallas, y son gente de grande afán y cabalgadores, escarzadores de arcos, y son gente fuerte para el campo: ca si han de comer, comen, y si no lo han, pasan con leche y carne sin pan: y muy bien acampados van así con vianda, como sin ella, y sufren frío y Sol y hambre y sed más que gente del mundo. Y cuando han carne comen desigual de ella, y cuando no la han, son pagados con agua y leche ácida cocida en uno, que han ellos asaz de ella, y este manjar hacen ellos de esta manera: toman un grande caldero con agua, y de que es caliente toman unos pedazos de leche ácida, que son como de queso, y échanlo en una escudilla, y deshácenlo con el agua caliente, y échanlo en el caldero, y es tan ácido como vinagre, y de sí amasan unas tortas de harina muy delgadas, y córtanlas muy menudas y échanlas en el caldero, y cuando cuece un poco, sácanlo luego, y con una escudilla de aquello, sin otro pan ni carne pasan muy bien, y en comunal éste es un manjar que de cada día más comen. Y para cocer esto y todo lo otro que quieren comer, no han leña, salvo con el estiércol de las bestias y de los ganados guisan de comer, y a este manjar que vos he dicho llaman ellos hax. Y en amaneciendo los dichos embajadores partieron de aquí, y con ellos el dicho caballero que el señor les envió, y anduvieron toda la noche, y otro día luego siguiente, que no hallaron poblado ninguno, salvo una grande casa despoblada donde esa noche estuvieron, e hicieron dar cebada a los caballos, y dijéronles, que para otro día hasta llegar al poblado había doce leguas. Y cuando a dos horas de la noche partieron de aquí en buenos caballos holgados que allí les dieron, y anduvieron toda la noche con gran calentura que hacía, y en todo este camino no había agua: y asimismo anduvieron otro día lunes hasta hora de nona, que no hallaron solamente agua que beber, y el andar de esta noche y de este día fue tan grande, tanto que los caballos eran ya cansados que no los podían mover, y hubieron de perecer del gran Sol que hacía, y de la gran sed que les afincaba, y el camino era arenal, y los hombres eran en peligro de sed que no podían haber agua. Y un mozo del dicho maestro había un caballo un poco más recio que los otros, y fue adelante cuanto pudo, y llegó a un río, y unos camisones que llevaba en la mano mojólos en el agua, y tornó con ellos cuanto más pudo, y bebieron los que del agua de ellos pudieron alcanzar, ca iban muy desmayados de la sed y del gran Sol que hacía, y ya no tenían unos con otros, que el que más podía no hacía si no andar, que no había ya guardas, ni quien curase de los dichos embajadores. Y un poco antes que se pusiese el Sol llegaron a un valle donde estaban muchas tiendas de chacatays, las cuales estaban cerca de un río grande que es llamado Morga, y esta jornada que este día y esta noche hicieron, había bien veinte leguas de Castilla, y más, y estuvieron aquí toda la noche. Y otro día martes siguiente partieron de aquí, y fueron cuanto dos leguas a una grande casa como mesón que ellos llaman Carabansaca, y aquí estaban chacatays que guardaban caballos del señor: y comieron aquí y estuvieron la siesta, y a hora de vísperas partieron de aquí en buenos caballos holgados que aquí les dieron, y cuanto dos horas de la noche fueron en unos grandes llanos donde estaban tiendas de chacatays de la hueste, y aquí estuvieron esta noche, y otro día miércoles todo el día. Y el jueves partieron de aquí, y fueron tener la siesta cerca de una aldea, y fueron dormir esa noche en el campo cerca de este dicho río: y otro día viernes partieron de aquí, y fueron tener la siesta a unas tiendas de chacatays, y en la tarde partieron de allí en caballos holgados de los del señor, y fueron dormir en el campo.

Y el sábado siguiente, que fueron 9 días de agosto, fueron comer en un lugar que ha nombre Salugar Sujassa, y este lugar era de un grande caxis, que dicen ellos como Prelado, y estaba en un valle cerca de un río, y por el lugar pasaban muchas acequias de agua, y estaba bien poblado, y el valle lleno de huertas y viñas bien hermosas: y este caxis, señor de este lugar, era ya finado, y dejara dos hijos pequeños. Y el Tamurbec pasara por aquel lugar podía hacer hasta diez días, poco más o menos, y que tomara aquellos hijos de aquel caxis, y que los hiciera llevar consigo para los hacer criar, por cuanto su padre era hombre de buen linaje. Y el dicho lugar gobernaba su madre de estos mozos, la cual hizo mucha honra a los dichos embajadores, y los vino ver, y les hizo traer mucha vianda, y todo lo que hubieron menester, y comió allí con ellos, y en anocheciendo partieron de aquí en buenos caballos, y anduvieron toda la noche. Y otro día domingo fueron a unas tiendas de chacatays a comer y tener la siesta, y estuvieron allí todo el día: y otro día lunes madrugaron y fueron dormir en el campo, y de estas tiendas que así hallaban les daban viandas y frutas, y lo que habían menester, y no embargante que fuesen gente de la hueste, les hacían traer a los dichos embajadores todas las cosas que habían menester, y hombres que los guardasen de día y de noche a ellos y a sus caballos, y los echaban de sus tiendas, y las daban a los dichos embajadores: y cuando habían de pasar algún yermo, de allí les hacían llevar viandas y cebada y agua a su costa de ellos, aunque les pesaba. Y el martes siguiente, 12 días del dicho mes de agosto, fueron a comer y tener la siesta a un gran campo, en que estaba una grande casa donde estaban hombres que guardaban caballos del señor, y a hora de vísperas cabalgaron y partieron de aquí.

Y a hora de vísperas fueron de aquí en una ciudad que es llamada Ancoy, y de aquí era natural el caballero que traía a los dichos embajadores. Y esta ciudad era ya fuera de tierra de Media, y era en una tierra que se llama Tagiquinia, y la lengua era apartada en algunos vocablos de la Persesca; pero lo más de ella es Persiana. Y en la ciudad hicieron mucha honra a los dichos embajadores, y estuvieron aquí el dicho día martes que ahí llegaron, hasta el jueves siguiente, que fueron 14 días del dicho mes de agosto: y aquí fueron bien servidos de mucha vianda y vino asaz, que había aquí mucho; y aquí dieron a los dichos embajadores una ropa de camocan y un caballo. Y esta ciudad está en un llano, y cuanto dos leguas alrededor de ella había muchas huertas y viñas y casas, y muchas acequias de agua: y este día jueves en la tarde partieron de aquí, y fueron dormir a unas tiendas de chacatays, que estaban en un llano ribera de un río. Y estos chacatays son privilegiados del señor, que pueden ir do quisieren con sus ganados a pacer y sembrar, y estar así en verano como en invierno, y son francos, que no pechan al señor, por cuanto lo van a servir por sus cuerpos a la guerra cuando los llaman: y no creáis que dejan en ningún lugar sus mujeres ni hijos, ni los ganados; más todo cuanto tienen llevan consigo, cuando van en hueste, o se mueven de un lugar a otro. Y las mujeres que han hijos pequeños, cuando se mueven llévanlos en unas cunas pequeñas ante sí en los caballos, y liadas aquellas cunas con unas cintas anchas que ellas llevan echadas al cuerpo, y así con sus hijos andan sus caminos, y andan y corren en sus caballos tan ligeras como sin ellos. Y las gentes pobres llevan sus hijos y tiendas en camellos, que les es gran trabajo a los niños por el andar, que anda el camello muy alto. Y no solamente son éstos que a los caminos estaban, los que andan a hacer sus vidas en los campos más otra muy gran gente de ellos: ca cuando algunos hallamos en algún lugar por do pasábamos, otros muchos aparecían a una parte y a otra, y a una legua y a dos leguas, íbamos por entre esta gente una jornada y más, que no podíamos de ellos salir: y cerca de las ciudades y de los lugares, donde había aguas y prados hallamos asimismo mucha gente de ellos, tantos y tan feos andaban del Sol, que parecían que del infierno salían, y tantos eran que parecían infinitos. Y esta tierra era muy llana y muy caliente, y por esto esta gente de la hueste que tras el señor iban, movían los más de ellos de noche a andar, y de que habían holgado algunos días en algunos lugares donde hallaban agua o yerbas, luego movían tras el señor: y en estas tiendas de chacatays estuvieron los dichos embajadores hasta la noche, que partieron. Y otro día viernes a mediodía fueron en una aldea, y comieron y tuvieron la siesta: y en la noche fueron dormir a una gran ciudad que se olvidó el nombre de ella; pero esta ciudad era muy grande y de gran cerca, y otro tiempo fuera murada, pero ahora tenía el muro caído, y lo más de ella era despoblada, y en ella había grandes edificios de casas y de mezquitas: y estuvieron en esta ciudad el día que allí llegaron: otro día sábado en esta ciudad dieron a los dichos embajadores una ropa de camocan, y les hicieron grande honra. Y este sábado partieron de aquí en buenos caballos holgados que aquí les dieron en que fuesen, y fueron dormir a unas tiendas de chacatays. Y otro día domingo partieron de aquí, e hizo un tan grande viento, que a los hombres quería derrocar de las bestias, y era tan caliente que parecía fuego: y el camino era por unos arenales, y el viento lleva- ba el arena de un lugar a otro, y cegaba el camino y a los hombres. Y este día perdieron el camino muchas veces, y el caballero que les llevaba hizo tornar por un hombre a las dichas tiendas que les mostrase el camino: y quiso Dios que llegaron a una buena aldea que había nombre Alibed, y estuvieron aquí toda la siesta hasta que amansó el viento. Y en la noche fueron dormir a otra aldea que llaman Ux, y cuando los caballos comieron cebada, partieron de aquí, y anduvieron toda la noche, y entre unas aldeas pequeñas y entre muchas huertas.

Y otro día lunes siguiente, que fueron 18 días del mes de agosto, llegaron a una ciudad que es llamada Vaeq: y esta ciudad es muy grande, y era cercada de una cerca de tierra muy ancha, que había en el muro en ancho treinta pasos; pero que esta cerca está apor- tillada en muchos lugares. Y esta ciudad había tres apartamientos de cercas que iban a la luenga, y atravesaban toda la ciudad de una parte a otra, y el primer apartamiento, que era entre la primera y segunda cerca, era despoblado, que no vivía en él ninguno, y estaban aquí sembrados muchos algodones: y en el segundo apartamiento mora gente; pero no estaba bien poblado: y el tercero estaba muy bien poblado de mucha gente, y como quiera que las más ciudades que hasta aquí hallamos, fuesen sin muros, ésta estaba bien abastada de ellos. Y en esta ciudad hicieron mucha honra a los dichos embajadores, y aquí les dieron asaz vianda y mucho vino; otrosí les dieron una ropa de camocan y un caballo: y el martes siguiente partieron de aquí, y fueron dormir cerca de una aldea, y el miércoles fueron comer y tener la siesta a una villa, y fueron dormir en el campo.

Y el jueves siguiente, que fueron 21 días del dicho mes de agosto, llegaron a un gran río que es llamado Viadme, y éste es el otro río que sale del Paraíso, y está ancho cuanto una legua, y viene por una tierra muy llana, y va muy recio a maravilla, y viene turbio todavía, y cuando él viene más pequeño es en invierno, por cuanto se yela el agua en las montañas, y las nieves están que no se deshacen, y como viene el mes de abril comienza a crecer, y crece cuatro meses continuos, y de sí torna a deshacer hasta que torna en su estado: y esto es por cuanto en verano se desyelan y deshacen las nieves: y este verano pasado nos decían que había crecido mucho más que no solía otros tiempos pasados crecer, ca creció tanto que llegó a una aldea que estaba allende del río cuanto dos tercios de legua, y entró por el aldea, y derrocó muchas casas, e hizo grande daño. Y este grande río desciende del aldina menor de las montañas de ella, y va por unas llanuras de tierra de Samarcanda, y entra en tierra de Tartaria, y va al mar de Bacu: y este río parte la tierra del imperio de Samarcanda, y del imperio de Horazania. Y el señor Tamurbec, de que hubo ganado el imperio de Samarcanda, que es allende de este río, quiso pasar de esta otra parte por conquistar el imperio de Horazania; e hizo hacer a este río una gran puente de madera sobre barcas, y de que él y su gente hubo pasado, hizo derrocar esta puente: y ahora cuando tornó a Samarcanda, mandó tornar a hacer esta puente por do pasase él y su hueste, y por esta puente pasaron los dichos embajadores, y decían que tenía mandado el señor, que así como hubiese pasado su hueste, que la deshiciesen; y esta puente no llegaba de una parte del río hasta la otra, más comenzaba: de la una parte iba una gran pieza, hasta tanto que los caballos y bestias podían ir a pie, y de allí adelante no iba puente. Y aquí cerca de este gran río en una llanura tuvo Alejandro su batalla con Poro señor de la India, cuando lo desbarató. Y este dicho jueves que los dichos embajadores llegaron a este gran río, lo pasaron a otra parte. Y este dicho día jueves que los dichos embajadores llegaron a este gran río, en la tarde fueron en una gran ciudad que es llamada Termit, y ésta solía ser de la India menor, y ahora es del imperio de Samarcanda, que la ganó el Tamurbec. Y de este río adelante se empezaba el imperio de Samarcanda: y la tierra de este imperio de Samarcanda se llama tierra de Mogalia, y la su lengua se llama Mugalia, y no se entiende esta lengua allende el río, porque hablan todos la lengua Persiana, por do se entienden todos en comunal, que de esta lengua a la Persiana hay poco departimiento; pero la letra que sirven éstos de Samarcanda del río allende, no la entienden ni saben leer los del río aquende, y llaman a esta letra Mogali; y el señor trae consigo ciertos escribanos que leen y saben escribir esta letra Mogali: y esta tierra de este imperio de Samarcanda es muy poblada, y tierra muy gruesa y abastada de todas las cosas. Y la costumbre de este grande río que el señor hace allí mantener es, que si el señor pasa aquel río de una parte a otra, han de quebrar aquella puente, y después ninguno no puede pasar por ella, y en este río andan unas barcas que pasan las gentes de una parte a otra, y ninguno no puede ni dejan pasar por estas barcas del imperio y tierra de Samarcanda acá, sin que muestre carta o recado donde es, o a dónde va, aunque sea de los vecinos de la tierra, y si algunos quieren pasar en tierra de Samarcanda, pásanlo sin que muestre recado alguno. Y en estas barcas tiene el señor puesto gran guarda y recaudo, y llevan gran derecho de los que pasan por estas barcas: y esta guarda que en este río está, es por cuanto el señor ha hecho llevar mucha gente a este Samarcanda cautiva para que pueblen aquella tierra, de cuantas tierras ha conquistado, que hace mucho por la poblar bien y ennoblecerla, y porque no se huyan ni tornen a sus tierras. Y aún ahora cuando los dichos embajadores iban, hallaban gente del señor por tierra de la Persia y de Horazania, que do quiera que hallaban hombres huérfanos y sin padres, y otros hombres y mujeres pobres que no habían casas ni hacienda, tomábanlos por fuerza, y llevábanlos a Samarcanda para que poblasen allá: y cual llevaba una vaca, y cual un asno, y cual un carnero, o dos ovejas, y cabras, y los Concejos do llegaban, les daban de comer por mandado del señor: y de esta manera decían que había hecho el señor llevar a Samarcanda bien cien mil personas y más. Y esta dicha ciudad de Tremit, donde los dichos embajadores este día llegaron, era muy grande y muy poblada, y no era murada ni había cerca ninguna, y alrededor de ella había muchas huertas y muchas aguas, y no os puedo decir más de esta ciudad, salvo que desde que en ella entramos, que anduvimos a tan grande pieza, que éramos enojados cuando a las posadas llegamos, y todavía íbamos por plazas y calles muy pobladas, en que vendían muchas cosas. Y en esta ciudad hicieron mucha honra a los dichos embajadores, y les dieron otrosí todas las cosas que hubieron menester; y asimismo les dieron una ropa de un paño de seda. Y a esta ciudad llegó otrosí un trotero del señor que venía a los dichos embajadores, el cual les dijo que el señor les enviaba a saludar, y les enviaba a decir cómo venían, y cómo les había ido por el camino, y si habían sido bien tratados, y si venían recios. Y cuando este trotero se partió de ellos, diéronle una ropa de camocan; y otrosí dieron una ropa de florentín al caballero que el señor les envió primero, que con ellos iba, y otro tal hizo el embajador del sultán de Babilonia, que en uno iba: y otrosí dieron al segundo caballero que el señor les envió, un caballo, ca tal es su costumbre de cualquiera que de parte del señor va a alguna parte, de darle siempre algo por hacer honor al señor, y guardar la su costumbre que es recibir presentes, y según la cantidad de lo que por honor del señor dan, así les es contado la su realeza, y de aquello se alaban mucho.

Y el viernes siguiente, que fueron 22 días del dicho mes de agosto, después de comer partieron de aquí los dichos embajadores, y fueron dormir en el campo cerca de unas grandes casas. Otro día sábado anduvieron por unos grandes llanos entre unas aldeas muchas y bien pobladas, y llegaron a una aldea donde fueron servidos de todo lo que hubieron menester. Y el domingo siguiente fueron comer a unas grandes casas donde el señor suele estar, cuando por allí pasa, y allí les dieron mucha vianda y mucha fruta, y mucho vino y muchos melones, que los hay en esta tierra muchos y buenos y muy grandes: y la costumbre es de cuando dan fruta, de la traer a cargas, y echarla delante los embajadores en el suelo. Y este día partieron de aquí, y fueron dormir en el campo cerca de un río: y otro día lunes fueron comer al pie de una alta sierra, donde estaba una hermosa casa hecha en cruz, labrada de muy buena obra de ladrillo, y en ella muchos lazos hechos y pintados, y pinturas de azulejos de muchas colores. Y esta sierra es muy alta, y en aquel lugar está un paso por do se pasa esta montaña, por una quebrada que parece que fue hendida y hecha a mano esta pasada, que las montañas de esta parte y de la otra suben muy altas, y el paso es llano y muy hondo: y en medio de esta pasada de esta montaña está una aldea, y la montaña muy alta encima; y este paso de estas montañas se llama las puertas del Hierro; y en toda esta montaña no hay otro paso para la pasar salvo éste, y este paso es guarda del imperio de Samarcanda y de su tierra, que de partes de la menor

India no hay otro paso para pasar a tierra de Samarcanda salvo éste, ni asimismo los del imperio de Samarcanda no pueden pasar a tierra de la India salvo por este paso. Y de estas puertas del Hierro era señor el Tamurbec, y le rendía mucho de cada año, por cuanto pasan por allí los mercaderes que vienen de la menor India para tierra del imperio de Samarcanda, y para las otras tierras que son ayuso de él.

Otrosí el dicho Tamurbec era señor de las otras puertas del Hierro, que son cerca de Darbante, en el cabo de la provincia de Tartaria, hasta la ciudad de Cafa, que es asimismo en el paso de unas montañas muy altas que son entre el terreno de la provincia de Tartaria, y de esta tierra de Darbante para venir hacia el mar del Bacu, y hacia la Persia; ca los de la provincia de Tartaria que quieren venir en la Persia, o en esta tierra de hacia Samarcanda no han otro paso salvo éste: y de las unas de estas puertas del Hierro hasta las otras hay bien mil y quinientas leguas, y más. Ved si es gran señor el que señorea estas dos puertas del Hierro, y es señor de ellas y de todo el terreno, que es entre medio de ellas, como lo es el Tamurbec; ca el señor de Darbante, y de las sus puertas del Hierro le hacía tributo en cada un año. Y Darbante es una muy gran ciudad, que se cuenta su señorío con una grande tierra, y las primeras de estas puertas que son más cerca de nos, se llaman las puertas del Hierro de cerca Darbante, y las otras postrimeras se llaman las puertas del Hierro cerca Termit, que confinan con el terreno de la India menor. Y aquí en esta casa dieron a los dichos señores embajadores en presente un caballo; en esta tierra son muy alabados los caballos de ella por de grande afán. Y estas sobredichas montañas, do son las puertas del Hierro, son rasas sin montes; y en este paso decían que solía haber otro tiempo de una montaña a otra unas puertas, que eran todas cubiertas de mucho hierro, y ninguno no podía pasar sin mandado. Y este sobredicho día partieron de aquí, y fueron dormir en el campo encima de una montaña. Y otro día siguiente fueron comer y tomar la siesta a unas tiendas de chacatays ribera de un río; y en la tarde cabalgaron y fueron dormir encima de unas montañas de sierras, y partieron a media noche de allí, y fueron comer a una aldea y tener la siesta: y aquí murió un hombre del dicho maestro fray Alfonso Páez, que iba doliente.

Otro día jueves, que fueron 28 días del dicho mes de agosto, a hora de misa fueron en una gran ciudad que se llama Quex: la cual ciudad estaba en un llano, y por todas partes de ella le pasaba muchos arroyos y acequias de agua, y habían muchas huertas y casas alrededor de ella; y cerca de ella era todo llano, en que aparecieron muchas aldeas y tierra muy poblada, y de muchas aguas y prados, y tierra muy hermosa de verano; y por estos llanos había muchos panes sembrados que se regaban, y muchas viñas y muchos algodones y melonares, y muy grandes arboledas de frutales: y esta ciudad era cercada de un muro de tierra, y había cavas muy hondas, y a las puertas puentes levadizas. Y de esta ciudad de Quex era natural el señor Tamurbec, y de aquí fue su padre. Y en esta ciudad había grandes edificios de casas y mezquitas, señaladamente había una gran mezquita que el Tamurbec mandara hacer, que aún no era acabada, y en ella estaba una gran capilla en que estaba enterrado el padre del Tamurbec: otrosí había hecho otra muy gran capilla que el Tamurbec mandó hacer para sí, para que se enterrase, y aún no era acabada; y decían, que ahora cuando pasara por allí, podía hacer un mes, que no se pagara el señor de aquella capilla, diciendo, que la puerta era baja, y mandóla alzar, y labraban en ella ahora maestros. Y otrosí estaba en esta mezquita enterrado el hijo primero que el Tamurbec tuviera, que había nombre Ianguir: y esta mezquita y capillas era muy rica y muy bien obrada de oro y de azul y de azulejos; y en ella está un gran corral con árboles y albercas de agua: y en esta mezquita hacía el señor dar de cada día veinte carneros cocidos por el alma de su padre y de su hijo que allí yacían. Y luego como llegaron los dichos embajadores a esta ciudad lleváronlos a esta mezquita, y allí les trajeron mucha vianda y mucha fruta, e hiciéronles comer; y de que hubieron comido lleváronlos a unos grandes palacios en que posasen. Y otro día viernes llevaron a los dichos embajadores a ver unos grandes palacios que el señor mandaba hacer, que decían que hacía veinte años que labraba en ellos de cada día, y aún hoy día labraban en ellos muchos maestros; y estos palacios habían una entrada luenga, y una portada muy alta, y luego en la entrada estaban a la mano derecha y a la siniestra arcos de ladrillo cubiertos de azulejos hechos a muchos lazos; y so estos arcos estaban unas como cámaras pequeñas sin puertas, y el suelo cubierto de azulejos; y esto era hecho para que se sentasen las gentes, cuando allí estuviese el señor. Y luego delante de esto estaba otra puerta, y adelante de ella estaba un gran corral enlosado de losas blancas, y cercado todo de portales de obra bien rica; y en medio de este corral estaba una gran alberca de agua, y este corral era bien trescientos pasos en ancho: y de este corral se entraba a un grande cuerpo de casas, en el cual había una portada muy alta y muy ancha, y labrada de oro y de azul y de azulejos, hecho de una obra bien hermosa: y encima de la portada en medio de ella estaba figurado un león metido en un Sol; otrosí a los cabos otro tal figurado, y éstas eran las armas del señor de Samarcanda. Y como quiera que decían que el Tamurbec mandara hacer aquellos palacios, tengo que el que fue señor de Samarcanda ante que él, los mandara hacer; por cuanto estas armas del Sol y del león que estaba metido en él, son del señor de Samarcanda: y las que el Tamurbec tiene son tres redondos así como oes, hechas de esta guisa:

Y esto significa que era señor de las tres partes del mundo: y esta divisa mandaba él hacer en la moneda, y en todas sus cosas que él hacía; y por tanto tengo que otro comenzó a hacer estos palacios antes que el Tamurbec. Otrosí estas tres como oes redondas tenía el señor en sus sellos, y mandaba otrosí que los que él atributaba, los poseyesen en la moneda de sus tierras. Y de esta puerta entró luego a un recibimiento que era hecho como cuadra, que había las paredes pintadas de oro y de azul, y alisares de azulejos, y el cielo era todo dorado: y de aquí llevaron los embajadores a unos sobrados, ca toda esta casa era dorada; y allí les mostraron tantas casas y apartamientos, que sería luengo de contar: en los cuales había obras de oro y de azul, y de otras muchas colores hechas a muchas maravillas; y para dentro en París, donde son los maestros sutiles, sería hermosa obra de ver. Y que les mostraron cámaras y apartamientos que el señor tenía hechas para estar con sus mujeres, que habían extraña obra y rica, y así en las paredes como en el cielo y en el suelo; y de estos palacios estaban labrando muchos maestros de muchas maneras. Y después de esto llevaron a los embajadores a ver una cuadra, la cual el señor tenía apartada para comer y estar con sus mujeres, la cual era muy ancha y de muy rica obra: y adelante de esta cuadra estaba una gran huerta, en que había muchos árboles de sombra, y árboles frutales de muchas maneras; y por ella había muchas albercas de agua, y prados puestos a mano. Y por do se andaba a esta huerta era tan grande, que podía en ella estar aposentada mucha gente en tiempo de verano con gran deleite, cerca de agua, y a sombra de aquellos árboles: y tanta y tan rica era la obra de estos palacios, que no se podría bien escribir, si no se anduviese y mirase despacio. Y esta mezquita y palacios era una de las cosas magníficas que el señor hizo y mandó hacer hasta hoy: y estas obras mandó él hacer aquí por honor de su padre, que yacía allí enterrado, y por cuanto fue natural de aquella ciudad; y como quiera que él fuese natural de esta ciudad, no era de la generación de allí de esta tierra; antes fue de una generación que se llamaba chacatays, que fueron tártaros de natura, que vinieron de Tartaria a esta tierra, cuando otra vez la conquistaron tártaros, y la señorearon según adelante vos será contado; y de aquí tuvieron este nombre chacatays.

Pero el padre del Tamurbec fue hombre hidalgo, de linaje de estos chacatays; pero fue de pequeño estado, de tres hasta cuatro hombres de caballo; y vivía en una aldea cerca de esta ciudad de Quex, ca los gentiles hombres de ellos más se pagan de vivir en las aldeas y en los campos, que no en las ciudades: y asimismo su hijo luego en el comienzo fue hombre que no alcanzaba más que para sí, y para cuatro o cinco de a caballo. Y esto vos escribo según fue contado a los dichos embajadores de certidumbre en esta ciudad, y en otras partes: y dícese, que él habiendo estos cuatro o cinco hombres, que se metió un día a tomar un carnero, y otro día una vaca por fuerza a los de la tierra. Y cuanto alcanzaba tanto comía con aquellos que lo guardaban: y lo uno por esto, y lo otro porque era hombre de buen esfuerzo y de buen corazón, y partía bien lo que tenía, llegáronse a él otros hombres, hasta tanto que lo guardaban trescientos de a caballo: y de que éstos tuvo, iba por las tierras a robar y hurtar lo que podía, para sí y para ellos: otrosí iba a los caminos y robaba a los mercaderes. Y de esto que él hacía vinieron nuevas al emperador de Samarcanda, que era señor de aquella tierra, y mandólo matar do quiera que lo hallasen. Y en casa del emperador andaban unos caballeros chacatays de su linaje, y éstos hicieron tanto con el emperador, a que lo hubo de perdonar; y lo trajeron a merced del emperador que viviese con él; y de estos caballeros que este perdón le ganaron hoy día viven dos de ellos con él, y al uno de ellos llaman Homar Tobar, y al otro Caladayxe que, e hízoles grandes señores y de muy gran tierra. Y dicen, que él viviendo con el dicho emperador de Samarcanda que lo volvieran con él de tal manera, que el emperador era dispuesto de lo mandar matar: de lo cual tuvo quien lo avisase en ello, y huyó con su gente, y metióse a robar los caminos: y un día que robara una gran caravana de mercaderes, en que alcanzara gran algo. Y después de esto fue a una tierra que se llama tierra de Cistan, y robaba carneros y caballos, y cuanto hallaba, que es tierra muy rica de ganados; y cuando esto él hacía, tenía consigo hasta quinientos hombres de caballo: y los de esta tierra de Cistan de que esto supieron, ayuntáronse para él, y una noche salteó un hato de carneros: y ellos estando en esto llegó la gente de la tierra, y dieron sobre él y sobre los suyos, y mataron muchos de ellos, y a él derrocáronlo del caballo, e hiriéronlo en la pierna derecha, de que quedó cojo: y otrosí le hirieron en la mano derecha, de que quedó manco de los dos dedos pequeños, y dejáronlo por muerto; y de allí se levantó como pudo, y fue a unas tiendas de gente que en el campo andaba, y de allí se fue, y guareció y tornó a juntar a sí su gente. Y este emperador de Samarcanda era mal quisto de los suyos, señaladamente del pueblo menudo y de los comunes, y de otros hombres grandes que lo querían mal. Hablaron al Tamurbec que él matase al emperador, y que ellos se lo pondrían en poder; y sus tratos fueron tales, que una vez yendo el emperador a una ciudad que es cerca de Samarcanda, el Tamurbec lo asaltó y dio sobre él, y huyó a una montaña, y llamó a un hombre que lo encubriese y le hiciese guarecer, y que lo haría rico; y diole luego unas sortijas que en la mano tenía, que valían gran algo: y aquel hombre en lugar de lo encubrir, fuelo decir al Tamurbec, y él vino luego allí y matólo: y de sí fue a la ciudad de Samarcanda y tomóla, y apoderóse en ella; y tomó la mujer del emperador, y casóse con ella, y hoy día la tiene por su mujer mayor, y llámanla Caño, que quiere tanto decir como la gran Reina, o la gran emperadora. Y después de aquí conquistó el imperio de Horazania por discordia que había entre dos hermanos, señores que eran de aquel imperio, y con maneras que trajo con los de la tierra. Y de esta manera tuvo estos dos imperios, el de Samarcanda y Horazania, y de aquí fue el su comienzo. Y uno de éstos que se llegaron al Tamurbec, que le hicieron compañía de mientras comenzó a ganar, era chacatay de los de su linaje, y era uno de los que más valían de cuantos con él andaban: casolo con una su hermana, e hízolo gran señor de mucha gente, y tuvo un hijo que llaman Ianza Mirassa, y es ahora el más privado hombre que el señor tenga, y es señor de gran gente y de mucha tierra, y es capitán de la hueste del señor, como condestable, que fuera del señor no hay quien tanto mande en la hueste como él, y toda la hueste y gente del señor está contento de él.

La razón porque estos tártaros vinieron en esta tierra, y tuvieron este nombre chacatays, es ésta. Gran tiempo ha, que fue un emperador en Tartaria que fue natural de una ciudad de Tartaria, que es llamada Dorgancho, que quiere decir el tesoro del mundo: y éste señoreó gran tierra que ganó, y al tiempo de su finamiento dejó cuatro hijos, que tuvo nombre el uno de ellos Gabuy, y el otro Chacatay, y el otro Esbeque, y el otro Charcas, y fueron hijos de una madre; y cuando el padre finó, dejóles partidas sus tierras a cada uno su parte, y al hijo que había nombre Chacatay dejóle este imperio de Samarcanda con otra tierra: y mandóles a todos cuatro hermanos que fuesen a uno, y que no se desaviniesen, si no que supiesen que el día que hubiese discordia entre ellos, serían perdidos. Este Chacatay fue hombre recio y muy esforzado y de gran corazón: y entre estos hermanos hubo envidia, por que se hubieron de desavenir, e hiciéronse guerra unos a otros; y cuando los de esta tierra de Samarcanda vieron esta discordia, alzáronse contra él y matáronlo, y mataron mucha de su gente, e hicieron un emperador de los del linaje de la tierra: y de este Chacatay quedó mucha gente en esta tierra, que tenían algos y hacienda en que vivir. Y de que su señor fue muerto, todos los de la tierra llamaban a estos tártaros, que allí quedaron, chacatays, y de allí tuvieron este nombre. Y de este linaje de estos Tártaros Chacatays, que allí quedaron, vino el Tamurbec, y los otros chacatays que con él andan; y muchos de los de la tierra de Samarcanda han tomado ahora este nombre de chacatays, como quiera que no lo sean, por la gran nombradía que ahora estos chacatays han.

Y los embajadores estuvieron en esta ciudad de Quex el día jueves que ahí llegaron, y el viernes hasta en la tarde que partieron de allí, y fueron dormir a una aldea: y otro día sábado, 30 días de agosto, fueron comer a una gran casa que el señor había: la cual casa estaba en un llano ribera de un río, y en medio de una gran huerta y muy hermosa: y partieron de allí, y fueron dormir a una gran aldea que estaba legua y media de Samarcanda, que había nombre Mecer; y el caballero que los llevaba dejó a los embajadores, que como quiera que ese día podían bien ir a la ciudad de Samarcanda, dijo que no los llevaría allá hasta lo hacer saber al gran señor, y que quería enviar un hombre suyo a él, a le hacer saber, como eran allí llegados: esta noche fue el su hombre a lo hacer saber al señor. Otro día en amaneciendo tornó con mandado, y el señor envió a mandar al caballero, que tomase a los embajadores, y al embajador del sultán de Babilonia, que en uno iban, y los llevase a una huerta que junto a esta aldea estaba, y ahí los tuviese hasta que él enviase a mandar como hiciesen. Y el domingo en amaneciendo, que fueron 31 días del mes de agosto, llevaron a los embajadores a la dicha huerta, la cual era cercada de tapia, y podía medir en derredor estas tapias una buena legua; y en ella había muchos árboles frutales de todas maneras, salvo de cidras y limas; y en ella había seis albarcas de agua, y por medio de ella iba un gran golpe de agua que la atravesaba toda; y de estas albercas iban unas como calles de una a otra, de unos árboles a otros, altos y grandes que hacían gran sombra: y por medio de estas calles de árboles iban unos como andamios que atravesaban toda la huerta; y de estas calles iban otras como comarcadas, que se podía por ellas andar, y mirar toda la huerta; y de estas calles iban otras. Estaba un cerro alto de tierra, que fue echada allí a mano, y encima era llano; y era cercada toda en derredor de vergas de madero; y en medio de él están unos hermosos palacios con sus cumplimientos de cámaras muy ricamente obradas de obra de oro y de azul, y sus alisares labrados de azulejos. Y este cerro, en que esta casa estaba, era cercado de unas cavas muy hondas que eran llenas de agua, que todavía cae en ellas un gran caño de agua: y para subir a este otero, donde esta casa estaba, había dos puentes, una a la una parte, otra a la otra; y después de las puentes pasadas estaban dos puertas, y luego una escalera por do subían encima del dicho cerro, tanto que esta casa era fortaleza. Y en esta huerta andaban ciervos que el señor hizo allí echar a mano, y muchos faisanes; y de esta huerta entran a una gran viña, que era otrosí cercada de tapia, y era tan grande como la huerta; y junto con las tapias era cercada en derredor toda de unos árboles altos que parecían muy hermosos: y a esta huerta y casa llaman Talicia, y en su lengua dicen Calbet: y en esta huerta les fue dada mucha vianda, y lo que hubieron menester a los dichos embajadores; y una tienda que llevaban hiciéronla armar en un prado cerca de una acequia de agua, y allí estuvieron.

Y el jueves, que fueron 4 días del mes de septiembre, vino allí a la dicha huerta un caballero pariente del señor: el cual dijo a los embajadores, que el señor estaba ocupado por despachar unos embajadores del emperador Tortamix, y que por tanto no los había visto, y que no se enojasen, y que porque tuviesen algún refresco, que lo enviaba allí a ellos y al embajador del sultán, a les hacer fiesta y dar de yantar aquel día. Y trajeron muchos carneros que cocieron y adobaron, y un caballo que asaron; e hicieron arroz de muchas maneras, y trajeron mucha fruta, y diéronles a comer: y de que hubieron comido dio a los dichos embajadores dos caballos y una ropa de camocan y un sombrero. Y los dichos embajadores estuvieron en esta huerta desde el domingo postrimero día de agosto hasta el lunes, 8 días del mes de septiembre que el señor envió por ellos que lo fuesen ver: ca su costumbre es de no ver a ningunos embajadores que a él fuesen hasta cinco o seis días pasados, y mientras mayores eran los embajadores que a él venían, más tardaba en los ver.

Y este dicho día lunes, 8 días del mes de septiembre, los dichos embajadores partieron de esta huerta y casa donde estaban, y fueron por la ciudad de Samarcanda: y de allí hasta a ciudad era un llano de huertas y casas y plazas, donde vendían muchas cosas: y a hora de Tercia llegaron a una gran huerta y casa, donde el señor estaba, que era fuera de la ciudad; y de que allí llegaron hiciéronlos descender en unas casas que estaban de fuera, y vinieron a ellos dos caballeros que les dijeron, que aquellas cosas y presente que al señor traían, que las diesen, y las ordenarían y darían a hombres que las llevasen ante el señor, y así lo mandaban los Mirassaes privados del señor: y hubiéronlas de dar a aquellos dos caballeros. Y los embajadores pusieron aquellas cosas que llevaban en brazos de hombres que las llevasen ante el señor ordenadamente; y de que las hubieron dado, fuéronse con ellas: y eso mismo hicieron saber al embajador del sultán, del presente que llevaba. Y de que las cosas fueron llevadas, tomaron a los embajadores por los brazos y lleváronlos. Y la entrada de la puerta de esta huerta era muy grande y alta, labrada bien hermosamente de oro y de azul y de azulejos: y a esta puerta estaban muchos porteros que guardaban, y habían mazas en las manos, que no osaba ninguno a la puerta llegar, como quiera que estuviese ahí mucha gente. Y como los dichos embajadores entraron, hallaron luego seis marfiles que tenían encima sendos castillos de madera con dos pendones en cada uno, y con hombres encima de ellos que los hacían hacer juegos con la gente: y lleváronlos adelante, y hallaron los hombres que tenían en brazos las cosas y presente que les habían dado, que las tenían en los brazos bien puestas: y de sí hicieron a los dichos embajadores pasar adelante del presente, e hiciéronlos estar aquí un poco; y enviáronles mandar que fuesen delante, y todavía iban con ellos dos caballeros que los llevaban por los sobacos, y con ellos el embajador que el Tamurbec enviaba al señor rey de Castilla, con el cual reían los que lo veían, porque iba vestido a la usanza de Castilla en aquella manera. Y lleváronlos a un caballero viejo que estaba sentado en un estrado llano: era hijo de una hermana del Tamurbec, e hiciéronle reverencia: y de sí lleváronlos a unos mozos pequeños que estaban en un estrado sentados, que eran nietos del señor, e hiciéronles otrosí reverencia: y aquí les demandaron la carta que el señor rey enviaba para el Tamurbec, y diéronla; y tomóla uno de aquellos mozos, y decían que era hijo de Miaxa Mirassa, hijo mayor del señor: y estos tres mozos se levantaron luego y llevaron la carta al señor, y de sí mandaron a los dichos embajadores que fuesen adelante. Y el señor estaba en uno como portal, que estaba ante la puerta de la entrada de unas hermosas casas que allí estaban, y estaba en un estrado llano en el suelo; y ante él estaba una fuente que lanzaba el agua alta hacia arriba, y en la fuente estaban unas manzanas coloradas: y el señor estaba sentado en unos como almadraques pequeños de paños de seda bordados, y estaba sentado de codo sobre unas almohadas redondas, y tenía vestido una ropa de un paño de seda raso sin labores, y en la cabeza tenía un sombrero blanco alto con un balaje encima, y con aljófar y piedras. Y de que los dichos embajadores vieron al señor, hiciéronle una reverencia, llegando el hinojo derecho al suelo, y poniendo las manos en cruz ante los pechos: y de sí fueron adelante e hiciéronle otra reverencia, y de sí hiciéronle otra, y estuvieron quedos los hinojos en el suelo. Y el señor mandóles levantar, y que llevasen adelante: y los caballeros que los tenían por los brazos, dejáronlos, que no osaron llegar adelante: y tres Mirassaes que ante el señor estaban en pie, que eran los más privados que él había, que llamaban al uno Xamelac Mirassa, y al otro Borundo Mirassa, y al otro Noradin Mirassa, vinieron y tomaron a los dichos embajadores por los brazos, y lleváronlos hasta que estuviesen todos juntos ante el señor, e hiciéronles hincar los hinojos. Y el señor diciendo que llegasen adelante, y esto cuido que lo hacía por los mirar mejor, ca no veía bien, ca tan viejo era que los párpados de los ojos tenía todos caídos; y no les dio la mano a besar, ca no lo han de costumbre que a ningún grande señor besen la mano, y esto teniéndose en mucho lo hacen; y de sí preguntóles por el señor rey, diciendo: «¿Cómo está mi hijo el rey? ¿Y cómo, le va? Y si era bien sano».

Y los dichos embajadores le respondieron, y dijeron su embajada bien cumplidamente, que los escuchó bien todo lo que quisieron decir; y de que hubieron dicho, el Tamurbec se volvió a unos caballeros que estaban a sus pies sentados, que decían que era el uno de ellos hijo del emperador Totamix, emperador que fue de Tartaria; y otro que era del linaje de los emperadores de tierra de Samarcanda, y otros hombres grandes de su linaje del señor, y díjoles: «Catad aquí estos embajadores que me envía mi hijo el rey de España, que es el mayor rey que hay en los francos, que son en el un cabo del mundo; y son muy gran gente y de verdad; y yo le daré mi bendición a mi hijo el rey: y bastara harto que me enviara él a vosotros con su carta sin presente, ca tan contento fuera yo en saber de su salud y estado, como en me enviar presente».

Y la carta que el dicho señor rey le enviaba teníala en la mano aquel su nieto alta ante el señor; y el maestro en teología dijo por su Trujiman, que dijese al señor, que aquella carta que su hijo el rey le enviara, no la sabía otro leer salvo él, y que cuando su merced fuese de la oír, que él se la leería. Y el señor tornó entonces la carta de mano de aquel su nieto y abrióla, y dijo que si luego la quería leer: y el maestro dijo, que si la su merced fuese: y el señor dijo, que él enviaría por él después, y que estarían con él despacio en apartado, que allí la leería y diría lo que quisiesen. Y de si levantáronlos de allí, y lleváronlos a sentar a un estrado llano que estaba a la mano derecha del señor: y los Mirassaes que los tenían por los brazos, sentáronlos debajo de un embajador que el emperador Chayscan, señor del Catay, enviara al Tamurbec: con el cual le enviaba a demandar el tributo que de cada año le solía dar. Y de que el señor vio a los dichos embajadores ser sentados bajo del embajador del señor del Catay, envió mandar que sentasen los dichos embajadores encima, y el otro debajo de ellos. Y de que los hubieron sentado llegó uno de los Mirassaes del señor, que dijo a aquel embajador del Catay, que el señor mandaba que aquellos que eran embajadores del rey de España su hijo, que era su amigo, que estuviesen encima de él, y que a él que era embajador del ladrón mal hombre su enemigo, que estuviese debajo de ellos; el cual, Dios queriendo, entendía muy cedo hacer ahorcar, porque no se atreviese otro a le venir con tal embajada: y de allí adelante en las fiestas y convites que el señor hizo, siempre los asentaron y ordenaron así. Y de que esto le hubieron dicho, dijeron al Trujimán que lo dijese a los dichos embajadores lo que el señor hacía por ellos. Y este emperador del Catay se llama Chuyscan, que quiere decir emperador de nueve imperios, y los chacatays lo llaman Tangus, que han por denuesto, que quiere decir emperador Puerco: y es señor de muy gran tierra, y solíale el Tamurbec dar tributo, y ahora no se lo quería dar. Y de que los dichos embajadores fueron ordenados, y otrosí otros muchos embajadores que ahí estaban de otras muchas partes, y otra mucha gente, trajeron mucha vianda de carneros cocidos y adobados y asados, y otrosí caballos asados; y estos carneros y caballos que así traían, poníanlos en unos cueros como de guadamacir redondos, muy grandes, y con asas de que trababa la gente para los llevar. Y de que el señor demandó la vianda, trajeron, aquellos cueros arrastrando gente asaz que trababa de ellos, que no los podían traer, y venían regando, tanta era la vianda que en ellos estaba: y de que fueron cerca del señor cuanto veinte pasos, vinieron cortadores que cortasen, e hincaron los hinojos ante los cueros, y traían ceñidos unos paños de labor, y en los brazos metidas unas mangas de cuero porque no se untasen; y echaron mano de aquella carne, y hacían piezas de ella, y ponían en bacines, de ellos de oro, y de ellos de plata, y aún de ellos de barro vidriado, y otros que llaman porcelanas, que son muy preciados y caros de haber. La más honrada pieza que ellos hacían eran las ancas del caballo enteras con el lomo sin piernas: y de estos hicieron hasta diez tajadores de oro y de plata, y en ellos ponían asimismo lomos de carnero con sus piernas sin los jarretes: y en estos tajadores ponían pedazos de las tripas de los caballos redondas así como el puño, y cabezas de carneros enteras: y de sí de esta manera hicieron otros muchos tajadores; y de que hubieron hecho tantos que bastarían, pusiéronlos en línea unos ante otros; y luego vinieron hombres con escudillas de caldo, y echaron de la sal en ello y deshiciéronla, y de sí echaba en cada tajador un poco como por salsa; o tomaban unas tortas de pan muy delgadas, y doblábanlas de cuatro dobles, y poníanlas sobre la vianda de aquellos tajadores. Y de que esto fue hecho, los Mirassaes y privados del señor, y los mayores hombres que ahí estaban, tomaban de aquellos tajadores de dos en dos, o tres, ca un hombre solo no lo podría llevar, y pusieron ante el señor y ante los embajadores y caballeros que ahí estaban: y el señor envió a los dichos embajadores dos tajadores de los que ante él estaban por les hacer honra. Y esta vianda no era puesta, cuando era levantada y puesta otra; y su costumbre es, que aquella vianda que allí les dan, de la hacer llevar para sus posadas; y si no lo hacen, hanlo por baldon: y de esta vianda fue traída tanta, que fue maravilla. Otrosí es costumbre que cuando alguna vianda quitan delante los dichos embajadores, danla a sus hombres para que lleven; y de ésta fue tanta puesta ante los hombres de los dichos embajadores, que si la llevar quisieran, les bastara para medio año. Y de que lo cocido y asado fue levantado, trajeron muchos carneros adobados y albóndigas, y otros hechos de muchas maneras: y después de esto trajeron mucha fruta y melones y uvas y duraznos; y diéronles a beber con unas escudillas, o aguamaniles de oro y de plata, leche de yeguas con azúcar, que es un buen brebaje que ellos hacen para en tiempo de verano. Y acabado de comer, pasaron por ante el señor los hombres que tenían en brazos el presente que el señor rey le enviara; y asimismo el presente que el sultán de Babilonia le envía: otrosí pasaron ante el señor hasta trescientos caballos que aquel día presentaron al señor. Y de que esto fue hecho levantaron a los dichos embajadores y lleváronlos fuera, y de sí diéronles un caballero por guarda que los guardase, y les hiciese dar todo lo que hubiesen menester: y este caballero era portero mayor del señor, el cual les llevó a ellos y al dicho embajador del sultán, a una posada que era cerca de ésta donde estaba el señor, en la cual había una huerta y mucha agua en ella. Y como los dichos embajadores se partieron del señor, hizo traer el presente ante sí que el señor rey le enviara, y recibiólo y tomólo, y tuvo con él gran placer: y de las escarlatas partió luego con sus mujeres, señaladamente con la su mujer mayor que llaman Caño, que tenía en esta huerta consigo: y el presente que el sultán le envió, y los otros que ese día le presentaron, no los recibió, mas tornáronlos a sus hombres que los guardasen: los cuales los recibieron y tuvieron tres días hasta que el señor los mandó tomar: ca tal es su costumbre de no recibir presente hasta tercero día. Y esta huerta y casa, donde el señor recibió a los dichos embajadores, ha nombre Dilicaxa, y en esta huerta estaban muchas tiendas armadas de paños de seda, y de otras maneras: y el señor estuvo en esta huerta y casa hasta el viernes siguiente que partió de aquí, y se fue a otra huerta y casa muy rica, cual mandaba ahora hacer, que había nombre Bayginar.

Y el lunes siguiente, que fueron 15 días del dicho mes de septiembre, el señor se fue de esta huerta y casa para otra que era muy hermosa: y esta huerta había una portada muy alta y hermosa hecha de ladrillo, labrada de azulejos y de azul y oro a muchas maneras: y este día mandó el señor hacer una gran fiesta, a la cual ordenó que viniesen los dichos embajadores, y otrosí mucha gente de hombres y mujeres, de sus parientes, y de otras gentes. Y es esta huerta muy grande, y en ella había muchos árboles y frutales, y de otros que hacían sombra, y por ella había unas calles y andenes cercados de madera, por do andaba la gente: y esta huerta había muchas tiendas armadas, y sombras de tapete colorado, y de otras paños de seda de muchas colores, de ellas entretalladas, y de otras maneras llanas: y en medio de esta dicha huerta estaba una muy hermosa casa hecha en cruz, la cual estaba muy ricamente guarnida de paramentos, y luego en el cuerpo de ella había tres como alhanias para hacer camas o estrados, y el suelo y las paredes eran de azulejos, y como hombre entra, de frente estaba una de las dichas alhanias que era la mayor de ellas, en la cual estaba un retablo de plata sobredorada tan alto como un hombre, y tan ancho cuanto tres brazas, y delante de él estaba una cama de almadraques pequeños de camocan, y de otros paños de seda labrados de oro, puestos unos encima de otros en el suelo, y allí había de estar el señor: y las paredes estaban guarnidas de unos paramentos de paño de seda de color rosado; y estos paramentos estaban guarnidos de unas chapas de plata sobredoradas, de ellas engastonadas de esmeraldas y aljófar, y otras piedras bien puestas, y de encima de los paramentos colgaban ayuso unos pedazos de paño de seda, y tan anchos como un palmo que venían hasta ayuso, otrosí guarnidos según los paramentos: y de estos pedazos colgaban unas borlas de seda de muchas colores, y cuando les daba el viento movíanse a una parte y a otra, que parecía bien hermoso. Y ante la puerta de esta alhania, que era un gran arco, estaba otro tal paramento como éste, y así guarnido colgado de unas varas como de lanza, y de estos paramentos colgaban unos cordones de seda con unas borlas bien grandes que venían hasta el suelo: y las otras dichas alhanias guarnidas con otros tales paramentos como éstos, y así guarnidos y por el suelo había alfombras y esteras de juncos. Y en medio de esta casa ante la puerta estaban dos mesas de oro sobre cuatro pies cada una, que era mesa y pies todo uno, y serían tan luengas como cinco palmos cada una, y tan anchas como tres palmos, y en ellas estaban siete redomas de oro, y las dos de ellas guarnidas de aljófar bien grueso y de esmeraldas y turquesas, que en ellas de partes de fuera estaban engastonadas, y cada una de ellas tenía cerca de la boca un balaje. Y otrosí había seis tazas de oro redondas, y la una de ellas estaba guarnida de partes de adentro de aljófar bien grueso y redondo y claro, y en medio había un balaje enhiesto tan ancho como dos dedos, y de buen color propio. Y a esta fiesta fueron de partes del señor llamados los dichos embajadores, y cuando los fueron llamar donde posaban, no tenían consigo al su Trujiman, y detuviéronse por lo esperar, y cuando fueron, el señor había ya comido, y el señor les mandó decir, que otro día cuando les enviase a llamar, que fuesen luego, y no se detuviesen por el Trujiman, y esta vez que los perdonaba, ca por ellos hacía él aquellas fiestas, porque mirasen y viesen la su casa y gente de ella. Y el señor tuvo gran saña de sus Mirassaes, porque no habían ido los dichos embajadores a aquella fiesta, y porque el Trujimán no había estado con ellos, y por su mengua no habían venido los Mirassaes del señor que mandaban su casa, y enviaron por el Trujiman, y díjole: «¿Cómo por ti es el señor ensañado, y ha habido enojo? Porque no estabas con los embajadores de los francos, y porque te castigues y estés todavía presto, mandamos que te horaden las narices, te metan por ellas una cuerda, y te traigan por todo el Ordo, porque castigues».

Y no lo habían dicho, cuando lo tenían por las narices otros hombres por se las horadar, y el caballero que había llevado a los dichos embajadores por mandado del señor, que estaba allí, demandó merced por él, y escapó que no hiciesen de él justicia: y el señor envió a decir a los dichos embajadores a su posada donde estaban, que pues a la fiesta no habían estado, que quería que tuviesen parte de ella: y envióles cinco carneros y dos jarras grandes de vino: y a esta fiesta se ayuntó mucha gente, así de dueñas, como de grandes hombres de los que con él andan, y otra gente asaz: y como quiera que los dichos embajadores no vieron esta dicha casa ni huerta, ni los apartamientos de ella, viéronla algunos de sus hombres, que les fue mostrada, y metidos en ella a que la viesen y mirasen.

Y el lunes siguiente, que fueron 22 días del dicho mes de septiembre, el señor se fue de esta casa para otra, que era así casa y huerta como ésta, y era cercada de muro alto, y cuadrada, y a cada canto de ella una torre redonda grande alta, y la cuerda era muy alta, hecha a la obra de que eran estas otras: y en medio había una gran casa hecha en cruz, con una grande alberca de agua delante, y la casa era muy mayor que el de las otras huertas que hasta allí habían visto, y la obra más rica de oro y de azul: y estas casas y huertas eran fuera de la ciudad, y esta huerta y casa había nombre Bagino. Y aquí ordenó el señor una gran fiesta, a la cual fueron llamados los dichos embajadores, y se ayuntó mucha gente: y en esta fiesta mandó el señor, que bebiesen vino, y bebiólo él asimismo, ca no lo osan beber en público ni en escondido sin su licencia, y el vino dan ellos antes de comer, y dan a beber a tantas veces y tan a menudo, que hace los hombres beodos, y no tenían que sería alegría ni fiesta, si no se embeodasen: y los que sirven están los hinojos hincados, y así como han bebido una taza, luego dan otra, y otro oficio no tienen si no así como acaban de beber una vez, luego dan otra, y de que uno es enojado de dar a beber, viene otro, y no hace al salvo de partir y beber: y no penséis que uno dé de beber a muchos, salvo a uno o a dos, por les hacer beber más, y los que no quieren tomar el vino, dicen que lo hacen en baldón del señor, a cuyo ruego lo beben: y aún hacen más, las tazas danlas llenas, y no ha de dejar ninguno vino en ella, y si le deja, no le quieren tomar la taza de la mano, o hácenle tornar a beber, y beben de una taza una o dos veces, y si dijeren que beba aquel vino por amor del señor, o si le conjuraren por la cabeza del señor, hanlo de beber todo, que una sola gota no dejen. Y el hombre que esto hace y más vino bebe, dicen que es bahadur, que dicen ellos por hombre recio, y el que refiera que no quiere beber, hácenle beber, aunque no quiera. Y este día antes que al señor entrasen los embajadores, envióles el señor un su Mirassae, con el cual les envió un cántaro de vino: y envióles decir, que les rogaba que bebiesen de aquel vino a tanto que cuando ante él estuviesen, fuesen bien alegres: y después que ante el señor entraron, sentáronlos según el día de antes, y el beber duró una gran pieza, y de sí trajeron la vianda, que fueron muchos caballos asados, y carneros cocidos y asados, y después lo adobado, y mucho arroz de muchas maneras según su costumbre. Y después que hubieron comido, uno de los Mirassaes del señor vínose con un bacín de plata en la mano lleno de una su moneda de plata que llaman Tagaes, y derramó de ellos sobre los dichos embajadores, y sobre la otra gente que ahí estaba, y de que hubo echado de ellos aquellos que quiso, tomó los que hincaban en el bacín, y echólos en las faldas de los dichos embajadores. Y de sí el señor hizo vestir a los dichos embajadores sendas ropas de camocan, e hincaron los hinojos ante él tres veces, como es su costumbre; y mandóles decir, que otro día siguiente viniesen a comer con él.

Y otro día siguiente, que fueron 23 días del mes de septiembre, el señor se fue a otra casa y huerta que era cerca de ésta, que había nombre Dilicaya: en la cual hizo otra gran fiesta, a la cual se ayuntó mucha gente de los de su hueste del señor que mandó venir allí, que eran aposentados a otras partes: a la cual fiesta fueron los dichos embajadores, y esta dicha huerta y casa era bien hermosa: en la cual fiesta mostró el señor gran alegría, y bebió vino él y cuantos ante él estaban, y la vianda fue mucha de carneros y caballos, según su costumbre. Y de que hubieron comido, el señor mandó dar a los dichos embajadores sendas ropas de camocan, y de sí tornáronse a sus posadas, que era bien cerca de donde el señor estaba: y a estas fiestas se ayuntaron tanta gente, que cuando llegaban cerca de do estaba el señor, no podían ir adelante, salvo por las guardas que los embajadores llevaban que les hacían lugar, y el polvo era tanto, que las caras y las ropas todo era un color. Y ante estas dichas huertas estaba una gran llanura de unos campos, y por él venía un río y otros muchos arroyos de agua: y en este campo mandó el señor armar muchas tiendas para sí y para sus mujeres, y mandó a toda su hueste, que estaban derramados por huestes y prados de la tierra, que se ayuntasen allí todos, cada uno en su lugar, y pusiesen sus tiendas, y viniesen allí con sus mujeres a estar allí en las fiestas y bodas que quería hacer. Y de que las tiendas del señor fueron armadas, ya sabía cada uno donde había de venir a poner sus tiendas, y a cual parte desde el mayor hasta el menor sabe su lugar, y lo tiene ya conocido, todos ordenadamente y sin ruido, y antes de tres o cuatro días fueron armadas en derredor de las tiendas del señor hasta veinte mil, y de cada día no hacían si no venir de todas partes. Y en este su Ordo andan todavía carniceros y cocineros, que venden carne cocida y asada, y otros que venden cebada y fruta, y horneros que hacen sus hornos, y amasan y venden pan: y de todos los oficios y menesteres que les son necesarios, hallaréis por su Ordo, y todos ordenados por calles señaladas, y aún traen más, por do quiera que van en hueste, baños y bañadores, los cuales arman sus tiendas, y hacen sus casas para los baños de hierros, que son calientes, y dentro sus calderas en que tienen y calientan su agua, y todo lo que han menester: y así como cada uno venía, ya sabía do había de estar. Y el señor mandó traer a los dichos embajadores a una huerta y casa que cerca de su Ordo estaba, porque estuviese cerca, la cual casa y huerta era del señor.

El lunes, que fueron 29 días del dicho mes de septiembre, el señor se vino a la ciudad de Samarcanda, y fue posar a unas casas que eran luego a la entrada de la ciudad: las cuales casas mandó el señor hacer a honor de la madre de su mujer Caño, y esta madre de esta mujer yacía enterrada en una capilla que dentro en estas casas estaba: y estas casas eran muy ricas y con muchos cumplimientos: y las sus casas no las acostumbra hacer de muchos cumplimientos, pero en ésta había asaz, y aún no eran acabadas; pero de cada día labraban en ellas. Y el señor mandó este día hacer una gran fiesta, y mandó que viniesen allí los dichos embajadores: y esta fiesta mandó él hacer este día, por cuanto querían recibir unos embajadores que a él venían de una tierra que confina con tierra del señorío del Catay, y solía ser del señorío del Catay: los cuales embajadores vinieron este día allí, y venían apostados de esta manera: el mayor de ellos traía vestido uno como tabardo de pellejos, el pelo afuera; y eran estos pellejos más viejos que nuevos: en la cabeza traía un sombrero pequeño, y un cordón en el peto, y el sombrero era tan pequeño, que por fuerza le entraba en la cabeza, porque no se le cayese el sombrero de la cabeza. Y todos cuantos con él venían traían vestidos de pellejos, de ellos traían el pelo afuera, y de ellos adentro, y también apostados, que parecían herreros que salían de labrar hierro: y traían presente al señor de pieles de martas por adobar, y de cibelinas, y de raposas blancas y halcones: y éstos eran cristianos a la manera de los del Catay. Y la su embajada en que venían era, que demandaban al señor que les diese por gobernador y por señor a un nieto del emperador Totamix, emperador que solía ser de Tartania, que con él venía. Y el señor jugó este día al ajedrez una gran pieza con unos Zaytes, y Zaytes llaman a unos hombres que vienen del linaje de Mahomad. Este día no les quiso tomar el presente a estos embajadores; pero trajéronselo delante, y violo.

Y el jueves, que fueron 2 días de octubre, el señor envió a los dichos embajadores a la huerta donde posaba un caballero, que era su portero mayor; el cual les dijo, que el señor les enviaba a decir, que él sabía bien que los francos que bebían vino cada día, y allí ahora con él que no lo bebían a su voluntad ante él, cuando se lo mandaba dar, que por eso se los enviaba a él a ellos allí, que les hiciese adobar de yantar y dar a beber, porque comiesen y bebiesen a su voluntad, y que les enviaba para ello diez carneros y un caballo para comer, y una carga de vino: y de que el yantar fue comido, y el vino bebido, a los dichos embajadores vistiéronles sendas ropas de camocan, y sendas camisas, y sendos sombreros, y les dieron más sendos caballos que el señor les enviaba.

Y el lunes, que fueron 6 días del dicho mes de octubre, el señor mandó una gran fiesta, donde tenía su Ordo puesto en el campo, que dicen ellos por real; y allí ordenó y mandó, que sus parientes y mujeres, y las mujeres de sus hijos y nietos que allí estaban, y sus Mirassaes privados, y toda su gente que estaban derramados por los campos, viniesen allí, y estuviesen cuando él mandase. Y este día fueron llevados los dichos embajadores allí donde estaba el Ordo; y cuando en él fueron, hallaron muchas tiendas y bien hermosas, y las más de ellas estaban ribera del río, y bien parecían hermosas de ver, y estaban muy juntas unas con otras: y a los dichos embajadores llevaron por unas calles donde estaban los que vendían las cosas que eran necesarias para gente que anda en hueste. Y de que los dichos embajadores fueron cerca de donde estaban las tiendas del señor, pusiéronlos so una sombra: la cual era de un paño de lino blanco, entretallado de paño de otras colores, y era luenga, y enhiesta hasta arriba con dos maderos y cuerdas que la tiraban, y por el campo había asaz de estas sombras; y hácenlas así luengas y altas, porque tengan el Sol y entre el aire: y cerca de estas sombras estaba un muy grande y alto pabellón, el cual era hecho como tienda, salvo que estaba cuadrado, y era tan alto como tres lanzas de armas, y más; las faldas de él no llegaban al suelo cuanto podía ser una lanza, y había en ancho hasta cien pasos, y había cuatro esquinas, y el cielo de él era redondo como bóveda; y armase sobre doce árboles, tan grueso cada uno como un hombre en los pechos; y eran pintados de azul y oro, y de otras colores: y de esquina a esquina iban de tres en tres estos árboles, y era cada uno hecho en tres pedazos, que se convertían en uno: y cuando los armaban, enhiestábanlos con unas ruedas como de carreta, y con tornos y hombres; han cintos que trababan en ciertos lugares, que los ayudaban a los enhestar: y desde la bóveda de arriba, do era el cielo, descendía hasta ayuso un paño de seda por cada uno de estos árboles, y atábanlos a los dichos árboles; y de que eran atados hacíase arco del un cabo al otro: y de fuera de este cuerpo de esta cuadra descendían unos como portales, que eran otrosí en cuadra, y arriba era junto con el cuerpo de la cuadra: y estos dichos portales sostenían los veinticuatro mástiles, que no eran tan gruesos como los de enmedio, así que eran todos estos árboles treinta y seis que a este pabellón tenían. A este pabellón tiraban bien quinientas cuerdas coloradas, y eran de partes de dentro de un tapete carmesí, y en ella hechos muchos entretallamientos de muchas maneras bien hermosas de otros paños de seda de muchas colores, y en lugares bordado de hilo de oro tirado. Y en medio del cielo de la cuadra está la más rica obra que en todo ello había; y a los cuatro cantos de ella estaban figuradas cuatro águilas con sus alas cubiertas; y este dicho pabellón era de partes de fuera forrado de un paño de seda, a bandas blancas y prietas y amarillas, que parecen sarsaní: y a cada cabo de este pabellón salía un madero alto que subía arriba, y en cada madero estaba una manzana de cobre, y una figura de Luna encima. Y encima de lo más alto de la cuadra salían otros cuatro maderos que subían más altos, con otras sendas manzanas y lunas muy grandes: y encima de este pabellón entre estos dichos maderos estaba una torre con almenas de paño de seda de muchas maneras, con una puerta por do entraban a ella; y cuando el viento desconcertaba este pabellón y los árboles de él, subían hombres encima de ella, y andaban a pies por ella a do querían, así era tan alta que de lejos parecía un castillo; y tan grande y tan alto, y tan ancho era este pabellón, que era una extraña cosa de ver, y mucho más de hermosura había que no se podía escribir. Y so este pabellón estaba a la una parte puesto un estrado llano de alfombras, y en él puestos tres o cuatro almadraques uno sobre otro, y este estrado era para el señor: y a la mano izquierda estaba otro estrado llano de alfombras, que estaba un poco desviado del otro estrado; y cerca de éste estaba otro más bajo. Y cerca de este dicho pabellón estaba una cerca así como de villa o de castillo, de paño de seda de muchas colores, entretallados de muchas maneras con almenas encima, con cuerdas de partes de fuera y de dentro que la tiraban; y de dentro había unos maderos que los tenían. Y esta cerca era redonda, y podía ser tan ancha cuanto trescientos pasos, y la pared tan alta cuanto sería un hombre a caballo; y había una puerta bien alta hecha en arco, con puertas adentro y afuera de la obra misma, que era la cerca, que se cerraba la una; y encima de la portada estaba una torre cuadrada con almenas: y como quiera que la dicha cerca era de muchos lazos y trabamientos que en ella estaban hechos, la dicha portada, arco y torre era de muy más hermosa obra que lo otro; y esta dicha cerca llaman ellos Zalaparda. Y dentro de esta cerca había muchas tiendas, y sombras armadas de muchas maneras: entre las cuales estaba una muy alta tienda, la cual no la tiraban cuerdas; y era redonda, y las paredes eran de varas tan gruesas como lanzas, poco más, que se ponían atravesadas como red: y encima de estas varas estaba uno como capitel alto, otrosí de varas muy alto; y este capitel y paredes de tienda se ataba uno con otro, con unas cintas tan anchas como la mano, y venían hasta ayuso, y atábanlas a unas estacas que junto con las paredes de la tienda estaban; y tan alta era, que era maravilla tenerse con aquellas cintas: y encima era cubierta de un paño de tapete carmesí, y debajo era embutido en algodón como colcha, porque no la pasase el Sol: y ella no había entretallamientos ni figuras ningunas, salvo que la ceñían por medio de partes de fuera unas bandas blancas que iban en cruz, que la atravesaban toda en derre-

dor: y estas bandas eran cubiertas de unas chapas de plata sobredoradas tan anchas como la mano, en que estaban engastonadas
piedras de muchas maneras, y alrededor de esta tienda, por medio
de ella la ceñía un lienzo blanco, que la ceñía en derredor, plegado
de pliegues menudos como jirones de saya, que era bordado de hilo
de oro tirado; y cuando hacía viento, movíanse los pliegues de este
dicho lienzo a una parte y a otra, que parecía muy hermosa: y había una puerta alta con puertas de unas cañas menudillas cubiertas
de tapete colorado. Y cerca de esta dicha tienda estaba otra bien
rica, que la tiraban cuerdas, y era un tapete colorado de velludo: y
otrosí estaban luego otras cuatro tiendas, juntas unas con otras,
que se pasaba de una a otra, e iba como calle por medio de ellas;
eran cubiertas encima. Y dentro de esta cerca había otras muchas
tiendas de muchas maneras: y luego junto con esta cerca estaba
otra tan grande de un paño de seda, hecho por tal manera, que
parecía como asiler de azulejos; y por él había a trechos ventanas
abiertas con sus puertas, y por las ventanas no podía entrar hombre ninguno, ca tenían unas redes hechas de unas cintas de seda
angostas: y en medio de esta cerca estaba otra tienda muy alta,
hecha según la primera, de otro tal paño colorado, y con otras tales chapas de plata: y estas tiendas podían ser tan altas como tres
lanzas de armas, y más; y en el capitel en lo más alto de esta tienda
estaba una águila de plata sobredorada bien grande, que tenía las
alas abiertas: y luego bajo de ella cuanto una braza y media, salían
del cuerpo de la tienda tres halcones de plata sobredorados, uno a
la una parte, y otro a la otra, puestos ordenadamente: los cuales
halcones tenían las alas abiertas como que querían huir del águila,
y los rostros hacia ella, y las alas abiertas: y el águila hacía sem-
blante que quería venir al uno de ellos: y esta águila y halcones
eran muy bien hechos, y estaban así ordenados que parecían una
significanza hermosa. Y ante la puerta de esta tienda estaba una
sombra de un paño de seda de muchas colores, que hacía sombra

ante la puerta, y le guardaba que no le diese el Sol, y hacía do él andaba, hacia allá lo movía aquella sombra; de manera que todavía guardaba el Sol que no diese en la tienda. Y la dicha primera cerca y tiendas eran de la primera mayor mujer del señor, que llamaban Caño: y esta otra era de la segunda mujer, que llaman Quinchicano, que quiere decir la señora pequeña. Y cerca de esta dicha cerca estaba otra de paño de otra manera con muchas tiendas y sombras en ella; y en medio estaba una alta tienda hecha según las que vos he dicho: y unas juntas, con otras estaban de estas cercas, que ellas llaman Calaparda, once, cada una de su color, y de sus labores: y en cada una de ellas había una de las tiendas grandes que no las tiran cuerdas, todas cubiertas de tapete colorado, hechas a una manera; y hay muchas tiendas y sombras en cada una de ellas; y de una a otra de estas cercas no había más espacio de una como calle, y estaban puestas una cerca de otra, que parecía muy hermoso. Y estas cercas eran de mujeres del señor, y de mujeres de sus nietos, y éstos han ellos y ellas así como sus casas, que están en verano y en invierno. Y el señor salió a hora de mediodía de una de estas cercas, y vino so el dicho gran pabellón, e hizo venir allí dentro a los dichos embajadores, y dioles allí una gran yantar de mucha vianda de carneros y caballos; y la yantar acabada, los dichos embajadores se vinieron a sus posadas.

Y el martes siguiente, 7 días del dicho mes de octubre, el señor mandó hacer otra tan gran fiesta allí en su Ordo, y vinieron allí los dichos embajadores: y la dicha fiesta hizo en una de aquellas cercas que habéis oído. Y a los sobredichos señores embajadores hizo llevar allí, y halláronlo en la gran tienda, y dentro y consigo los hizo entrar en la dicha tienda, y dioles un gran yantar, según la su usanza. Y acabado de comer, dos privados los mayores que el señor había, que mandaban su casa, que llamaban al uno Xamelique Mirassa, y al otro Noradin Mirassa, dieron este día al señor un presente, y trajéronselo allí delante: el cual fue muchos tajadores de plata con pies altos, en que venían confites y azúcar en panes, y pasas y almendras y alfóstigos: y en cada tajador venía una pieza de paño de seda. Y estos tajadores le trajeron de nueve en nueve; que tal es su costumbre del que hace presente al señor, en que sea novenas, de nueve en nueve cosas. Y este presente repartió el señor con los caballeros que ante él estaban: y a los dichos embajadores mandó dar dos tajadores de los en que venían dichos paños de seda. Y cuando se quisieron levantar, lanzaron por encima de la gente dineros de plata, entre ellos unas chapelinas de oro delgadas, y en medio de ellas unas turquesas. Y acabado de comer fuese la gente a sus posadas.

Y otro día miércoles siguiente, el señor mandó hacer otra fiesta, y mandó que viniesen allá los dichos embajadores: y este día hizo grande viento, y el señor Tamurbec no salió a comer fuera en la plaza, y mandó que diesen de comer a los que quisiesen: y los dichos embajadores no quisieron comer, y fuéronse a sus posadas.

Y el jueves siguiente, 9 días del dicho mes de octubre, Hausada, la mujer de Miaxa Mirassa, el hijo mayor del señor, hizo una gran fiesta, a la cual mandó llamar a los dichos embajadores: y la fiesta hizo en una cerca y tiendas bien hermosas que ella tenía. Y cuando los embajadores fueron cerca de las sus tiendas, hallaron por el suelo puestas muchas jarras de vino, que duraban una gran pieza: y de sí metieron a los dichos embajadores dentro; y de que fueron ante ella, mandóles sentar en un estrado llano, que ante ella estaba, so una sombra. Y la dicha Hausada, y otras muchas dueñas que con ella estaban, estaban sentadas a la puerta de una gran tienda so unas sombras; y allí estaba en un estrado llano, y ante ella tenía puestos unos tres o cuatro almadraques pequeños, uno encima de otro, en que se echaba de pechos cuando quería. Y este día hacía boda a una su parienta. Y ella podía ser de edad de hasta cuarenta años, y era blanca y gruesa: y ante ella estaban muchas jarras de vino, y otras que tenían un brebaje que ellos beben mucho, que llaman bosar, que es de leche de yeguas hecho con azúcar. Otrosí estaban ante ella mucha gente de caballeros y parientes del señor Tamurbec, y otrosí ante ella estaban juglares que tañían. Y cuando los dichos embajadores allí llegaron, estaban bebiendo, y las maneras de su beber que allí hacían, eran éstas: un caballero viejo pariente del señor, y otros dos mozos pequeños sus parientes, que allí estaban, servían de copa ante ella, y ante las otras dueñas en esta manera: habían en las manos sendos paños blancos como sudarios, y los que escanciaban el vino, echaban el vino en unas tazas pequeñas de oro, y poníanlas en sendos plateles pequeños de oro llanos; y aquellos que servían el vino iban delante, y los escanciadores atrás con sus tazas puestas en sus plateles; y cuando eran a medio del camino hincaban el hinojo derecho en tierra tres veces, alzándolo, y poniéndolo sin se levantar de un lugar; y de sí tomaban las tazas con sus plateles, y llegaban hasta cerca de donde ella estaba, y allí tomaban las tazas con los sudarios en las manos, que no llegaban las manos a las tazas, e hincaban los hinojos ante ella, y ante las otras dueñas que allí estaban, que habían de beber. Y de que ellos tomaban las tazas, los que llevaban el vino, quedaban con los plateles en las manos, y levantábanse y venían atrás andando, que no volvían las espaldas a ellas; y cuando eran un poco arredrados de ellas, hincaban el hinojo derecho en tierra, y estaban así quedos: y de que ellas habían bebido, levantábanse, e iban ante ellas, y ellas ponían las tazas en los plateles que los servidores llevaban en las manos, y tornábanse que no volvían las espaldas. Y este beber no penséis que les duró poco, más un gran rato, y sin comer que allí les hubiesen dado: y a las veces estando aquellos servidores ante ellas con sus tazas, mandábanles que bebiesen, y ellos quitábanse afuera, y de sí hincaban los hinojos, y bebían que no dejaban nada, y trastornaban la taza, porque viese ella que no quedaba nada; y allí se decían todas sus proezas y hazañas, de que reían todos. Y a esta sobredicha fiesta vino Caño, la mujer del señor Tamurbec, y a las veces bebían vino, y a las veces de brebaje de leche: y de que el beber duró una gran pieza, hizo venir ante sí a los dichos señores embajadores, y dioles a beber ella misma con su propia mano del vino, y con el dicho Ruy González porfió una gran pieza por le hacer beber vino, que no quería creer que nunca bebiera vino; y tanto fue el beber, que se caían delante de ella los hombres beodos, sozabrados: y esto han ellos por muy gran nobleza, ca entenderían que no sería placer ni regocijo donde no hubiese hombres beodos. Y juntamente tras esto trajeron mucha vianda en demasía de caballos asados y carneros, y otros manjares de carne adobada: y comieron todo esto con grande ruido, y unos a otros se arrebataban la carne, y hacían juegos con este comer. Y esta vianda se dio muy aprisa: y trajeron arroz de muchas maneras, y tortas de pan con azúcar y con yerbas: y allende de la vianda que así dieron en estos tajadores, dieron otra que trajeron en unos cueros con las manos, a los que la querían. Y esta Hausada es mujer de Miaxa Mirassa, y es la que volvió al dicho Miaxa Mirassa con su padre. Y esta mujer vino de linaje del emperador, y por esta razón le hacía grande honra el Tamurbec, y en esta Hausada tiene un hijo, a este Miaxa Mirassa, que llaman Caril Zoltan, que puede haber hasta veinte años.

Y el jueves, 9 días del dicho mes de octubre, el señor mandó hacer una fiesta a un su nieto, que había entonces de hacer boda: a la cual mandó que fuesen los dichos señores embajadores, la cual fiesta se hizo en una cerca muy hermosa guarnida de muchas tiendas: y a esta fiesta vino Caño, la mayor mujer del señor, y la dicha Hausada, y otras grandes dueñas y caballeros, y otra muy mucha gente. Y la vianda fue muy mucha en demasía este día de caballos y carneros, según su costumbre: y este día bebieron muy mucho vino, e hicieron grande alegría; y las dueñas bebieron asimismo su vino, de la manera que lo habían bebido el día de antes. Y por mayor alegría el señor mandó pregonar por toda la ciudad de Samarcanda, que todos oficiales de la ciudad, así los que vendían paños como aljófar, y cambiadores, y todas las otras cosas y mercaderías, y cosas que podían ser; y cocineros y carniceros y panaderos y alfayates y zapateros, y todos los otros ministrales que en la dicha ciudad estaban, fuesen allí al campo donde él estaba con su Ordo, y pusiesen todas sus tiendas, y vendiesen allí lo que tuviesen, y no en la ciudad. Y otrosí que de cada un oficio hiciesen un juego, con que anduviesen por su Ordo, porque las gentes tomasen placer, y que no partiesen sin su licencia y mandado: por el cual pregón salieron todos los oficiales de la ciudad, con todo lo que tenían de vender, y con sus menestriles, y poblaron el Ordo cada oficio de por sí por sus calles señaladas, que les dieron ordenadamente los de cada oficio a su parte: y de cada oficio trajeron su juego, con que andaban haciendo solaz por todo el Ordo. Y a do estos dichos oficiales pusieron sus tiendas, que eran muchas y de diversas maneras, allí mandó el señor hacer muy muchas horcas, por cuanto en aquellas fiestas que quería hacer, dijo, que entendía a unos hacer bien y merced, y a otros mandar ahorcar. Y la primera justicia que hizo fue en un su alcalde mayor, que ellos llaman Dina, que era el mayor hombre que en todo aquel imperio de Samarcanda había: el cual había él dejado en aquella ciudad, cuando partió, por su alcalde mayor, podía hacer seis años y once meses: en el cual tiempo aquel su alcalde dicen que usara mal del oficio, y mandólo venir ante sí, y luego súbito mandólo ahorcar, y tomar todo lo suyo. Y con esta justicia de este gran hombre fue toda la tierra en gran espanto; por cuanto era hombre de quien él mucho fiaba: y otro que hablaba por este dicho alcalde mandó hacer esa misma justicia. Y un privado del señor, que llaman Burodo Mirassa, demandó merced al señor por aquel, que lo perdonase, y que le daría cuatrocientos mil pesantes de plata, que es cada pesante cuanto un real de plata; y el señor dijo que le placía: y de que hubo llevado la moneda, mandólo atormentar que diese más; y al cabo de que no pudo de él más haber, mandólo ahorcar por las piernas hasta que murió. Y otrosí hizo justicia de un gran hombre, a quien dejó tres mil caballos en guarda, cuando de aquella tierra partió; y porque ahora no los tenía todos, mandólo ahorcar: y no le valía que decía, que no tres mil, más que le daría seis mil, si le diese espacio. Y de esto y de otras cosas mandó el señor hacer justicia. Y otrosí mandó hacer justicia de ciertos tenderos, porque habían vendido la vianda más de cuanto valía, de cuando él allí llegó. Otrosí de zapateros, y borceguineros, y de otros oficiales, por cuanto vendían caras las cosas, mandó llevar de ellos cierta moneda, y por esto se recelaban los de la ciudad, que no les había hecho salir fuera con sus tiendas, si no por les mandar robar: y la su usanza de ellos es de, cuando hacen justicia de algún hombre de honra, mandarlo ahorcar, y del hombre de bajo estado degollar; y cuando alguno degüellan, tiénenlo a gran mal, y a baldón lo han ellos.

Y el lunes siguiente, que fueron 13 días del dicho mes de octubre, el señor Tamurbec hizo una fiesta, y mandó llevar a los dichos señores embajadores a ella; y cuando los dichos señores embajadores fueron cerca del gran pabellón donde el señor salía a comer, y estaba con la gente, hallaron que cerca de él estaban armadas otras dos cercas con sus tiendas, como las otras que vos he contado, salvo que ellas y las tiendas que en ellas estaban, y los paños de ellas eran muy ricos, y más preciados que ninguna de las otras que antes estaban armadas. Y como quiera que las de antes fuesen cercadas, no tenían que ver con éstas; ca la una de estas cercas era una de tapete carmesí, y bordado de muy hermosas hordaduras de hilo de oro tirado a muchos y muy hermosos lazos y maneras bien hermosas de ver: y la pared de esta cerca era más alta que no eran las otras que de antes estaban armadas, y la portada era otrosí más alta, y era hecha en arco, con una bóveda y con uno como cabo encima del arco: y este arco y cabo era bordado de hermosas maneras de hilo de oro tirado, y las puertas eran otrosí de tapete, y

bordado con el dicho hilo de oro; y encima de la portada estaba
una torre cuadrada con almenas del dicho tapete, y de la obra
misma de la portada: y la dicha cerca era toda alrededor almenada
con almenas otrosí del dicho tapete y bordadas. Otrosí en las paredes había a trechos unas ventanas con lazos hechos en el dicho
paño de unas cuerdas de seda; y las cuales ventanas tenían unas
puertas, con que se cerraban, del dicho tapete: y dentro en esta
dicha cerca había tiendas armadas muy ricas y hermosas de muy
muchas maneras. Y luego junto con esta dicha cerca estaba otra
que era de un paño de setuní blanco sin labores, otrosí con su portada y ventanas según esta otra, y dentro en ella había tiendas de
muchas maneras; y estas dos cercas habían puertas que se pasaban
la una a la otra. Y este dicho día los dichos señores embajadores no
entraron en estas dichas cercas a las ver, por cuanto el señor hacía
su fiesta so el gran pabellón; pero después otro día les fue mostrado estas dichas dos cercas, y las tiendas y cosas que en ellas estaban. Y ante estas dichas dos cercas estaba armado un pabellón
grande, según el otro grande pabellón donde el señor solía comer,
y de un paño blanco de seda: lo de fuera de él y lo de dentro eran
paños de muchas colores, y lazos y trabamientos que en él eran
hechos. Y a los dichos embajadores llevaron este día so una sombra, que estaban lejos del pabellón grande, donde antes lo solían
poner: y el campo, que era cerca de sus tiendas del señor y pabellón, estaba cercado de tinajas de vino, que eran puestas a trecho
una ante otra, cuanto hombre lanzaría una piedra, que cerraban
todo el campo en derredor cuanto media legua: y de estas tinajas
adelante hacia el gran pabellón no osaba hombre pasar, ca andaban unos hombres a caballo por guardas, que traían sus arcos y
flechas con mazas en las manos; y si alguno pasaba de las tinajas
adelante, lanzábanles con las flechas; o con aquellas mazas que
traían, dábanles tales golpes, que algunos de ellos echaban fuera
por las puertas por muertos; y esto hacían a cualquier persona que

fuese; y por todo el campo estaba muy mucha gente esperando, cuando el señor saldría, y vendría so el gran pabellón. Y cerca de este dicho pabellón estaban muy muchas sombras armadas, y so cada sombra estaba una muy gran tinaja de vino: las cuales dichas tinajas podrían ser tan grandes que cabrían hasta quince cántaras de vino. De que los dichos señores embajadores estuvieron así una gran pieza, levantáronlos de donde estaban, y dijéronles que fuesen hacer reverencia a un nieto del señor, que un día antes había venido de la India menor, donde decían que era señor, que el dicho señor Tamurbec había enviado por él, que lo viniese a ver, que hacía siete años que no lo había visto. Y este sobredicho nieto del señor era hijo del su hijo mayor el primero que tuvo, que era muerto, que tuvo nombre Ianguir; al cual dicen que quería mucho, y a este su nieto quería mucho por amor del hijo: y este su nieto había nombre Piyr Mahomad. Y los dichos señores embajadores fuéronlo ver, y halláronlo en una tienda de un tapete colorado, y estaba sentado en un estrado llano, y ante él estaban muchos caballeros y gente que estaba en pie. Y de que los dichos embajadores fueron cerca de la tienda, vinieron a ellos dos de aquellos caballeros, y tomáronlos por los brazos, e hiciéronles hincar los hinojos en tierra, y lleváronlos un poco delante, e hiciéronlos otra vez hincar los hinojos: y de que fueron con él en la tienda, hiciéronle su reverencia, que era ésta, hincar el hinojo derecho en tierra, y poner los brazos en cruz ante los pechos, e inclinar la cabeza; y de sí los caballeros que los llevaban, levantáronlos, y departieron un poco con ellos, de sí tornáronlos afuera. Y este nieto del señor estaba muy guarnido según su usanza, tenía vestidos unos vestidos de setuni azul con unas bordaduras de oro como ruedas, unas en las espaldas, y entre los pechos, y en las mangas; y tenía un sombrero que estaba guarnido de aljófar bien grueso y de piedras, y encima tenía un balaj muy claro, y la gente que ante él estaba, le hacían grandes reverencias y solemnidad; y ante él estaban dos hombres luchando, los cuales tenían vestidas sendas vestiduras de cuero, hechas como jubones sin mangas, de que se trababan, y no se podían derrocar el uno al otro: y mandóles que se derrocasen, o qué hacían; y derrocó el uno al otro; y de que lo derrocó, túvolo un gran rato que no se levantó: y decían todos que si se levantara, que no le fuera contada la caída. Y este día vinieron todos los embajadores que allí eran, a hacer reverencia a este sobredicho nieto del señor Tamurbec, el cual podía haber hasta veintidós años; y era bajo y sin barbas, y decían que se llamaba señor de la India menor; y no decían verdad, ca el que ahora es rey y señor natural de la India es cristiano, y ha nombre N. según a los dichos embajadores fue contado. Y a la mayor ciudad de la India, que se llama Delieste, el señor de esta India y el Tamurbec tuvieron en uno batalla: a la cual el señor de la India trajo mucha gente, y traía hasta cincuenta elefantes armados, que nosotros decimos marfiles; y a la primera batalla el dicho Tamurbec fue vencido del señor de la India por ocasión de sus marfiles. Y otro día siguiente tornaron a su batalla: y el señor Tamurbec hizo tomar mucho camello, y cargólos de mucha yerba seca, y ponerlos en derecho de los marfiles; y cuando fueron a pelear mandó poner fuego a la paja, y cuando los marfiles vieron contra sí los camellos ardiendo, huyeron. Y dicen que los marfiles han mucho miedo del fuego, por cuanto han los ojos muy pequeños; y por esta ocasión fue el señor de la India vencido. Y el Tamurbec ganó de este señor de la India toda la tierra llana que él tenía, que comarcaba con el su imperio de Samarcanda, y la tierra de la India, y lo más de ella es montaña y tierra muy fragosa; pero dicen que es muy poblada de muchas ciudades grandes y de villas, y tierra muy rica. Y de que el señor de la India fue vencido, acogióse a aquellas montañas, y ayuntó otra vez hueste, y el Tamurbec no lo quiso esperar; antes dicen que cogió su gente y tornóse a los llanos, y el señor de la India no quiso ir tras él; y de esta tierra llana, que entonces le ganó, es señor este nieto del Tamurbec, hasta en la ciudad de Hormes, que es una gran ciudad y rica; pero lo más y mejor de la India quedó y tiene el señor de ella. Y esta batalla que en uno tuvieron, decían que podía hacer hasta doce años, poco más o menos; y que después el dicho Tamurbec ni este su nieto nunca se trabajaron de entrar en esta India: y los de esta India son cristianos, el señor y los más de ellos, a la manera de los griegos: y entre ellos hay otros cristianos que se señalan de fuego en el rostro, y han opinión otra que no los otros; pero estos que así se señalan de fuego, son menos preciados que los otros: y entre ellos viven moros y Judíos, pero son sujetos a los cristianos. Y a los dichos señores embajadores llevaron de aquí, y sentáronlos donde primero estaban, y estuvieron allí hasta hora de mediodía que el señor salió de sus tiendas, y vino so el gran pabellón: e hizo venir ante sí a los dichos señores embajadores, y a otra muy gran gente de sus parientes, y otros muchos que ahí estaban embajadores de muchas partes que allí eran venidos; y sentáronse con él so el dicho pabellón, según que antes solían: y este día hicieron muchos juegos de muchas maneras: y otrosí los marfiles que allí tenía el señor, pintáronlos verdes y colorados, y de otras muchas maneras, y con sus castillos, e hicieron grandes juegos con ellos y lo uno de estos juegos, y lo otro de muchos atabales que tañían, hacían a tan gran ruido que era una gran maravilla: y so el pabellón, donde el dicho señor estaba, había muchos juglares que tañían. Otrosí ante el señor estaban allí hasta trescientas jarras de vino puestas en el suelo: y otrosí había dos como horcas de tres maderos colorados, y de cada uno de ellos estaba un cuero muy grande lleno de natas y leche de yeguas, y hombres con unas varas en las manos que mecían aquella leche, y echaban en ella muchos panes de azúcar; y esto hacían ellos para beber aquel día allí. Y estando así toda la gente muy ordenada, de una de las cercas, que cerca del dicho pabellón estaban, salió Caño la mayor mujer del señor, que había de venir allí a la fiesta ante el señor, y venía apostada de esta manera: traía una vestidura de un paño de seda colorado con labores de oro, ancha y luenga que arrastraba por el suelo, y no tenía mangas, ni había otra abertura salvo por do metía la cabeza, y unas sobaqueras por do sacaba las manos, y era trasgolada, y no había talle ninguno, salvo que era muy ancha ayuso, y de aquella vestimenta venían trabadas hasta quince dueñas, que se la alzaban hasta arriba, porque pudiese andar: y ella traía en la cabeza tanto albayalde, u otra cosa blanca, que no parecía si no como un papel; y esto se pone por el Sol, ca cuando van camino en tiempo de invierno y de verano, todas las dueñas van tales las caras, aquellas que son grandes señoras; y ante el rostro traía un paño blanco delgado, y en la cabeza traía una como cimera de un paño colorado, que parecía de las con que justan, que le descendía del paño un poco por las espaldas: y esta dicha cimera era bien alta arriba, y en ella había muy mucho aljófar muy grueso y claro redondo, y otrosí muchas piedras balajes y turquesas, y otras muchas maneras bien puestas; y eran las faldas bordadas de hilo de oro tirado, y encima de ella traía una hermosa guirnalda de oro, en que había muy muchas piedras y aljófar muy grueso; y encima de la dicha cimera traía uno como castillejo, en que estaban tres balajes tan anchos como dos dedos, poco más o menos cada uno, muy claros y hermosos que lucían mucho, y encima traía un plumaje blanco tan alto como un codo; y de este plumaje descendían plumas hacia ayuso, y las unas de ellas descendían hacia el rostro, que le llegaban hasta en par de los ojos: y eran aquestas plumas atadas en uno con hilos de oro, y al cabo había una borla blanca de plumas de aves, en que había aljófar y piedras; y como andaba, mecíase aquel plumaje a una parte y a otra; y por las espaldas traía los cabellos esparcidos, y eran muy negros, ca ellos se pagan mucho de cabellos negros antes que de otra color, y tíñenlos por los hacer negros: y a la dicha cimera le venían teniendo con las manos muchas dueñas, y venían con ella hasta trescientas; y encima de ella le traían una sombra, que llevaba un hombre en un asta como de lanza, y era de un paño de seda blanco, hecho como copa de tienda redonda, y hacíala venir extendida un arco de madera redondo; y esta sombra se le traía encima, porque no le diese el Sol. Y delante de ella y de las dueñas que con ella iban, venían muchos eunucos, que son sus castrados que guardan las mujeres: y de esta manera vino so el dicho pabellón a do el señor estaba, y fuese a sentar cerca del señor Tamurbec, un poco arredrada en un estrado llano; y delante de ella estaban unos almadraques puestos unos encima de otros, y todas las dueñas que con ella iban, se sentaban tras el dicho pabellón: y allí do ella estaba sentada le tenían la sobredicha cimera tres dueñas de aquellas con las manos, que no se le fuese a una parte ni a otra. Y de que fue asentada, de otra de las dichas cercas salió otra mujer de las del señor: la cual venía apostada según esta otra, con tales vestimentas coloradas, con tal cimera, y con tales aparejos, y con tales ceremonias como la primera, y con ella muchas dueñas; y de sí vino so el pabellón ante el señor, y sentóse en un estrado un poco más bajo que la otra; y a esta mujer del señor decían Quinchicano, que era la mujer segunda. Y de otra cerca y tiendas salió otra mujer del señor, que venía según las otras, y vino a sentarse so el pabellón, un poco más bajo que la otra: y de esta vinieron ante el señor este día nueve mujeres, así guarnidas y vestidas las unas como las otras; y las ocho de estas eran mujeres de él, y la una de un su nieto. Y las mujeres del señor habían estos nombres: la mayor de ellas había nombre Caño, que quiere decir Reina, o señora grande: y esta Caño fue hija de un emperador, que fue señor de Samarcanda y de toda su tierra, con la Persia en Damasco, y había nombre Ahincan: y a este emperador supiéronle madre, y no le supieron padre; y fue muy aventurado en batallas, e hizo muchos ordenamientos y leyes, por do hoy día se rigen en este imperio. Y a la otra su mujer decían Quinchicano, que quiere decir la señora pequeña: y fue hija de un rey que decían Tumanga, rey que fue de una tierra que dicen Andricoja. Y a la otra decían Dileoltagana: y a la otra Cholpamalaga: y a la otra decían Mundasaga: y a la otra Vengaraga: y a la otra RopaArbaraga: y la otra Yauguyaga, que quiere decir en su lengua, Reina del corazón; y con ésta casó el Tamurbec este mes de agosto que ahora pasó, y púsole este nombre. Y de que fueron asentados todos ordenadamente, encomenzaron en el beber, que duró una gran pieza: y a las mujeres del señor daban a beber del vino y de la leche de yeguas que allí adobaban, según vos he dicho que le daban en las dichas tiendas, cuando Hausada hizo el convite: y este día el señor hizo ir ante sí a los dichos embajadores, y tomó una taza de vino en la mano, y dio a beber al maestro, que ya sabía que Ruy González no lo bebía; y los que bebían de mano del señor, hacían estas reverencias: antes que ante él llegasen hincaban el hinojo derecho en tierra una vez, y de sí iba adelante, e hincaban los hinojos ambos a dos ante él; y tomaban la taza de su mano, y levantábanse y tornaban atrás un poco, que no volvían las espaldas, e hincaban los hinojos y bebían, que no habían de dejar nada en la taza, que lo han por mal; y de que habían bebido, levantábanse, y tocaban con la mano en la frente. Y a los dichos embajadores llevaban a cada uno dos caballeros por los sobacos, que no los dejaban hasta que los tornaban allí donde habían de estar: y a los hombres de los dichos embajadores pusieron so una sombra que cerca del gran pabellón estaba. Y otrosí cerca del gran pabellón estaban muchas tiendas armadas y sombras en que estaban embajadores que al señor venían, que no eran pertenecientes para estar so el pabellón con el señor: y so cada sombra estaba una tinaja de vino, de que bebían los que allí estaban; y de las jarras que ante el señor estaban, mandó enviar dos de ellas a los hombres de los dichos embajadores. Ante el señor había unos maderos y cuerdas de que trepaban y hacían juegos hombres, y los marfiles que el señor tenía, eran catorce, y traían cada uno un castillo de madera encima, que eran

cubiertos de un paño de seda, y en cada uno cuatro pendones ama-
rillos y verdes, y en cada castillo cinco o seis hombres, y en el
pescuezo de cada uno un hombre con un focino en la mano, que
les hacía correr y hacer juegos: y los dichos marfiles eran negros, y
no han pelo ninguno salvo en la cola, la cual han como camello,
con unas pocas de sedas, y eran grandes de cuerpo, que podían ser
como cuatro o cinco toros grandes; y el cuerpo han mal hecho, sin
talle como un gran costal que estuviese lleno, y las cintas han derrocadas hacia ayuso como búfalo, y las piernas muy gruesas y
parejas, y el pie redondo todo carne, y tiene cinco dedos en cada
uno con sus uñas como de hombre negras, y no han pescuezo ninguno, salvo luego en las agujas, que las ha muy grandes; tiene la
cabeza apegada, y no puede bajar la cabeza ayuso, ni puede llegar
la boca a tierra: y han las orejas muy grandes y redondas y farpadas, y los ojos pequeños: y tras las orejas va un hombre caballero
que lo guía con un focino en la mano, y le hace andar a do quiere:
y la cabeza ha muy grande, hecha como una albarda de asno pequeña, y encima de la cabeza hay un hoyo, y de la cabeza se sigue
ayuso, do ha de tener la nariz, una como trompa, que es muy ancha arriba, y angosta ayuso toda mas como manga que le llegaba
hasta el suelo; y esta trompa es horadada, y por ella bebe; cuando
ha gana, métela en el agua y bebe con ella, y vale el agua a la boca
así como si le fuese por las narices: otrosí con esta trompa pace, ca
no puede con la boca, que no se puede bajar; y toma en esta trompa, cuando quiere comer, y revuélvela a la yerba, y tira y siégala
con ella, como si fuese un focino, y de sí apáñala con aquella trompa, y hace un bulto, y revuélvela aquella, y métela en la boca, y de
sí cómela; y con esta trompa se mantiene, y nunca la tiene queda,
salvo con ella haciendo vueltas como culebra; y esta trompa échala
en el espinazo, y no deja lugar en todo su cuerpo donde no llega
con ella; y debajo de esta trompa tiene la boca, y las quijadas debajo tiénelas como de cochino, y como de puerco: y en estas quija-

das como debajo tiene dos colmillos tan gruesos como la pierna de un hombre, y tan altos como una brazada. Y cuando lo hacen pelear, en estos colmillos trae unas argollas de hierro, y en ellas le ponen unas espadas, que son hechas como espadas de armas encanaladas, y no es más luenga que el brazo.

Y es alimaña muy entendida, que hace muy aína y presto lo que le manda el hombre que lo guía; y el hombre que lo guía va caballero en el pescuezo, y las piernas tras las orejas, ca no ha más pescuezo de cuanto hombre puede allí ir: y este hombre lleva un focino en la mano con que le rasca en la cabeza, y hácelo ir a do él quiere, que así como le señala con aquel focino hacia do vaya, luego va allá; o le hace señal que vuelva atrás, luego vuelve muy aína sobre los pies de atrás, así como oso, y el su andar y correr es así como de oso: y cuando pelea, aquel hombre que lo guía va muy armado, y el marfil asimismo; y el su andar es a saltos como oso, y a cada salto hiere con las espadas, que a cada salto alza la cabeza hacia arriba, y hiere cuanto halla delante: y cuando quieren que peleen y vayan recio, el hombre que lo guía, dale con aquel focino en la frente, que le hace una gran herida; y cuando él se siente herido da un gran gruñido como puerco, y la boca ábrela y va muy recio a do lo guían, y la herida que le dan, luego esa noche la sana, si lo dejan al sereno, ca si lo metiesen so techado, moriría. Otrosí cuando el hombre que lo guía, le manda tentar cualquier cosa del suelo, por pesada que sea, revuelve aquella trompa a ella y álzala en peso, y dala a los hombres que van en este castillo. Otrosí cuando aquellos que son en el castillo, quieren descender, mándanle que se baje, y extiende las manos a una parte y los pies a otra, y bájase tanto que quiere poner la barriga con el suelo, y por las corvas de atrás descienden los hombres teniéndose a unas cuerdas que están atadas al castillo. Y con estos marfiles hacían este día muchos juegos, haciéndolos correr tras caballos y tras la gente, que era gran placer: y cuando todos corrían juntos en uno, parecía que la tierra hacía mecer en aquel derecho; y no hay caballo ni alimaña tras quien vaya, que le ose esperar. Y tengo de verdad según lo que en ellos vi, que en una batalla deben ser contados cada uno por mil hombres; y así los ponen ellos, ca de que son entre gente, el su andar no es si no herir a una parte y a otra; y cuando son heridos andan más sin ojos y pelean mejor: y porque los colmillos han muy luengos, y no pueden con ellos herir salvo alto, despúntanselos, y allí bajo les ponen las espadas, porque hieran bajo, y andan un día o dos sin comer; y aún decían que tres días podían pelear sin comer. Y este día de que el señor y sus mujeres hubieron bebido una pieza grande, trajeron de comer muchos caballos y carneros enteros asados pelados, y muchos carneros desollados: la cual vianda traían en unos muy grandes cueros como de guadamacir redondos, que los traían rastrando por el campo hombres; y tanta era la vianda, que en ellos venían trabados trescientos hombres, y más; y con gran ruido llegaron acerca do el señor estaba; de sí pusieron de aquella vianda en sus tajadores, según su costumbre, y diéronla según solían sin pan; y en todo esto no cesaban de venir carretas cargadas de carne, y camellos con unas como angarillas otrosí llenas de carne, y poníanla en el suelo por dar a la otra gente; y por grandes montones que de ella hicieron, fue luego comida: y de que esto fue libre, trajeron muchas mesas sin manteles, en que traían escudillas de carne adobada y arroz, y otros manjares, y tortas y pan con azúcar. Y en esto era ya la noche, y trajeron ante el señor muchas linternas encendidas; y entonces comenzaron su comer y beber más de recio con grande alegría, así las dueñas como los hombres, y todavía crecía la gente y las viandas, que toda la noche les había de durar esta fiesta: y esta noche casaba el señor una su parienta con un su pariente. Y de que los dichos embajadores vieron que esto había de durar toda la noche, y se iban los que querían, fuéronse para sus posadas: y el señor y sus mujeres quedaron en su fiesta y alegría.

Y el jueves, 16 días del mes de octubre, el señor hizo una gran fiesta, a la cual mandó que viniesen los dichos embajadores: la cual hizo en una de las cercas más ricas que él tenía armadas, en una tienda que dentro de esta cerca estaba, la cual tienda era de las grandes sin cuerdas, muy bien guarnida; y allí dentro hizo entrar consigo a los dichos embajadores; y el señor bebió este día vino, y los que con él eran; y porque se embeodasen más aína, dábales aguardiente. Y la vianda de este día fue mucha, y el beber fue tanto, que de aquella tienda salían muchos beodos; y el señor con grande alegría quedó en esta tienda, y los embajadores fueron a sus posadas: y este día el comer y beber les duró hasta la noche toda.

Y otro día viernes siguiente, 17 días del dicho mes de octubre, Caño, la gran mujer del señor, hizo una gran fiesta: a la cual envió rogar que quisiesen ir los dichos embajadores: y la dicha Caño hizo en una cerca y tiendas muy ricas que ella tenía, a do hizo venir muy gran gente, así de embajadores que allí eran venidos de muchas partes, como de caballeros y dueñas sus privados, y otras muchas gentes. Y la cerca donde ella estaba y hacía esta fiesta, era bien guarnida de muchas tiendas ricas, y la dicha cerca era de un paño de blanco de muchas colores, hecha a muchos lazos y entre tallamientos, y letras de muchas maneras bien hermosas. Y de que los dichos embajadores fueron en el Ordo, fueron tomados y llevados a esta dicha cerca por unos caballeros parientes del señor, y metiéronlos en una tienda que luego a la entrada de la dicha cerca estaba: la cual tienda era de un tapete colorado carmesí, y en ella hechos muchos entretallamientos de otro tapete blanco, así de dentro como de fuera: y aquí en esta tienda fueron sentados, y trajeron mucha vianda y vino. Y de que hubieron comido, la dicha Caño mandó que llevasen a los dichos embajadores a ver sus tiendas que en esta cerca tenía: en la cual había muchas tiendas ricas, entre las cuales estaba una muy grande y muy alta de las que no han cuerdas, la cual era cubierta de un paño de seda colorado bien hermoso, y por ella unas bandas de chapas de plata sobredoradas, que descendían desde arriba hasta ayuso, y la dicha tienda era de partes de fuera y de dentro muy hermosa de entretallamientos muy hermosos: y esta tienda había dos puertas unas ante las otras, y las primeras puertas eran de unas varillas delgadas coloradas, juntas unas con otras como zarzo, y eran cubiertas de partes de fuera de un paño de seda de color rosado, y era tejido ralo: y estas puertas eran hechas así, porque en caso que estuviesen cerradas, pudiese entrar el aire por ellas, y los que estuviesen dentro pudiesen ver a los que de fuera estaban, y los de fuera no pudiesen ver a ellos. Y ante estas puertas estaban otras que eran tan altas cuanto un hombre podría entrar por ellas a caballo, y eran cubiertas de plata sobredorada, hechas a muchos lazos y esmaltes, y entretallamientos de muchas maneras bien sutiles, en que había azul y oro, y la obra de ellas era tan sutil y tan bien hecha, cuanto se podrá hacer en aquella tierra, ni en tierra de cristianos: y en la una puerta estaba figurado san Pedro, y en la otra san Pablo con sendos libros en las manos, que eran cubiertos de plata: y estas puertas decían que el Tamurbec hallara en Bursa, cuando robó el tesoro del turco. Y delante de estas puertas en medio de la dicha tienda estaba una como arca o armario pequeño, que era hecho para aparador, en que tenía plata o vajilla, era de oro hecho a muy rica obra de esmaltes, y de otras maneras, y era tan alto que daría un hombre a los pechos: y encima era llano, y cercado alrededor de almenillas pequeñas, esmaltadas verdes y azules y farpadas, y por él estaban engastonadas muchas piedras y aljófar grueso, y en medio de él en una de las paredes, entre el aljófar y piedras que allí estaba, había engastonado un grano que podía ser tan grueso como una nuez pequeña, y era bien redondo, salvo que no era muy claro: y este armario había una puerta pequeña, y dentro en él había una vajilla de tazas, y encima estaban seis redomas de oro guarnidas, y engastonadas por ellas aljófar y piedras: y otrosí otras seis tazas de oro redondas otrosí guarnidas de mucho aljófar y piedras. Y al pie de este armario estaba una mesa de oro pequeña, que podía ser tan alta como dos palmos: en la cual otrosí estaban engastonadas muchas piedras y aljófar muy grueso y mucho, y encima de ella estaba engastonada una esmeralda muy clara y propia en color, que era llana como tabla, que podía ser tan luenga como cuatro palmos, y atravesaba toda la mesa de luengo a luengo, y era tan ancha como un palmo y medio. Y delante de este plato o mesa estaba un árbol de oro, hecho a semejanza de un roble, que había el pie tan grueso como podrá ser la pierna de un hombre, con muchas ramas que de él salían, que iban a una parte y a otra, con sus hojas como de roble, y sería tan alto como un hombre, y pujaba sobre el plato que cerca de él estaba: y la fruta que este dicho árbol tenía eran muchos balajes, esmeraldas y turquesas, y rubíes y zafiros, y aljófar muy grueso a maravilla, claros y redondos escogidos, y guarnidos en muchas partes por el árbol: otrosí por el dicho árbol había muchos pajarillos de oro esmaltados, y hechos de muchos colores, y estaban asentados por el árbol, de ellos las alas abiertas, y de ellos asentados sobre las hojas del árbol como que se querían caer, y hacían semejanza que querían comer de aquella fruta del árbol, y trababan con los picos, de los balajes y turquesas, y de las otras piedras y aljófar que por el dicho árbol estaban. Y de frente de este dicho árbol arrimado a la pared de la tienda estaba un retablo de madera cubierto de plata dorado: y delante de él estaba una cama dé almadraques solos de paño de seda, hechos muy bien, y bordados a hojas de roble y a florecillas, y a otras muchas maneras, y a la otra parte de la tienda estaba otro tal retablo con otra tal cama, y por el suelo había alfombras de seda muy bien hechas. Y de que esta tienda hubieron visto, sacaron a los dichos embajadores y lleváronlos para la cerca que vos he dicho, que era de tapete colorado, bordado a hilo de oro tirado: en la cual estaba el señor con sus Mirassaes y privados y caballeros bebiendo vino, y tenían fiesta, porque esa noche pasada habían dado una nieta del señor a otro su nieto, que estaba otrosí en aquella cerca. Y entrando por la puerta de esta tienda, a mano derecha estaba una grande tienda hecha como alfaneque, la cual tienda había el cuerpo de tapete colorado, y en ella hechas muchas maneras de bordaduras y entretallamientos de tapete blanco, y de otras colores: y esta dicha tienda era toda cercada alrededor de portales, los cuales se mandaban de partes de dentro, y en ella había ventanas a trechos hechas como redes y de otras maneras del paño mismo; las cuales eran hechas para do mirasen las gentes que dentro estuviesen: y el cielo de estos portales eran juntos arriba con la dicha tienda, así que de fuera parecía todo uno. Y a los dichos embajadores metieron por una puerta de esta tienda, la cual puerta era en arco muy hermosamente obrada, y de la puerta adelante iba una como calle, que era cercada de todas partes, y arriba era como bóveda: y luego como entraron a la mano derecha estaba una puerta por do entraron a los dichos portales, y delante de esta puerta estaba otra que entraba a un cuerpo de tienda muy hermosa de muchas labores: y de frente de la entrada en cabo de la dicha calle estaba otro cuerpo de tienda otrosí muy rico de bordaduras de hilo de oro, y en medio de la dicha calle estaba una gran tienda de las que no las tiraban cuerdas: en la cual estaba el señor bebiendo vino, y tenían gran ruido. Y estas dichas tiendas y portales que en derredor las cercaba, era todo junto en uno arriba, y todo era del dicho tapete colorado; y había tanta obra, y tan rica y tan bien hecha, que no se podría bien contar por escrito, salvo si no se viese por los ojos. Y de esta tienda sacaron los dichos embajadores, y lleváronlos a una casa de madera que dentro en esta cerca estaba: la cual era alta, que subían por escalones, y era cercada de portales de madera y andamios, que se andaban en derredor; la cual casa era pintada de hermosas pinturas de oro y de azul, y era así hecha que se armaba y desarmaba, cuando querían, y esta casa era mezquita en que el señor hacía oración, y la llevaba consigo donde quiera que iba, y de aquí los llevaron a una tienda que la tiraban cuerdas verdes, y era de artes de fuera cubierta de grises, y de artes de dentro era forrada de veros: en la cual estaban hechas dos camas según su usanza. Y de esta tienda los llevaron a otra que estaba junta con ésta, que era de las que no han cuerdas: la cual era de parte de fuera cubierta de un paño colorado, y en ella hechos muchos entretallamientos de paño de otros colores, y de partes de dentro de la mitad ayuso era forrada de una peña de cibelinas, que es una peña, la más preciada que en el mundo hay, y son así como martas tan grandes; pero son de gran valor, que cada pieza de ellas, si fina es, vale 14 o 15 ducados aquí en esta tierra, y en otra vale mucho más: y de las cibelinas arriba era esta tienda forrada de grises. Y delante de esta tienda estaba una sombra que tenía el Sol que no diese ante la puerta de la tienda, la cual sombra era forrada de dentro de grises: y estas tiendas había el señor así guarnidas por el Sol, que no las pasase en verano, ni otrosí en invierno. Y a los dichos embajadores sacaron de esta cerca y tiendas, y lleváronlos a otra cerca que era junta con ésta, que se pasaba la una a la otra, que era de un paño de setuni blanco: en la cual les mostraron muchas tiendas y sombras ricas de muchas maneras de paño y de seda, y de otros paños: y no solamente había en este Ordo del señor estas cercas que el señor había, más otras muchas de Mirassaes y privados suyos, de muchas maneras, que eran maravillosas de ver, que por todas partes que hombre fuese, veía asaz hermosas tiendas y calapardaes, que ellos dicen por las cercas. Y en este Ordo que el señor allí tenía, podía haber hasta cuarenta o cincuenta mil tiendas, que era una hermosa cosa de ver: y sin estas tiendas había otras muchas que estaban por huertas y prados y aguas que cerca de la ciudad estaban. Y a esta fiesta hizo el señor venir cuantos Mirassaes y Ricos hombres había en el imperio y tierra de Samarcanda: entre los cuales vino el señor de Balajia, que es una gran ciudad donde se sacan los balajes, y venía bien guarnido de gente y de caballeros. Y los dichos embajadores estuvieron con este señor de Balajia, y preguntáronle cómo se hallaban los balajes: y él dijo, que cerca de la ciudad de Balajia había una montaña donde los sacaban, y que de cada día cataban y rompían una peña por los buscar, y que cuando hallaban la vena de ellos, que la sabían sacar sutilmente; ca de que les daban la piedra donde estaba, quebraban poco a poco con escoplos, hasta que dejaban en salvo lo más propio de ello, y después en muelas adóbanlos, y que en sacar estos balajes había gran guarda puesta por el señor Tamurbec: y esta ciudad de Balajia es a diez jornadas de la ciudad de Samarcanda hacia la India menor. Otrosí fue allí venido otro señor, que tenía por el Tamurbec la ciudad de Aquivi, que es donde sacan el azul: y de esta peña de que se hace el azul, se hallan los zafiros. Y de esta ciudad de Aquivi hasta Samarcanda había otras diez jornadas, y era asimismo hacia la India, salvo que era más bajo que Balajia.

Y el jueves, que fueron 23 días del mes de octubre, el señor hizo una gran fiesta en el su Ordo, a la cual mandó venir a los dichos sus embajadores: e hizo la dicha fiesta so el gran pabellón, a la cual se ayuntó mucha gente, y bebieron vino a la su fiesta, y en la que beben vino hanlo ellos por gran honra: y en esta fiesta hubo gran alegría y juegos, y vinieron las mujeres del señor a comer con él so el dicho pabellón, y vinieron guarnidas según vinieron la otra vez, y la fiesta duró hasta la noche.

Y el jueves, que fueron 30 días de octubre, el señor vino de su Ordo para la ciudad, y fue posar a unas casas y mezquita que él había mandado hacer para enterrar a un su nieto, que había nombre Mahomad Zoltan Mirassa, el cual había muerto en la Turquía, cuando el Tamurbec venció al turco: y este nieto había él mismo preso al turco, y había muerto de su dolencia. A este nieto quería bien el señor, y por eso le había mandado hacer aquella mezquita y casas y enterramiento. Y el señor vino aquel día por le hacer fiesta como vigilia: a la cual fiesta mandó que fuesen los dichos embajadores. Y de que allí fueron, mostráronles la dicha capilla y enterramiento: y la capilla era cuadrada y muy alta, y en ella había así dentro como de fuera hechas muchas pinturas de oro y de azul, y de labor de azulejos y de Yesería. Y cuando este nieto del señor murió en la Turquía, envióla aquí a Samarcanda a lo enterrar, y envió mandar al Concejo que le hiciese aquella mezquita y enterramiento: y cuando el señor allí llegó, no se pagó de la capilla, que dijo que era baja, y mandóla derrocar, y que la hiciesen en diez días, so gran pena que les puso: en la cual hubo tan gran acucia, que labraban de día y de noche, y él mismo vino allí dos veces a la ciudad: y cuando iba de una parte a otra, iba en andas, que ya no podía cabalgar. Y aquella capilla fue hecha y acabada en los dichos diez días, que es una maravilla tan grande obra como aquella acabasen en tan poco tiempo. Y por honra y fiesta de este su nieto hizo el señor este día esta fiesta, que se juntó mucha gente, y hubo mucha vianda según su costumbre: y de que lo hubieron comido, un privado del señor que llamaban Xamelaque Mirassa, tomó a los dichos embajadores, y sacólos fuera de allí do estaban ante el señor, y vistióles sendas ropas de camocan, y cubrióles unas abrigaduras como gabanes, que ellos se cubren, cuando hace frío, y que eran de un paño de seda forrados en cueros, y tenían a los pescuezos de partes de fuera cada uno dos martas, y pusiéronles sendos sombreros en las cabezas, y dioles un talegón en que había mil y quinientas tangas de plata, que es una su moneda que ellos llaman Tangaes, y cada tanga hace como 2 reales de plata: y de sí tornáronlos ante el señor, e hiciéronle su reverencia según su costumbre: y el señor díjoles, que viniesen a él luego otro día, que quería hablar con ellos y librarlos, para que se tornasen en hora buena para su hijo, el rey. Y de que el señor vio esta obra acabada, mandó hacer otra en la ciudad, con voluntad que tenía de ennoblecer a esta ciudad de Samarcanda: la cual obra fue ésta.

En esta ciudad de Samarcanda se tratan de cada año muchas mercadurías de muchas maneras que allí vienen del Catay y de la India de Tartaria, y de otras muchas partes, y de su tierra, que es abastada, y porque en ella no había plaza solemne para en que se vendiesen ordenada y regladamente, mandó el señor que fuese hecha por la ciudad una calle que tuviese de una parte y de otra boticas en ella, y tiendas para en que se vendiesen las mercadurías, y que esta calle comenzase de un cabo de la ciudad, y fuese hasta el otro, que atravesase toda la ciudad: la cual obra encomendó a dos Mirassaes suyos, haciéndoles saber, que si no ponían en ello toda su diligencia, haciendo labrar de día y de noche, que con sus cabezas lo contentarían. Los cuales Mirassaes comenzaron su obra derrocando cuantas casas hallaban por do el señor mandaba ir la dicha calle, fuesen cuyas quisiesen, que no se cataban sus dueños, salvo cuando les derrocaban las casas, y salían huyendo con la ropa y cuanto habían, ca así como derrocaban unos, así venían los maestros labrando detrás: e hicieron una calle muy ancha, y de una parte y de otra tiendas; que habían ante sí poyos altos, que eran cubiertas de losas blancas, todas las tiendas eran dobladas, y la calle era cubierta de bóvedas con ventanas, por do entraba la lumbre. Así como eran acabadas de hacer las tiendas, luego las hacían poblar de hombres que vendían en ellas algunas cosas, y a trechos en esta dicha calle había fuentes, y la gente que esta labor hacía pagaba la ciudad, y venía tanta gente a esta labor, cuanta les demandaban aquellos que tenían cargo de ella, y los que labraban de día, cuando era de noche íbanse, y veníanse otros tantos que labraban de noche: y los unos a derrocar casas, y otros a allanar el suelo, y otros a hacer, que hacían tan gran ruido así de día como de noche, que parecían diablos. Y antes de veinte días fue hecha tan gran obra, que era maravilla, las gentes, cuyas eran aquellas casas que derrocaban, quejábanse por ello, y no lo osaban decir al señor; pero ayuntáronse algunos de ellos, y fueron a unos Cayres, que eran privados del señor, que se lo dijesen, y estos Cayres son del linaje de Mahoma: y un día que jugaban al ajedrez con el señor, díjole, que pues su merced era de les derrocar sus casas para hacer aquella plaza, que les mandase hacer alguna enmienda: y dicen que se ensañó, porque se lo dijeron, y que les dijera: «Esta ciudad es mía, y yo la compré por mis dineros, y tengo buenas cartas de ello, y yo vos las mostraré mañana, y si fuere razón, pagaré lo que vos quisiéredes».

Y de tal son lo dijo él, que los Cayres fueron repisos, y aún decían que se maravillaban cómo no los mandaba matar, o cómo escaparon sin pena: dicen ellos que todo lo que el señor hace es bueno, y que debe ser cumplido su mandamiento.

Y la mezquita que el señor mandó hacer por honor de la madre de su mujer Caño, era la más honrada que en la ciudad había, y de que fue acabada, no se pagó de la portada, que era baja, y mandóla derrocar: e hicieron dos hoyos ante ella para do sacasen los cimientos, y porque fuese más aína hecho, dijo que él mismo quería tomar carga de acuciar la una parte, y mandó a dos privados suyos que tomasen cargo de la otra mitad, y que verían quién ponía más aína su obra en salvo. Y el señor era ya flaco, no podía andar por su pie ni a caballo, salvo en andas, y hacíase cada día allí llevar en unas andas, y estaba una pieza del día acuciando, y de sí mandaba traer mucha carne cocida, y echábansela a los que andaban en el hoyo desde arriba, como quien la daba a perros, y aún él mismo con su mano les echaba de ella, y daba tanta acucia que era maravilla, y aún el señor les hacía a las veces echar dineros en aquel hoyo. Y en esta obra labraban así de día como de noche, y esta obra y la de la calle cesó por las nieves que comenzaban a caer.

Y el viernes primero día de noviembre los dichos embajadores fueron ver al señor, según él les había mandado, pensando que los libraría, y halláronlo en las casas y mezquita que él mandó hacer en que ahora labraban: y estuvieron allí desde la mañana hasta

hora de mediodía, que el señor salió de una tienda, y vino a un estrado que tenía puesto en la plaza, y trajeron mucha vianda y mucha fruta, y de que hubieron comido envióles decir que se fuesen
ese día, y que lo perdonasen, que no les podía hablar, por cuanto
había de despachar a su nieto Piyr Mahomad, el cual se llamaba
rey de la India, y enviarlo a su tierra donde lo había hecho venir:
y este día le dio muchos caballos y ropas y armas a él, y a otros
caballeros que con él venían.

Y otro día el sábado siguiente los dichos embajadores tornaron
al señor, como les había mandado, y el señor no salió fuera de sus
tiendas, que se sentía mal. Y los dichos embajadores estuvieron allí
hasta mediodía, que el señor solía salir a plaza: y uno de los tres
privados del señor vino a los dichos embajadores, y díjoles que se
fuesen, que no podían estar con el señor, y ellos viniéronse a sus
posadas.

Y el domingo siguiente los dichos embajadores tornaron allí do
el señor estaba, por ver si los mandaría llamar para los librar, y
estuvieron allí una gran pieza: y los tres Mirassaes, que eran privados del señor, cuando vieron los dichos embajadores allí, dijeron
que quién los mandara venir, que se fuesen a su posada, que al
señor no lo podían ver: y mandaron traer ante sí al caballero que
los guardaba, y dijéronle, por qué los había traído, y mandáronle
horadar las narices; y él probó que no los llamara, ni los había
visto aquel día, y por eso escapó; pero que le dieron asaz palos. Y
esto hacían los Mirassaes, por cuanto el señor estaba muy flaco,
y toda su casa, gente y mujeres andaban con gran revuelta, y los
sus Mirassaes que libraban su casa, así como de Concejo, no se
asentaban a librar: y los dichos Mirassaes mandaron a los dichos
embajadores que se fuesen a sus posadas, y estuviesen quedos hasta que les enviasen llamar.

Y los dichos embajadores estando así, que el señor no enviaba
por ellos, ni ellos no osaban ir a él, vino a ellos un chacatay, y díjo-

les, que los Mirassaes del señor, les enviaban decir, que se aparejasen de andar para otro día siguiente en la mañana, que él había de
ir con ellos, y con el embajador del sultán de Babilonia, y con los
embajadores de la Turquía, y con el de Carvo Toman Ulglan, que
allí estaban, que habían de llevar un camino hasta en Turis, y que
él les había de hacer dar viandas y todo lo que hubiesen menester,
y caballos, y todas las otras cosas que los Mirassaes habían ordenado que les diesen en las ciudades y lugares do los llevasen, hasta
en Turis, y que allí los libraría Homar Mirassa, el nieto del señor,
y los enviaría a cada uno a su tierra. Y los dichos embajadores
dijeron, que el señor no los había librado, ni dado respuesta para
su señor el rey, que cómo podía ser aquello: y él les dijo, que sobre
esto no dijesen más, que ya era acordado por los Mirassaes, y que
se aparejasen, que así habían de hacer los otros embajadores. Y los
dichos embajadores fueron luego al palacio del señor, y estuvieron
con los dichos Mirassaes, diciéndoles, que bien sabían en como el
señor por su boca les había dicho el jueves de antes, que viniesen
a él, que quería hablar con ellos y librarlos, y que ahora había ido
a ellos un hombre, que les dijera de su parte, que se aparejasen de
andar de allí para otro día, de lo cual eran maravillados. Y los dichos Mirassaes les dijeron, que no podían ver al señor, ni estar con
él más, y que les cumplía partir de allí según les habían enviado a
decir, que ya librado los habían de lo que era acordado. Y esto hacían ellos porque el señor era muy flaco, y había perdido el habla,
y estaba en punto de muerte, según les fue dicho por hombres que
lo sabían cierto, y que esta prisa les daban, porque estaba el señor
cerca de la muerte, y porque se fuesen antes que se publicase la su
muerte, ni lo publicasen por las tierras donde fuesen: y por muchas
razones que los dichos embajadores dijeron a los dichos Mirassaes
de cómo se tornaban así vagos sin respuesta del señor para el rey
su señor; ellos les respondieron, que sobre esto no hablasen más,
que de todo en todo les convenía partir de allí, y que el recado era

aquel hombre que con ellos había de ir. Y estuvieron así este día lunes hasta el martes, que fueron 18 días del mes de noviembre, que los Mirassaes los enviaron cuatro albalaes con aquel chacatay que les había de llevar; por los cuales les mandaba dar en cuatro ciudades, en donde habían de llegar, a cada uno un caballo: el cual les dijo, que los Mirassaes les enviaban a mandar que partiesen luego de allí: y ellos les dijeron, que no partirían de allí sin ver al señor, o sin una carta suya: y él les dijo, que en caso que ellos no quisiesen, habían de partir con su grado, o sin él. Y este día hubieron de partir de allí do posaban, y fueron posar en una huerta cerca de la ciudad, y con ellos el embajador del sultán de Babilonia, que posaban en uno, y la guarda que los había de llevar, y dijeron que descendiesen allí, y esperarían a los embajadores de la Turquía. Y estuvieron en esta dicha huerta el dicho martes que allí llegaron, y miércoles y jueves y viernes, que fueron 21 días del dicho mes de noviembre, los dichos fueron juntos todos en uno, y partieron de aquí de Samarcanda.

Y ahora que vos he escribido de lo que a los dichos embajadores fue hecho en esta ciudad de Samarcanda, escribiré de la ciudad y de su tierra, y de las cosas que el señor hacía por la ennoblecer.

La ciudad de Samarcanda está asentada en un llano, y es cercada de un muro de tierra, y de cavas muy hondas, y es poco más grande que la ciudad de Sevilla; pero de fuera de la ciudad hay muy gran pueblo de casas, que son ayuntadas como barrios en muchas partes: ca la ciudad es toda en derredor cercada de muchas huertas y viñas, y duran estas huertas en lugar legua y media, y lugar dos leguas, y la ciudad en medio, y entre estas huertas hay calles y plazas muy pobladas, ca vive mucha gente, y venden pan y carne, y otras muchas cosas, así que lo que es poblado de fuera de los muros, es muy mayor pueblo que lo que es cercado. Y entre estas huertas que de fuera de la ciudad son, están las grandes y honradas casas, y el señor allí tenía los sus palacios y cavas honradas. Otrosí los grandes hombres de la ciudad las sus estanzas y casas entre estas huertas las tenían, y tantas son estas huertas y viñas y cerca de la ciudad, que cuando hombre llega a la ciudad, no parece si no una montaña de muy altos árboles, y la ciudad asentada en medio: y por la ciudad, y por entre estas dichas huertas iban muchas acequias de agua, y entre estas huertas había muchos melonares y algodones, y los melones de esta tierra son muchos y buenos, y por Navidad hay tantos melones y uvas, que es maravilla: y de cada día vienen muchos camellos cargados de melones, tantos que es maravilla cómo se gastan y comen, y en las aldeas hay tantos de ellos, que los pasan y hacen de ellos como de los higos, que los tienen de un año a otro, y pásanlos de esta manera: córtanlos al través pedazos grandes, y quítanles las cortezas, y pónenlos al Sol, y de que son secos, tuércenlos unos con otros, y métenlos en unas seras, y allí los tienen de un año a otro. Y fuera de la ciudad hay grandes llanuras, en que hay muchas aldeas y muy pobladas, que el señor hizo poblar de la gente que allí enviaba de las otras tierras que conquistaba. Y es tierra muy abastada de todas las cosas, así de pan, como de vino y de carnes, frutas y aves, y los carneros son muy grandes, y han las colas grandes, y carneros hay que han la cola tan grande como veinte libras, cuanto un hombre ha que tener en la mano: y de estos carneros hay tantos y tan de mercado, que estando allí el señor con toda su hueste, valía un par de ellos un ducado. Otrosí de mercado había tan gran mercado, que por un meri, que es medio real, daban fanega y media de cebada, y de pan cocido hay tan gran mercado, que no podía ser más; y de arroz hay tanto, que es infinito. Y tan gruesa y abastada es esta dicha ciudad y su tierra, que es maravilla: y por este bastimento que en ella hay, tuvo este nombre Samarcanda, y él su nombre propio es Cimesquinte, que quiere decir aldea gruesa, y Cimes dicen por grueso, y Quinto por aldea; de aquí tomó nombre Samarcanda. Y el bastimento de esta tierra no es solamente de viandas, más de

paños de seda setunis y camocanes y cendales y tafetaes y terce-
nales, que se hacen allí muchos, y forraduras de peñas y seda, y
tinturas y especería, y colores de oro y de azul, y de otras maneras.
Por lo cual el señor había tan gran voluntad de ennoblecer esta ciudad, ca en cuantas tierras él fue y conquistó, de tantas hizo llevar
gente que poblasen esta ciudad, y en su tierra, señaladamente de
maestros de todas artes. De Damasco llevó los maestros que pudo
haber, así de paños de seda de todas maneras, como los que hacen
arcos con que ellos tiran, y armeros, y los que labran el vidrio y
barro, que los había allí los mejores del mundo. Y de la Turquía
llevó ballesteros, y otros de otras partes, cuantos allí halló, y al-
bañiles y plateros, cuantos allí halló, y tantos de éstos llevó, que
de todos los maestros y menestriles que quisiereis, hallaríaisles en
esta ciudad. Otrosí llevó maestros de ingenios y lombarderos, y los
que hacen las cuerdas para los ingenios: y estos sembraron cáña-
mo y lino, que nunca lo hubo en esta tierra hasta ahora. Y tantas
gentes fueron las que a esta ciudad hizo traer de todas naciones,
así hombres como mujeres, que decían que eran más de ciento y
cincuenta mil personas: y en estas gentes, que allí así llevó, había
muchas naciones, así como turcos y árabes y moros, y de otras
naciones, y cristianos armenios, y griegos católicos, y nascorinos y
jacobitas, y de los que se bautizan con fuego en el rostro, que son
cristianos de ciertas opiniones que en la ley han, y de estas gentes
había tantas, que no podían caber en la ciudad, ni en las plazas, ni
calles y aldeas, y de fuera de la ciudad so árboles y en cuevas había
tantos, que era maravilla. Y otrosí esta ciudad es muy abastada de
muchas mercaderías que a ella vienen de otras partes, ca de Rusia
y de Tartaria van cueros y lienzos, y del Catay paños de seda, que
son los mejores que en aquella partida se hacen, señaladamente los
setunis, que dicen que son los mejores del mundo, y son los mejores los que son sin labores. Otrosí viene almizcle, que no lo hay en
el mundo salvo en el Catay, y otrosí balajes y diamantes, que los

más que son en esta partida, de allí vienen, y aljófar y ruibarbo, y otras muchas especias. Y las cosas que del Catay a esta dicha ciudad vienen, son las mejores y más preciadas de cuantas allí vienen de otras partes, y los del Catay así lo dicen, que ellos son las gentes más sutiles que en el mundo hay, y dicen que ellos han dos ojos, y que los moros son ciegos, y que los francos han un ojo, y ellos llevan la ventaja en las cosas que hacen, a todas las naciones del mundo. Y de la India vienen a esta ciudad las especias menudas, que es la mejor suerte de ellas, así como nueces moscadas, y clavos de girofre, y macis, y flor de canela, y gengibre y cinamomo y maná, y otras muchas especias que no van en Alejandría. Y por la ciudad hay muchas plazas en que venden carne cocida y adobada de muy muchas maneras, y gallinas y aves muy limpiamente adobadas, y otrosí pan y frutas muy limpiamente: y así están todas estas plazas, siempre así compuestas de día como de noche vendiendo muchas cosas. Otrosí hay muchas carnicerías de carne y de gallinas, y de perdices y faisanes, y hallábanlas de día y de noche. Y al un cabo de la ciudad estaba un castillo que era muy llano de partes de fuera; pero había unas quebradas muy hondas en demasía, que un arroyo le hace, así que es fuerte el castillo por aquellas quebradas, y en este castillo tenía el señor su tesoro, y no entraba ningún hombre, salvo el alcaide y sus hombres: y en este castillo tenía el señor hasta mil hombres cautivos, que eran maestros de hojas y de bacinetes, y de arcos y flechas, que todo el año labraban para el señor. Y cuando el señor partió de esta ciudad, que vino a hacer guerra a la Turquía, y destruyó a Damasco, mandó que todos los que con él habían de ir en hueste, llevasen consigo sus mujeres; que si las dejasen, que les daba licencia que hiciesen de sí lo que quisiesen, y esto que lo hacía, por cuanto entendía estar fuera de aquella ciudad siete años haciendo guerra a sus enemigos, y juró y prometió de no entrar en aquel castillo hasta que fuesen cumplidos los dichos siete años. Y ahora cuando el señor tornaba para esta ciudad, llegáronse unos embajadores que el emperador del Catay le enviaba, con los cuales le envió a decir, que bien sabía en cómo tenía aquella tierra encomendada por él, que le daba tributo de cada año por ella, y que hacía siete años que no se lo había dado, que se lo quisiese dar, el cual le respondió, que era verdad, y que se lo querían dar, más que no lo daría a ellos, porque no se lo tomasen en el camino, más que él mismo se lo quería llevar: y esto decía él en escarnio, ca no tenía en voluntad de dárselo. Y este tributo hacía cerca de ocho años que no se lo diera, ni el emperador del Catay enviara por ello, y la razón, porque el emperador del Catay no enviara por este tributo, es ésta.

El emperador de Catay finó, y dejó tres hijos, a los cuales dejó sus tierras y señoríos; y el mayor de ellos quisiera tomar el señorío y tierras a los otros dos, y mató al menor, y el mediano peleó con el mayor y venciólo; el mayor con desesperamiento que le iba mal todavía con el menor, hizo poner fuego a su real, y quemóse él y mucha de su gente, y el mediano quedó señor. Y de que hubo puesto en sosiego toda la tierra, envió estos embajadores al Tamurbec, que le diese el tributo que le solía dar a su padre: los cuales embajadores tenía el Tamurbec para ahorcar, como hemos oído, y no sabemos lo que sobre esto se haga el señor del Catay, si quería acolinar esta deshonra, o no. Y desde la ciudad de Samarcanda hasta la ciudad mayor del Catay, que llaman Cambalec, que es la mayor ciudad que en todo el imperio hay, ha seis meses de andadura, y los dos meses de ellos no han poblado ninguno, salvo de pastores que andan en el campo con ganados. Y este año habían venido de Cambalec a esta ciudad de Samarcanda en el mes de junio hasta ochocientos camellos cargados de mercaderías; y cuando el Tamurbec ahora esta vez allí llegó, con despecho de lo que los embajadores del Catay le dijeron, mandó detener estos camellos que no los deja ir, y con hombres que vinieron de Cambalec con estos camellos, estuvieron los dichos embajadores; y contábanles maravillas del gran poderío de gentes y de tierras que el señor del Catay había; y señaladamente estuvieron con un hombre que decía que estuviera seis meses en la ciudad de Cambalec, y decía que era cerca del mar, y que podía ser tan grande como veinte veces Tauris: es la mayor ciudad del mundo, ca Tauris ha en luengo una gran legua y más; así que habría veinte leguas en ella: y dice que el señor del Catay había tan gran gente, que cuando ayuntaba gente para ir en hueste fuera de su señorío, sin los que iban con él, quedaban en guarda de la tierra cuatrocientos mil hombres a caballo, y más que guardaban la tierra: y decía más, que era costumbre del señor del Catay, que ningún hombre pudiese andar a caballo, salvo el que tuviese mil hombres de suyo, y de estos que había tantos que era maravilla; y estas otras maravillas contaba de aquella ciudad, y de aquella tierra.

Y este emperador del Catay solía ser gentil, y fue convertido a la fe de los cristianos. Y estando los embajadores en esta ciudad de Samarcanda, cumplíase el tiempo de los siete años que el Tamurbec prometiera de no entrar en el castillo de Samarcanda, donde tenía su tesoro; y entró en él con gran alegría y fiesta, que fue una maravilla: e hizo traer ante sí todas las armas que aquellos sus cautivos habían labrado desde que él partiera de la ciudad; entre las cuales armas trajeron tres mil pares de hojas guarnidas en tapete colorado, bien hechas, salvo que no las hacen fuertes, ni las saben templar el hierro. Otrosí le trajeron delante muchos bacinetes, y partió y dio este día a los caballeros y otras personas de aquellas hojas y bacinetes; y los sus bacinetes son redondos y altos, y algunos hacia arriba; y por delante el rostro en derecho de las narices les dice una chapa tan ancha como dos dedos, que llega hasta la barba, que se alza y baja, y son por guardar el rostro de cuchillada de través; y las hojas son hechas como las nuestras, salvo que han unas faldas luengas de otro paño que salen debajo de las hojas como camisas.

Y quince jornadas de esta ciudad de Samarcanda hacia la tierra de Catay, hay una tierra donde fueron las Amazonas, y hoy día mantienen la costumbre de no tener hombres consigo, salvo cuando viene un tiempo del año, han licencia de las mayores de ellas, y toman sus hijas consigo, y vanse a las tierras y lugares que son más cercanos; y cuando los hombres las ven, convídanlas, y ellas vanse con aquel que más quieren, y comen y beben con ellos, y estánse allí un tiempo comiendo y bebiendo, y de sí tórnanse para sus tierras. Y si paren hijas, tiénenlas consigo; y si paren hijos, envíanlos al lugar donde son sus padres: y estas mujeres son so el señorío del Tamurbec, y solían ser del señorío del Catay, y son cristianas a la fe Griguesca; y éstas fueron del linaje de las Amazonas que se acaecieron en Troya, cuando la destruyeron los griegos, ca en Troya se acaecieron dos linajes de estas Amazonas, las unas fueron de la tierra de la Turquía, y las otras son éstas. Y otrosí esta ciudad de Samarcanda es mantenida en justicia, ca los de la tierra no osarían hacer desafuero ni fuerza uno a otro, salvo con mandado del señor, y él las hacía a tanto que bastaba asaz.

Y el señor trae consigo continuadamente jueces que libran en el su real y casa, y cuando llegan a alguna tierra, a todos los de la tierra libran, y óyense ellos; los cuales jueces son ordenados y libran en esta manera: los unos libran los grandes hechos y querellas de fuerzas que entre ellos acaecen; y otros libran en hechos del dinero del señor, y otros despachan a los Procuradores de las tierras y ciudades que al señor vienen y otros a los embajadores: y éstos, cuando el real está asentado, ya saben dónde cada uno de ellos se han de sentar a librar. Y ponen las tres tiendas, y allí oyen y libran a los que ante ellos vienen, y de allí se levantan y van a hacer relación al señor; y de sí tornan y libran de seis en seis, y de ellos de cuatro en cuatro. Y cuando mandan dar alguna carta, sus escribanos están allí que la hacen luego, y no de mucha escritura: y como es hecha, pónenla en su libro del registro, que traen ellos consigo, y hacen luego una señal: y de sí dala al oidor que la libre, y él toma luego un sello de plata cavado, y úntalo con tinta, y de sí pónelo en la carta de partes de dentro, y de sí tómala el otro y regístrala, y dala a su señor, y sella con tinta; y de que ha librado tres o cuatro de ellos, ponen en medio otro sello del señor, que es escrito de unas letras que dicen, LA VERDAD; y tiene en medio tres señales como ésta:

Así que cada oidor tiene su escribano o su registro. Y esta carta tal de que es dada, y ven aquellos sellos de los Mirassaes, y el sello del señor, cuanto vean, luego sin otra luenga es ese día y esa hora cumplida.

Y pues vos he escribido de la ciudad de Samarcanda, y de lo que acaeció en ella a los dichos embajadores, y lo que con el señor les acaeció, escribiros he de cómo el Tamurbec venció y destruyó a Totamix, emperador que fue de Tartaria, un poderoso y recio hombre que tuvo muy mayor poder que el turco: y de cómo se le alzó con el imperio de Tartaria un caballero que llamaban Ediguy, criado del Tamurbec; y el mayor enemigo que ahora el Tamurbec ha, es este Ediguy.

Puede hacer once años que este emperador de Tartaria, Totamix, siendo gran señor, y habiendo muy gran gente, salió de Tartaria con gran poderío de hueste, y vino en la Persia, y entró en tierra y señorío de Turis, y de Armenia la alta, y robó mucha tierra, y derrocó ciudades y castillos asaz, y destruyólos para sí en parte. En la cual tierra que así robó, los dichos embajadores fueron por ella, y es ésta la ciudad de Colmarin, que es en Armenia y en su tierra: y otrosí la ciudad de Susacania y toda su tierra, y otras muchas tierras. Y de que hizo todo este robo y más en esta tierra, siendo el Tamurbec señor de ella, tornábanse para Tartaria; y el Tamurbec tuvo sabiduría de él, y cabalgó con su hueste, como quiera que fuesen mucho más los de Totamix; y fue en pos de él, y alcanzólo a un gran río que es llamado Tesina, que era ya cerca de Tartaria: y el Tamurbec anduvo cuanto más pudo por tomar aquel paso del río; ca en aquella comarca donde él iba, no había en aquel río salvo aquel paso que él pensaba tomar: y cuando el Tamurbec llegó, el emperador Totamix había ya pasado el río; y como supo que el Tamurbec iba en pos de él, tornó a guardar el paso del río, e hízole cegar con madera: y como el Tamurbec llegó, y halló que Totamix le guardaba el paso del río, mandóle decir: «Que por qué hacía aquello, que él no venía a pelear con él, que él su amigo era; y que Dios nunca quisiese que mal le buscase».

Con todo esto el emperador guardábase de él, que sabía bien que era artero. Y otro día el Tamurbec partió de allí con su hueste el río arriba, y el emperador de Tartaria movió asimismo con su hueste de la otra parte del río; y fuéronse así el uno de la una parte, el otro de la otra; y do el Tamurbec asentó su hueste, allí asentó Totamix de la otra parte. Y de esta figura caminaron tres días, que no andaba más el uno que el otro: y al tercero día en la noche el Tamurbec mandó por su hueste, que las mujeres se pusiesen alfaremes en las cabezas, porque pareciesen hombres; y mandó que todos los hombres cabalgasen prestamente, y que le llevase cada uno de ellos dos caballos, uno en que fuese, y otro de la rienda; y dejó su real asentado, y las mujeres que parecían hombres, y los cautivos y siervos de ellos con ellas: y él tornó al paso del río, y cuanto había andado los tres días, tanto tornó a desandar aquella noche, y pasó el río. Y a hora de tercia dio sobre el real del emperador Totamix, y desbaratólo, y tomóles cuanto llevaban, que iban muy ricos, y Totamix huyó. Y éste fue un gran hecho y famoso, ca este Totamix traía muy gran hueste, y fue una de las grandes batallas que venció el Tamurbec, y decían que fue mayor que la del turco. Y este emperador Totamix tuvo muy gran deshonra de este vencimiento; y ayuntó otra vez muy gran hueste para venir sobre el Tamurbec, y esperólo, y fue sobre él a Tartaria, y desbaratólo; y puso tanto espanto en ellos, que fue maravilla, y huyó el emperador Totamix. Y con esto los tártaros tuvieron gran desmayo, y dijeron que el su señor era deshecho y de corta ventura, pues que así había sido vencido; y hubo entre ellos desacuerdo. Y un caballero criado del Tamurbec, que ha nombre Ediguy, de que vio el desacuerdo que entre los tártaros era, trajo sus maneras con ellos, que sería contra el Tamurbec, y contra todas las gentes que contra ellos fuesen: y tomáronlo por señor, y rebelóse contra el Tamurbec, y trató como lo matase; porque él muerto, hubiese la su tierra y la Tartaria. Y el Tamurbec súpolo, y quisiéralo tomar para lo matar, y huyóle. Y ahora el señor de Tartaria es muy poderoso hombre, y es muy enemigo el uno del otro. Y el Tamurbec fue una vez sobre él con su hueste, Ediguy no lo quiso esperar, y huyólo: y este Ediguy trae de cada día consigo en su Ordo más de doscientos mil hombres a caballo. Y Totamix, emperador de Tartaria, y el Tamurbec hiciéronse amigos, y trabajaron de engañar a este Ediguy; y el Tamurbec envió a decir a este Ediguy: «Que bien sabía en como era cosa suya, y que él que lo amaba, y perdonaba, si algún yerro le tenía hecho, y que él que fuese su amigo; y que porque tuviese deudo en su linaje, que le daría un su nieto que casase con una su hija que el había. Y dicen que el dicho Ediguy que le respondió: Que él viviera con él veinte años, y que fuera él uno de los en quien él más se fiaba, y que lo conocía bien, y sabía todas sus maneras, y que con tal arte como aquella que él no lo podía engañar; que bien veía que aquellas razones no eran salvo seguro para lo engañar, y que si amigos habían de ser, que lo habían de ser en el campo, y con el espada en la mano».

Y esta respuesta les dio: y este emperador Totamix había un hijo, y echólo de la tierra este Ediguy; y Totamix huyó a una tierra que es cerca de Samarcanda, y el hijo fuese a Cafa, una ciudad de genoveses que confina con Tartaria: el Ediguy vino sobre esta ciudad de Cafa, por cuanto el hijo de Totamix le hacía guerra de allí de Cafa, e hizo gran daño en aquella tierra; y los de la ciudad hicieron paz con el dicho Ediguy, y el hijo de Totamix fuese para el Tamurbec. Y este Totamix y sus hijos son vivos, y amigos del Tamurbec. Y este Ediguy ha tornado y torna de cada día a la secta de Mahoma a los tártaros, que hasta poco tiempo ha no eran bien creyentes en una fe ni en otra, hasta ahora que tomaron la secta de Mahoma.

Y el señor tiene su gente y hueste que de cada día anda con él ordenadamente en esta manera: tiene hechas capitanías, y tiene capitanes de cien hombres, y otros de mil hombres, y otros de diez mil hombres, y uno sobre todos como condestable; y cuando manda ir alguna gente a algún lugar, llaman estos capitanes, y por ellos sabe, y reparte la gente que quiere. Y éste que ahora es capitán mayor, llaman Janza Mirassa, y fue uno de los que fueron en la muerte del emperador de Samarcanda con el Tamurbec; y es hombre a quien ha hecho mucha merced, y a quien ha dado mucha tierra, y le ha hecho gran señor. Otrosí el Tamurbec tiene dados sus caballos a caballeros, y carneros en guarda por las tierras, aquel mil, aquel diez mil; y si no se los dan, cuando los demanda, o le fallecen algunos de ellos, no quiere otra paga salvo tomarles cuantos tienen, encima matarlos.

Y ahora que he escribido de estas razones que habéis oído, escribiré de la venida de los dichos embajadores, y de lo que les acaeció en el camino. En su viaje en esta hueste donde estaban, se ayuntaron con ellos el embajador del sultán de Babilonia, y otro que era hermano de un gran señor de la Turquía, que ha nombre Alamán Olglan, y otro de Sabastria, y otro de la ciudad de Altologo, y otro de otra ciudad que es llamada Palatia, y otro de la dicha ciudad de Altologo, y todos partieron de aquí en una compañía; ca los Mirassaes de que vieron al señor como estaba, acordaron de los enviar en uno: y no trajeron el camino que llevaban a la ida, salvo otro que era hacia la mano izquierda hacia la Tartaria.

Y el viernes, que fueron 21 días de noviembre, los dichos embajadores partieron de aquí de Samarcanda, y llevaron buen camino y llano y bien poblado, y anduvieron seis jornadas de camino bien habitado, donde les dieron todas las cosas que hubieron menester, así como posadas y viandas.

Y el jueves, que fueron 27 días del dicho mes de noviembre, llegaron a una gran ciudad que ha nombre Boyar, la cual ciudad está en un llano muy grande, y era cercada de una cerca de tapias de tierra, y había unas cavas muy hondas llenas de agua, y al un cabo de ella había un castillo, que era otrosí de tapias de tierra, que en aquella tierra no hay piedras para de que pudiesen hacer cerca ni muro; y junto con el castillo pasaba un río. Y esta ciudad había un gran arrabal, en que había grandes edificios: y esta ciudad es muy abastada de pan y de carne y de vino, y todas las otras cosas, y de grandes mercaderías. Y en esta ciudad fueron los dichos embajadores bien servidos de lo que hubieron menester, y les dieron sendos caballos: y no vos escribo largamente de las cosas de este camino, salvo de ciudad en ciudad, porque a la ida hice relación de todo largamente: y en esta ciudad estuvieron siete días, y cayó mucha nieve estando aquí

Y el viernes, 5 días del mes de diciembre, partieron de esta ciudad los dichos embajadores, y anduvieron tres jornadas por unos llanos bien poblados de muchas aldeas, y llegaron al gran río de Biamo, que habéis oído que pasaron a la ida; y en una aldea que cerca de él estaba, hicieron provisión de viandas y cebada para llevar, que habían de pasar un yermo de seis jornadas, y estuvieron en esta aldea dos días.

Y el miércoles, 10 días del dicho mes de diciembre, pasaron el gran río de Biamo por barcas, en el cual río había grandes llanos de arenales, la cual arena movía el viento, por poco que fuese, de una parte a otra, y hacíala montón: y en este arenal había grandes valles y oteros, y el viento movía aquella arena de allí, y deshacía aquellos cerros donde estaban hechos, y hacíalos en otra parte, y el arena era menuda, y como la movía el viento, quedaban hechas ondas como de camelote, y no podían tener los hombres los ojos en ella, cuando el Sol le daba. Y este camino no lo pueden andar salvo con guía de hombres que lo saben por señales que tienen puestas; y estos tales hombres que saben estos caminos llámanlos Anchies: y con los dichos embajadores fue uno de estos hombres que los guiaba, y erró asaz de veces el camino. Y en este camino no hay agua salvo de jornada en jornada, y son unos pozos hechos en el arena con bóvedas, encima cercadas de pared de ladrillo alrededor; y si por aquellas tapias no fuese, el arena las cegaría; y el agua de aquellos pozos es de la que llueve, o de las nieves: y la postrimera jornada no hallaron agua, y anduvieron todo el día y la noche, y a hora de misas llegaron a unos pozos, y comieron y dieron agua a las bestias, que lo habían bien menester.

El domingo, 14 días del mes de diciembre, llegaron a una aldea, y estuvieron allí lunes y martes: y el miércoles siguiente partieron de aquí, y entraron en otro yermo que duró cinco jornadas muy grandes, el cual era llano y de más agua que el primero: y en lo más del camino había monte bajo, y era arenal, y es tierra muy caliente: y las tres jornadas postrimeras eran muy grandes, y anduvieron días y noches, y no quedaban salvo cuanto daban cebada y comían. Y el domingo, 21 días del dicho mes de diciembre, llegaron a una gran ciudad que es llamada Baubartel, es ya tierra del emperador de Horazania: la cual ciudad está al pie de unas sierras altas que eran cubiertas de nieve, y era lugar muy frío, y la ciudad estaba llana, y no había cerca ninguna. Y aquí dieron a los dichos embajadores sendos caballos y viandas, y lo que hubieron menester: y estuvieron en esta ciudad el domingo que allí llegaron, y lunes y martes y miércoles.

Y el jueves, que fueron 25 de diciembre, día de Pascua, que comenzó el año del Señor de 1405 años, partieron de aquí; y el su camino fue entre unas sierras altas nevadas, y anduvieron por ellas cinco días, y el camino era mal habitado, y de gran frío.

Y el jueves, primero día de enero, llegaron a una muy gran ciudad qué estaba en unos llanos fuera de aquellas sierras, que había nombre Cabria, y esta ciudad no había cerca ninguna; y estuvieron aquí jueves y viernes; y esta ciudad es en tierra de Media.

El sábado siguiente, 3 días de enero, partieron de aquí, y el su camino fue por unos llanos de tierra caliente, que en ella no había nieve ninguna, ni hielos: y anduvieron el dicho día sábado y el domingo: y el lunes 5 días del dicho mes de enero, llegaron a una ciudad que ha nombre Jagaro; y en el camino hallaron dos aldeas: y esta ciudad no había cerca: y esta ciudad era ya en el camino que los embajadores llevaron a la ida: y en esta ciudad estuvieron el día que llegaron, y otro día martes.

El miércoles siguiente partieron de aquí, y entraron por su camino, que era llano, y anduvieron todo el día sin hallar poblado, y en la noche fueron dormir a una casa grande que en el camino estaba cerca de un castillo yermo, y la dicha casa estaba otrosí yerma.

Y otro día jueves partieron de aquí, y anduvieron todo el día sin hallar poblado, y en la tarde llegaron a una aldea: y el camino que estos dos días trajeron, fue junto con una sierra bermeja sin nieve, e hizo calentura estos días, ca la tierra era tal.

Y el viernes partieron de aquí, y anduvieron este día sin hallar poblado; y el sábado a hora de vísperas llegaron a una ciudad grande que ha nombre Bastan, y por esta ciudad fueron los dichos embajadores a la ida, y otro día domingo partieron de aquí. Y el lunes llegaron a una ciudad que es llamada Damogen: y siendo cuanto una legua de esta ciudad, levantóse un viento grande y frío, siendo el día claro; y tan grande era el frío, que era una gran maravilla, que los hombres y las bestias no lo podían sufrir. Y de que en la ciudad fueron, demandaron de aquel viento, y dijeron, que en una sierra que encima de la ciudad estaba, había una fuente, y cuando caía alguna alimaña o cosa sucia, venteaba tan recio que era maravilla, y que no cesaba hasta que limpiaban aquella fuente: y otro día fue la gente con palos y garabatos, y limpiaron aquella fuente, y cesó el viento. Y en esta ciudad estuvieron los dichos embajadores a la ida, y aquí estuvieron dos días.

Y el miércoles siguiente, 15 días del dicho mes de enero, partieron de aquí, y dejaron el camino que a la ida habían llevado por el castillo de Perescote, porque era entre sierras que había mucha nieve, y fueron por de fuera de ellas, y quedó aquel camino a la mano derecha, y fueron a la mano izquierda, y llevaron un camino llano. Y en la noche fueron dormir a una gran casa que estaba despoblada: y otro día jueves anduvieron sin hallar poblado, y el viernes asimismo; y el sábado a hora de vísperas llegaron a una gran ciudad que es llamada Cenan: y aquí se acaba tierra de Media, y comienza la Persia. Y esta ciudad está en un llano bajo de una alta sierra, y era muy poblada, y no había cerca ninguna: y estuvieron en esta ciudad hasta el lunes que fueron a dormir a una aldea: y el martes llegaron a un castillo pequeño, y en el camino hallaron mucha nieve. Y partieron de aquí, y anduvieron por unos llanos entre unas sierras que descendían de ellas muchas aguas, salvo que eran saladas; y asimismo anduvieron el jueves.

Y el viernes, que fueron 23 días de enero, llegaron a una gran ciudad que se llama Vatami, la cual era muy grande, y lo más de ella estaba deshabitado, y no había cerca ninguna; y esta tierra se llama tierra de rey. Y en esta tierra estaba un gran Mirassa, que era yerno del señor Tamurbec, casado con una su hija: y estaba con él otro caballero grande que llaman Baxambec, y al yerno del Tamurbec llaman Cumalexa Mirassa. Y éstos eran los hombres que tomaron los hombres de los embajadores que quedaron enfermos: los cuales hallaron allí, salvo los dos de ellos que eran finados; pero los que eran vivos fueron bien tratados de estos señores, que les hicieron dar siempre lo que menester hubieron. Y otro día domingo comieron con el yerno del señor; y otro día lunes comieron con Baxambec, y diéronles sendos caballos: y el martes partieron de aquí, y fueron dormir a un castillo.

Y el jueves 29 días de enero fueron dormir a una ciudad que ha nombre Xaharica: y en esta ciudad estuvieron los dichos embajadores a la ida: y de aquí tomaron el camino que a la ida habían llevado. Y viernes y sábado y domingo y lunes anduvieron, y hallaron grandes nieves en el camino: y el martes 3 días de febrero llegaron a una gran ciudad que es llamada Casmonil, y estaba lo más de ella derrocada: y en esta ciudad había muchos edificios: y esta ciudad fue la mayor que en esta partida hallamos, a fuera de Tauris y Samarcanda. Y en esta ciudad hallamos mucha nieve, que no podían andar por las calles, y hombres y bestias no hacían sino sacar nieve, y tanta caía, que estaban en peligro; y la que sobre las casas caía, echábanla con palas ayuso, porque no les derrocase las casas; y estuvieron en esta ciudad; y estuvieron el día martes que ahí llegaron, y jueves y viernes, que no pudieron partir por la mucha nieve que en el camino había. Y aquí les dieron viandas asaz, y lo que hubieron menester, como quiera que no lo tuviesen de costumbre; ca de esta tierra es, que a los embajadores y hombres del señor que les den de comer, do quiera que llegaren, tres días, si allí quisiesen estar; y a los que son del linaje del señor que les den de comer a él y a toda su gente nueve días; y esto que lo paguen los Concejos donde llegaren. Y el sábado partieron de aquí, y ante ellos iban hasta treinta hombres a pie con palas en las manos que abrían el camino. Y los hombres de esta ciudad de que llegaban a alguna aldea o cafallo, estos hombres de pie que así iban abriendo los caminos, tornábanse, y de allí iban otros tantos. Y las nieves eran tantas, que el suelo y montañas todo era llano de ella y muy alto, así que no parecía tierra ninguna, y los hombres y las bestias no podían ver de los ojos, y eran ciegos de catar todavía en la nieve; y si no porque estaba helada, no se podía andar de mucha que era: y aún cuando hombre llegaba cerca de alguna ciudad o villa, no la podía conocer, ca era cubierta de nieve: y de esta manera fueron hasta la ciudad de Soltania: y esta tierra era bien poblada y muy abastada. Y el viernes, que fueron 13 días del mes de febrero, llegaron a la ciudad de Soltania; y estuvieron en ella hasta el sábado siguiente, que fueron 21 días del dicho mes. Y no cuento más de esta ciudad, porque ya escribí de ella, cuando los dichos embajadores estuvieron en ella de ida; pero es una de las grandes ciudades y nobles de la Persia, y no es cercada, pero en ella está un hermoso castillo llano. Y la su estada de estos ocho días que los dichos embajadores aquí estuvieron, fueron porque habían de ir por fuerza a ver un nieto del señor Tamurbec, que llaman Homar Mirassa, que era señor y emperador de la Persia, y de otras tierras asaz: el cual estaba en un campo que llaman Carabaque con su hueste, que hibernara allí: y el camino más derecho para ir allí do él estaba, era desde esta ciudad; y porque en unas sierras altas que habían de pasar, había mucha nieve, esperaban que se bajase, y pudiesen a él ir. Y en esto tuvieron su consejo de irse a la ciudad de Turis, y que de allí podían mejor ir a Carabaque, y más sin nieve, e hiciéronlo así.

El sábado 21 días del mes de febrero partieron de esta ciudad de Soltania, y fueron dormir a una ciudad que es llamada Sanga, en la cual estuvieron a la ida: y otro día domingo fueron dormir a una gran casa que en el camino estaba: y otro día martes fueron dormir a otra aldea que llaman Miana: y otro día miércoles fueron dormir a otra aldea que llaman Tunglar: y otro día fueron dormir a otra aldea que llaman Ugan.

El sábado postrero día de febrero llegaron a la ciudad de Turis, y aposentáronlos en unas casas de cristianos armenios, y trajéronles mucha vianda. Y el martes siguiente, 3 días de marzo, dieron a los dichos embajadores sendos caballos, y dijeron que el señor Homar Mirassa estaba en Carabaque, donde había hibernado con su hueste. Y este Carabaque son unos campos llanos, y de mucha yerba, y es tierra muy caliente, y no hay nieve allí y si cae deshácese luego, y por esta ocasión va el señor allí a hibernar cada año, y que allí les convenía de lo ir a ver.

Y el jueves, 5 días del mes de marzo, los dichos embajadores partieron de esta ciudad de Turis, y asimismo el embajador del sultán de Babilonia, y los de la Turquía, que en uno venían para ir ver al dicho Homar Mirassa a los dichos campos de Carabaque, y con ellos la guía que los trajo desde Samarcanda, que les hacía dar en cada lugar, do llegaban, vianda y lo que habían menester: y a estos tales hombres llaman ellos Xagave. Y los dichos embajadores iban ahorrados con algunos de sus hombres, y todo lo suyo quedaba en Turis, por cuánto habían de tornar allí. Y los dichos embajadores siendo a dos jornadas de esta ciudad de Turis, llegáronles un mandadero que el señor Homar Mirassa les enviaba: el cual les dijo, que el señor les enviaba decir, que se tornasen para la ciudad de Turis, y que holgasen allí algunos días hasta que él enviase por ellos; ca hombres que de tanto camino venían, menester habían de holgar: y hubiéronse de tornar, y el señor envió a mandar que les diesen su alafa, que ellos dicen por su mantenimiento. Y estuvieron en esta ciudad hasta el miércoles 18 días de marzo, que los envió a llamar que lo fuesen ver.

El jueves, 19 días del dicho mes de marzo, partieron de aquí los dichos embajadores, y pasaron una alta sierra que cerca de Turis está, y entraron en un valle muy poblado de aldeas, y de muchas huertas y viñas; era tierra muy caliente y bien hermosa, y es tierra muy bien templada de frutas, que hay en él muchas, y por medio de este valle va un gran río. Y por este valle entre estas huertas y aldeas anduvieron cuatro jornadas, y al cabo de las cuatro jornadas llegaron a unos grandes llanos, en que había asaz lugares y pueblos: y en estos campos había mucho arroz sembrado, y alcándigas y mijos: y de esta tierra se abastecen muchas tierras de arroz, y no se coge aquí trigo ni cebada, y de este arroz hay tanto, que lo daban a los caballos. Y por estos campos estaba asentada mucha gente con sus tiendas y ganados, que eran de la hueste del señor.

El miércoles, 25 días del mes de marzo, los dichos embajadores yendo por entre esta gente de la hueste, siendo cuanto a diez o doce leguas de donde el señor estaba, hallaron en el camino unos hombres que les dijeron, que a dó iban, que en la hueste del señor había gran bullicio, y que sería bien que se tornasen: y ellos demandaron qué bullicio era, y los dichos hombres les dijeron, que Janza Mirassa quisiera matar al señor Homar Mirassa, y que la gente de la hueste, y otros señores y caballeros que vinieron sobre él, y que lo prendieron, y que el señor le mandara cortar la cabeza: y que la gente de este Janza Mirassa peleara con la del señor, y que tuvieron hombres muertos de los unos y de los otros, y que el señor, se pasara con su hueste de la otra parte del río, y que mandara quebrar la puente, y que alguna gente que iba a una parte y a otra: y que no sabía más, salvo que había en la hueste gran discordia. Y los dichos embajadores tuvieron su consejo, pues que cerca estaban de ir adelante, y fueron.

Y otro día jueves, 26 días del dicho mes de marzo, llegaron al Ordo donde el señor estaba, y descendieron, y esperaron mandado del señor: y en la hueste había gran bullicio, ca todos se ayuntaban en uno, y ayuntaban sus ganados. Y estando allí los dichos embajadores, llegó a ellos un chacatay que le dijo, que el señor tenía ahora mucho de librar, y que no le podían ver, y que les rogaba que se tornasen a Turis, y esperasen allí hasta que tuviesen su mandamiento, y que él había de tornar con ellos a les hacer dar lo que hubiesen menester, que así era ordenado por el señor, y díjoles que cabalgasen luego, y tornáronse a Turis. Y este emperador y su hueste estaban en unos llanos ribera de un río, y podía tener allí consigo hasta cuarenta y cinco mil hombres a caballo, como quiera que aún no tenía toda su gente y su hueste ayuntada, que estaba en otros lugares, y porque de cada año el Tamurbec venía a hibernar a estos campos de Carabaque, mandó hacer una ciudad allí, en que hay veinte mil casas, y más.

Y este Janza Mirassa, que el dicho Homar Mirassa cortó ahora la cabeza, era hijo de una hermana del Tamurbec, y era el más valiente y más recio hombre que en todo el linaje del Tamurbec había, y el más honrado, y era señor de mucha tierra, y había mucha gente de hueste que de cada día con él andan. Y cuando el Tamurbec hizo emperador a su nieto Homar Mirassa, diole a este Janza que estuviese con él, y le rigiese su casa y su tierra: y así era, que él mandaba en toda su tierra, así como él mismo, y la razón que decían porque ahora muriera este Janza Mirassa es ésta: decíanlo en dos maneras, los unos decían que le mandaba matar, porque se recelaba de él, que pues su abuelo era muerto, que él que le buscaría la muerte, o se alzaría contra él con todas las gentes, así las del Tamurbec su abuelo, como con todos los chacatays, que lo amaban y querían gran bien: y aún todas las gentes decían, que pues el gran señor era muerto, que él merecía ser señor. Y otros decían, que así como supo este Janza la muerte del Tamurbec, que se armara él y cierta de su gente, y que se fuera a una tienda donde solían hacer consejo, y aquí hallara dentro en ella a un Mola, que era como doctor, y era muy privado de Homar Mirassa, que libraba los hechos que en la hueste acaecían, y que lo quería mal sobre una mujer que él demandara en su casamiento, y Homar Mirassa no se la quiso dar, y diola a aquel Mola, y por esto y por otras cosas lo quería mal, y como lo halló en aquella tienda, matólo, y como lo hubo muerto, que se fue a la tienda donde estaba Homar Mirassa, y que él y los suyos que llevaban las espadas en las manos: y que cuando vieron esto la gente del real, que tomaron sus armas, y fueron luego a la tienda donde el señor estaba, y que se hizo por el Ordo un ruido, diciendo, que Ediguy emperador de Tartaria, y el rey Sordo venía sobre ellos: y que el dicho Janza visto el alboroto feo, que se fue a la tienda donde estaban las armas del señor, y cuando allí llegó, que halló mucha gente, y que se la defendió, y tornó a la tienda donde estaba el señor por lo matar, y cuando llegó, ya estaba mucha gente con él que lo defendieron: y dicen que a un gran caballero, que llegó armado con toda su gente con él al dicho Janza Mirassa, y que le dijo, que qué era aquello que hacía: y que el sobredicho Janza Mirassa que le dijera verdad al dicho Homar Mirassa, «que no haya ningún miedo, que yo he hecho esto por matar al dicho Mola mi enemigo».

Y el dicho caballero fuéselo decir, y hallólo que estaba con grande miedo, mostrando poco esfuerzo, y que le dijo: «Señor, no hayas miedo, que si tú quieres, yo te mataré a este Janza Mirassa».

Y vino luego sobre él con poder, y cortóle la cabeza. Y de que Janza Mirassa fue muerto, toda la su gente huyó, y Homar Mirassa mandó tomar la cabeza del dicho Janza Mirassa, y llevarla a su padre Miaxa Mirassa, y a su hermano Abobaquer Mirassa, que estaban en Baldat, y envióles a decir, que viesen la cabeza de su enemigo: y que pues su abuelo era ya muerto, que se viniesen ver con él, y que allí lo recibiría por señor, y se ayuntaría por los campos de Vian, cerca de Turis, y que él y los grandes de sus tierras le darían el señorío, como era razón y derecho. Y dicen que vista la cabeza de Janza Mirassa, que el dicho Miaxa Mirassa que se receló luego del hijo.

De que el Tamurbec fue muerto, que murió en la ciudad de Samarcanda, los Mirassaes y privados del señor tuviéronlo encerrado hasta que pusiesen recaudo en su tesoro, y en sus tierras; pero no lo pudieron tanto encelar, que no lo supieron algunos de los caballeros y gente del señor. Y allí en Samarcanda estaba con el Tamurbec, cuando murió, un su nieto, hijo de Miaxa Mirassa, que ha nombre Caril Zoltan; el cual así como supo la muerte de su abuelo, ayuntó a sí los caballeros y gente que pudo, y fue sobre los dichos tres Mirassaes que tenían la casa y hacienda del señor en poder, y mató al uno de ellos que había nombre Butudo Mirassa, hijo de este Janza que Homar Mirassa cortó la cabeza: y de que tuvo aquel muerto, los otros dos huyeron, y fueron para un hijo del Tamurbec que había nombre Haroc Mirassa, que estaba en tierra de Horazania en una gran ciudad que ha nombre Helac. Y como este Caril Zoltan hubo muerto a este privado de su abuelo, fuese luego para el castillo, y apoderóse del tesoro y de la ciudad, y tomó a su abuelo y soterrólo, y apoderado, envió mandado a Miaxa Mirassa su padre, que fuese luego a Samarcanda, y que le entregaría el tesoro, y si verdad es que lo acogen, será sin duda señor, como lo su padre era; ca el tesoro que allí está es grande, y todos los chacatays se ayuntarán a él, si aquel tesoro tuviere, ca son codiciosos, y por fuerza será señor; pero decían estas gentes, que podía estorbar a Miaxa Mirassa, Gansada la su mujer, que lo volvió con el Tamurbec, que era madre de este Caril Zoltan, y estaba allí en Samarcanda con su hijo, y que no tuviese el señorío, por cuanto se recela de él, y que hará a su hijo que tome título de señorío de aquel imperio de Samarcanda. Y este Caril Zoltan es hombre mancebo de edad de veintidós años, y es blanco y grueso en el cuerpo, y parece a su padre: y este hizo mucha honra a los dichos embajadores, cuando en Samarcanda estaban, y ya otras dos veces se había el Tamurbec hecho muerto, y echó fama por sus tierras que era muerto, por ver quién se le rebelaría, y algunos que se le rebelaron, fue luego sobre ellos, y destruyólos: y con esto no podían ahora creer que era muerto, como quiera que fue cierto, y aún después de esto hubo nuevas en esta ciudad de Turis, donde estaban los dichos embajadores, que era vivo, y que venía con su hueste, e iba sobre el sultán de Babilonia.

Miaxa Mirassa de que supo cierto la muerte de su padre el Tamurbec, y vista la cabeza de Janza Mirassa que su hijo le envió, y las razones que le envió a decir, que se fuese para Vian, y que se verían en uno; partió de la ciudad de Baldat donde estaba, y con él Abobaquer Mirassa su hijo. Y antes que ahí llegase, supo en cómo Homar Mirassa su hijo había ayuntado mucha más gente de la que antes tenía: otrosí que enviara a las ciudades de Turis y de Soltania, que estuviesen aparejados para cuando él por ellos enviase. Y el padre de que esto supo recelóse, y no quiso ir para el hijo, y envió saber su ardid: y el hijo envió a decir, que no ayuntaba él aquella gente salvo por poner recaudo en la tierra y en las fronteras. Y de que esto oyó Abobaquer, el otro hijo con que él venía, dijo a su padre, que él iría a su hermano y lo tomaría, y lo traería ante él, mal que le pesase: y el padre dijo, que no lo hiciese por no escandalizar la tierra. Y este Homar Mirassa y Abobaquer Mirassa eran hermanos de padre y de madre, y su madre de ellos estaba allí, y fue luego a su hijo Homar Mirassa, y díjole: «Hijo, tu padre debe ser señor, y todos lo quieren, ¿y tú estórbaslo?».

Y respondió: «Que lo Dios no quisiese, más que estaba presto para hacer y cumplir lo que le mandase».

Y la madre tornó al marido, y díjole lo que con él hablara: sobre lo cual acordó de enviar a él otro su hijo, y que fuese ahorrado sin gente, y que ambos hermanos ordenasen como diesen al padre el señorío. Y de que Homar Mirassa supo cómo venía su hermano, acordó de lo prender, y como llegó cerca de una tienda donde estaba, salió a él y tomólo por la mano, y metiólo en la tienda, y de que lo tuvo dentro, mandólo prender: y hasta quinientos hombres de a caballo que con él iban, huyeron para el padre. Y así como prendió al hermano, enviólo para el castillo de Soltania, y poner en hierros, y movió contra el padre por lo tomar, asimismo huyó, y fuese por tierra de rey, donde estaba Culemaxa Mirassa su cuñado, y otras gentes de chacatays y caballeros. Y la madre de estos Homar Mirassa y Abobaquer Mirassa, de que supo que el uno había prendido al otro, vino para el dicho Homar Mirassa, y rompióse las vestiduras, y las tetas de fuera, llegó al hijo diciéndole, y llorando de los sus ojos, dijo: «Yo vos parí, hijo, ¿y ahora quieres matar al tu hermano, sabiendo que es tu hermano verdadero, y hombre a quien las gentes quieren bien?».

Y él respondió: «Que él no había preso a su hermano, salvo porque era loco y atrevido, y por las razones que decía; ca no quería él, salvo que su padre fuese señor».

Y de que a su hermano tuvo preso, entendió que tenía acabada su mala voluntad, por cuanto era hombre muy esforzado, y que lo querían bien los chacatays: y las buenas razones que decía así, eran para asegurar al padre por lo tomar, y el padre tomó su camino para Samarcanda, y el hijo en pos de él. Y de que vio que no lo podía tomar, trajo tratos con Xaharoc Mirassa su tío, hermano de su padre, que fuesen en uno, y lo ayudase contra el padre, y que ambos serían señores: y esto hacía, por cuanto el padre había de pasar por tierra de Hore, donde él estaba, y que allí lo podrían tomar. Y de que esto supo Miaxa Mirassa, que el hermano y el hijo suyo eran de un acuerdo, estuvo quedo en tierra de Horazania, que no osó ir adelante, y trajeron tratos, mas fueron tales que nunca el padre se fió del hijo. Y de que Homar Mirassa tuvo preso a su hermano, tomóle la mujer, que era hija del emperador de Merdin, y envióla a su padre. Y en este tiempo envió una carta Homar Mirassa a los dichos embajadores, allí a la ciudad de Turis donde estaban, por la cual les envió a decir, que no tomasen enojo, porque se les alongaba su partida; mas que ahora cuanto se aviniese con su padre, que sería muy aína, y los libraría y enviaría muy aína de allí.

Y después de esto, el martes 29 días del mes de abril, día de San Pedro Mártir, estando los dichos embajadores en su posada, llegó a ellos el alguacil de la ciudad y un escribano, y otra mucha gente con él; y como entraron en casa, tomaron las espadas y armas que hallaron, y cerraron las puertas, y dijeron a los dichos embajadores: «Que el señor enviaba a mandar, que todas las cosas que habían, se las diesen y entregasen, porque las ellos pusiesen en recaudo».

Y los dichos embajadores dijeron: «Que les placía, pues que en su poder estaban; pero que el rey su señor les había enviado al señor Tamurbec a lo visitar como a su amigo, y que entendían de otra mente ser tratados; más que pues el gran señor era muerto, que podían hacer lo que quisiesen».

Y el alguacil les dijo: «Que no lo hacía el señor aquello, salvo porque estuviesen más guardados, y no les fuese hecho enojo alguno».

Y esto no lo entendía hacer como lo decían, antes quería hacer el contrario, como después lo hicieron: y tomáronles cuantas cosas tenían, así ropas como dineros y caballos y sillas, y cuanto tenían, que no les dejaron salvo las ropas que vestían, y pusiéronlo en otra casa en guarda: y asimismo hicieron a los embajadores del sultán y a los de la Turquía, que ahí estaban; y cuando estas cosas les tomaron, les llevaron hurtado y por fuerza mucho de lo suyo. Y después de esto a cuantía de veinte días, envióles a decir el dicho Homar Mirassa una carta, por la cual les envió a decir, que no tomasen enojo por lo que les enviará a mandar y hacer, más que se alegrasen y tuviesen placer, que él era ya avenido con su padre, y que se venía a un lugar que se llama Assarec, que es cinco lenguas de Turis, y que allí enviaría por ellos, y los vería y libraría: y no era ésta la verdad, ca él no era avenido con su padre; mas estas nuevas y otras hacía él echar por la tierra, por cuanto todos estuviesen sosegados, y no se levantasen contra él. Otrosí de los chacatays y gente de su hueste nunca podían saber verdad dónde estaba la hueste, ni qué querían hacer, ni a do iban, que cada uno decía de su manera; y son gente ingeniosa y sutil, y nunca dicen aquestos verdad. Y de esta guisa pasaron los dichos señores embajadores, esperando cuando el señor Homar Mirassa venía allí a Assarec.

Y en este tiempo levantóse el rey de Gargania que habéis oído, y entró en tierra de Aumian y de Asseron, que es de Armenia la mayor, y llegó hasta tierra de Turis, y robó y quemó muchas aldeas y lugares, tanto que puso gran miedo, que los moros de Turis por eso pensaron que el señor venía en aquella tierra, y no lo hizo; más mandó a un su gran caballero viejo que había nombre Homar Toban, que viniese con cinco mil hombres a caballo, y está frontero en aquella partida de este rey de Gargania: y mandó a cierta gente de Turis y de otras partes, que fuesen con ellos; los cuales fueron por todos hasta quince mil hombres a caballo, y pasaron por esta ciudad de Turis con gran ufanía, y fueron tener su frontería a unos campos que llaman Alatao, que es en Armenia la mayor. Y el rey Sorso supo de ellos y cabalgó con hasta cinco mil hombres a caballo, y vino sobre ellos una noche, y desbaratólos, y mató muchos de ellos, y los que escaparon, huyeron hasta en Turis; y el ruido y miedo fue grande en los moros de la ciudad: y decían los Cafares vencer a los Musulmanes; y Cafares decían ellos por los cristianos, que quiere decir gente sin ley: y Musulmanes se llaman ellos, que quiere decir en su lengua, los de la escogida y buena ley. Y otros decían, que no lo hacían ellos, salvo su señor, que era sin ventura, que el aventurado era el señor Tamurbec, que era ya muerto.

Y de que Homar Mirassa no pudo tomar a su padre, ni se pudo avenir con él, tornóse para la ciudad de Soltania, donde tenía a su hermano preso, y ordenó como lo matasen con ponzoña: y de sí partió de allí para se venir a Assarec, por ordenar allí su gente, y por despachar a los dichos embajadores. Y viniendo su camino, llegáronle nuevas en como el martes, que fueron 11 días del mes de julio del dicho año, su hermano Abobaquer se soltara de la prisión, y matara al que lo guardara, y había robado el tesoro de él, y se era ido; y tornó luego para la ciudad de Soltania, envió gente tras su hermano, y no lo pudieron alcanzar.

Homar Mirassa dejó ordenado cómo matase a su hermano aquel que lo guardaba, con ponzoña que le diese, y supiéronlo algunos de sus hombres, e hiciéronlo saber al dicho Abobaquer, por cuanto les pesaba de su muerte; y de que lo supo, trató con ellos cómo lo ayudasen a salir de allí, y prometióles que les haría mucha merced; y ordenáronlo de esta manera: que otro día estuviesen apercibidos de sus caballos y sus armas, y que le diesen a él una espada, y como entrase a él aquel que lo guardaba, que lo mataría, y que ellos fuesen prestos a lo ayudar, y que se libraría de aquella prisión, e hiciéronlo así. Y otro día en la mañana entraron a él el caballero que lo guardaba, y otros tres de quien él fiaba; y díjole: «Señor, vuestro hermano vos envía a decir, que él es avenido con vuestro padre, y que muy cedo vos sacará de aquí, y vos dará muchos dineros, y cosa con que seáis contento: y envíaos a rogar, que toméis placer, y no hayáis enojo; y con estas buenas nuevas que vos traigo, vos demando en merced, que queráis hoy beber vino, y comer conmigo».

El cual vino traía luego consigo, y venía en él la ponzoña con que lo había de matar; y la su costumbre es de beber el vino antes de comer: hincó los hinojos ante él aquel caballero que lo guardaba, y tomó la taza en la mano, y demandóle de merced que bebiese; y él excusóse de no beber con buenas razones; y entonces metió mano al espada, y dio una herida en la cabeza a aquel que le daba el vino, y matólo; y de sí mató los otros tres que con él iban: y el ruido se hizo por el castillo: y los hombres que lo guardaban, que tenían su habla ante él, vinieron luego a él, y cortáronle los hierros que tenía, que eran de plata, y cabalgó en un caballo, y otros con él, y salió del castillo, y fue a una plaza donde cogían el derecho, y mató a un tesorero que ahí halló. Y a este ruido se llegó mucha gente a él, y mandó que do quiera que hallasen buenos caballos, que los tomasen, así de mercaderes, como de otros: y llegáronse a él hasta quinientos de a caballo: y tornó al castillo, y del tesoro que allí estaba dio a todos aquellos que con él eran cuanto pudieron llevar; y él hizo cargar cien camellos de ello, y fuese para su padre. Y cuando a él llegó plúgole mucho con él, y contóle cómo su hermano Xaharoc Mirassa le tenía el paso, que no lo dejaba ir a Samarcanda; y él partió esa noche de allí con la gente del padre y con la suya, y fue do estaba el hermano de su padre; y prendiólo y trájolo a su padre, y mucha gente del tío: y otros asaz se vinieron para él, de que supieron que era suelto. Otrosí de cada día se iba gente de la hueste de Homar Mirassa, sabiendo que su hermano era suelto: y como de cada día se iba la gente para él, acordó de hacer paz con su padre; y el dicho su padre y su hermano tomaron su camino para Samarcanda.

Y Homar Mirassa se vino de su hueste a los campos de Vian, que era a diez leguas de Turis, y envió a decir a la ciudad de Turis y de Soltania, que él quería hacer allí una fiesta y vigilia por su abuelo, y que para ello que le enviasen ciertos carneros y pan y vino y caballos: y otrosí que le enviase tres mil ropas de camocan y de tafes, que allí quería dar a sus caballeros: y envió a mandar que tornasen a los dichos embajadores todo lo que les habían tomado.

Y el jueves, 13 días del mes de agosto, Homar Mirassa envió a los dichos embajadores dos chacatays, con los cuales una carta, en que les envió a decir que lo fuesen a ver. Y otro día viernes partieron, y fueron dormir al campo: y otro día en amaneciendo fueron con el señor allí en Vian, allí donde estaba, y aposentólos cerca de un arroyo, y allí armaron sus tiendas. Y luego otro día sábado, día de Santa María de agosto, el señor salió de sus tiendas, y vino so un gran pabellón, y envió por los dichos embajadores: y fueron so el pabellón donde él estaba, e hiciéronle su reverencia, y recibiólos bien, diciéndoles buenas razones; y de sí mandólos llevar so una sombra que ante el pabellón estaba, y comieron allí: y otro día domingo hizo ir ante sí so aquel pabellón a los dichos embajadores, e hizo una gran fiesta, y predicaron ante él loando aquel día al Tamurbec; y la vianda fue mucha este día. Y los dichos embajadores diéronle su presente de ropas de paño, de lana y de seda, y una espada de una usanza bien guarnida, que él preció mucho. Y su costumbre es, que no quiere ver al que no le lleva nada: y la primera cosa que a los dichos embajadores preguntaron, como al real llegaron, fue, si traían algo para el señor, y que se lo mostrasen. Y el martes, que fueron 17 días del mes de agosto, dio a los dichos embajadores sendas ropas, y dioles un hombre que les llevase y guiase a ellos, y a los embajadores de la Turquía: y al embajador del sultán de Babilonia mandólo detener, y meter en prisión. Y partieron de aquí este día, y otro día miércoles fueron a Turis, y pusieron por obra ellos y los turcos de partir de allí aína, y tuvieron su consejo del camino que habían de traer.

Y el viernes siguiente en anocheciendo, ellos estando aparejados para partir de aquí, vino el Derroga de la ciudad, que es como regidor, y con él alguaciles y escribanos, y mucha gente que ante él venían con mazas y palos; y dijeron a los dichos embajadores, que les hiciesen traer ante sí todas las cosas que tenían, que las querían ver; y en tal son y con tal soberbia lo decían, que se lo hubieron de dar: y de que lo tuvieron ante sí tomáronles ciertos paños de setunis y camocanes del Catay, y una ropa de escarlata, y otras cosas; y dijeron que el señor mandaba tomar aquello, por cuanto no lo había en aquella tierra tan bueno; pero se lo mandaría pagar: y como esto hubieron hecho, cabalgaron y fuéronse. Y sobre esto los dichos embajadores tuvieron su consejo con los embajadores de la Turquía, y acordaron de partir luego otro día de allí, y decían que eso mismo habían a ellos hecho, y les habían tomado algunas cosas; y que si esperaban más, que este hecho podía llegar a más.

Y otro día sábado, 22 días del mes de agosto, antes que amaneciese los dichos señores embajadores y los de la Turquía partieron de esta ciudad de Turis: y el tiempo que en esta ciudad estuvieron fue cinco meses y 22 días, que ellos llegaron primero día de febrero, y partieron a 22 días de agosto, y con ellos iba el chacatay que los había de guiar: y llegó a ellos una caravana de doscientos caballos, que iban cargados de mercaderías, los cuales iban a la Turquía a la ciudad de Bursa, por ir en su compañía, por recelo que habían de ladrones; y anduvieron este día sábado que partieron, y domingo: y lunes en amaneciendo llegaron a una ciudad que es llamada Hoy, y en esta ciudad estuvieron a la ida: y en esta ciudad se acaba la Persia, y comienza Armenia la mayor. Y estando aquí supieron por nuevas, que un caballero turcomán, que se llamaba Caraotoman, era rebelado al Tamurbec, que solía ser su vasallo, y que andaba en el camino con diez mil hombres a caballo, y que había robado y hecho mucho mal en la tierra; y que había ido sobre la ciudad de Arsinga, y que la había tenido cercada: por lo cual hubieron de dejar el camino de Macu, que era su camino derecho por do habían ido a la ida, y tomaron a la mano izquierda hacia mediodía.

Y otro día martes a hora de vísperas partieron de aquí, y anduvieron toda la noche, y anduvieron el miércoles, y a hora de mediodía dieron cebada en unos prados, y anduvieron todo el día y la noche; y el jueves siguiente a hora de vísperas llegaron a un aldea que había un castillo pequeño, y era poblado de armenios, y era en tierra de Armenia, y era de Homar Mirassa: y cerca de este lugar hacia mediodía comenzaba una gente de moros que llaman turcos, y a la tierra Turdustán; y éste señoreaba esta tierra, y viven muchos de ellos entre estos armenios: esta tierra es muy abastada de pan y de viandas. Y estando aquí tuvieron nuevas que Caraotomán se había partido de sobre Arsinga, y estaba en el camino que ellos habían de llevar, y enviaron un hombre de caballo que fuese delante a saber do era aquel Caraotoman. Y otro día viernes a la tarde tornó, y dijo, que aquel camino era seguro: y partieron, y fueron dormir en unos prados cerca de una aldea, y este día llevaron su camino: y hallaron muchas aldeas bien pobladas de armenios, y había en ellas iglesias bien hermosas, y cementerios con grandes cruces de piedra sobre las sepulturas y huesas, y estas cruces tan altas como un hombre, y bien hechas: y en el camino que ellos llevaban, les dijeron que Caraotomán estaba, y que gente suya había allí llegado a correr; y dejaron aquel camino, y tomaron otro más a la mano izquierda hacia mediodía, y cuanto más aquella mano iban, tanto se desviaban de su camino: y anduvieron por esta tierra hasta el domingo, que no hallaron habitación; y el lunes eso mismo: y es de saber, que perdieron los cristianos a Armenia la mayor, por desacuerdo de tres hermanos.

Y el martes, primero día de septiembre, a hora de tercia llegaron a una gran ciudad que estaba todo lo más de ella deshabitada, el muro había derrocado, que fuera muy ancho y muy fuerte, y de piedra cal un cubo estaba un castillo aportillado en muchos lugares, y moraba en él gente: esta ciudad había nombre Alesquiner, y en ella había muy grandes edificios, y de rúas de casas hechas de piedras. Y los dichos señores embajadores comieron aquí, y contaron la razón porque fuera destruida esta ciudad. Y decían que en esta Armenia la mayor tuvo un gran rey armenio muy poderoso, y de gran tierra señor, y que al tiempo que murió dejó tres hijos, a los cuales repartió la tierra de esta manera: al hijo mayor le dejó esta ciudad de Alesquiner con otra tierra, y al otro hijo dejó la ciudad de Aumian con otra tierra cierta, y al otro la ciudad de Asseron, que son las tres ciudades mayores que en Armenia había. El mayor de ellos, viendo que era señor de esta ciudad de Alesquiner, que era muy fuerte, quiso tomar las tres a los otros hermanos, y levantáronse unos contra otros, e hiciéronse guerra; y de que la guerra arreció entre ellos, cada uno trajo gente extraña que lo ayudase: el que era señor de Asseron trajo en su ayuda una gente de moros que llaman turcomanes, y eso mismo hizo el otro hermano señor de Aumian, y fueron sobre el hermano mayor; y cuando supo que sus hermanos venían con gente extraña, envió él asimismo por gente que lo ayudase, y trajo una gente de moros que eran sus vecinos, que llaman turcos: y estos trajeron su habla con los turcomanes que los otros hermanos traían, y fue de tal manera, que les dieron la ciudad, y mataron al señor de ella, y destruyéronla: y otrosí mataron a los otros dos hermanos, y tomaron las ciudades de Aumian y de Asseron, y sus tierras: y así se perdieron estas ciudades, y fueron metidas en poder de los moros, y se apoderaron de toda Armenia: cuando esta gente destruyeron esta ciudad, mataron cuantos armenios cristianos hallaron, y nunca más en ella habitaron. Y estando aquí tuvieron los embajadores nuevas ciertas que Caraotomán estaba en su hueste en aquel camino que llevaban; y tuvieron su acuerdo de tornar al camino de Aumian: y este consejo fue provechoso para los dichos señores embajadores, y partieron luego de aquí: y anduvieron cuatro días y cuatro noches de yermo: y al cuarto día, que fue sábado, a 5 días del mes de septiembre, llegaron a la ciudad de Aumian: y otro día lunes subieron al castillo a ver a un hijo de un gran caballero que tenía aquella tierra por su padre, y era chacatay, y había nombre Toladaybeque, y el señor Tamurbec le había dado aquella tierra, cuando la ganó. Y de que fueron con él, diéronle una ropa de camocan, que tal es su costumbre; y de si dijéronle su negocio: y él les dijo, que Caraotomán estaba en tierra de Arsinga por do ellos habían de ir, y que andaba haciendo mal; mas que por honor del rey su señor, y por servicio del Tamurbec, a quien ellos habían venido, que él los guiaría, y haría llevar por otro camino seguro; y que a los dichos embajadores de la Turquía enviaba por otro camino. Y este castillo de Aumian era muy fuerte en una peña muy alta, y había tres cercas muy fuertes, una ante otra, y dentro en él había agua de una fuente, y estaba muy bien abastecido de todo, y con muy gran recaudo. Y el martes, 8 días de septiembre partieron de aquí, y con ellos un chacatay que los había de llevar por mandado de aquel señor de Aumian, y llevóles por el camino de Gurgania, y dejaron el camino de Arsinga a la mano izquierda, por el que habían ido a la ida: y esta noche fueron a dormir a una aldea que era de este señor de Aumian. Y otro día madrugaron, y fueron por una montaña muy alta; y de que fueron abajo de la otra parte, hallaron un castillo que estaba en una peña alta, que había nombre Tarcon: y este castillo combatió el señor Tamurbec, y le atributó, y es del señorío de Gurgania. Y fueron dormir a un aldea cuanto una legua de allí; y anduvieron por estas montañas dos jornadas. Y el viernes, que fueron 12 días del mes de septiembre, llegaron a un castillo que es llamado Vicer, el cual era de un moro Mola, y Mola dicen por doctor o sabidor: y este Mola les hizo mucha honra, y comieron con él. Y toda esta tierra estaba alborotada de Caraotoman, y de otras gentes que venían allí huyendo con sus ganados; y partieron luego de aquí, y la guía que los llevaba les dijo, que era forzado que fuesen ver a un señor, que estaba en una ciudad que llaman Aspir, y que él traía cartas de su señor para él, y hubiéronlo de ir ver: y el camino que hasta allí trajeron fue de montañas y sierras desde Torcon allí. Y este señor de esta tierra había nombre Piahacabea; y esta tierra era abastada de viandas, como quiera que fuesen montañas.

Y otro día sábado fueron ver este señor, y lleváronle de presente dos ropas de camocan, y comieron con él, y dioles un hombre que los llevase hasta ponerlos en la tierra del imperio de Trapisonda; y fueron dormir este día a un aldea al pie de la montaña.

Y otro día domingo subieron a una muy alta sierra sin montes, que duraba cuatro leguas la subida, y era tan fragosa, que las bestias y los hombres la subieron con muy gran trabajo: y este día salieron de tierra de Gorgania, y entraron en tierra de Arraquiel. Y los Gorganos son hombres de buenos cuerpos, y de hermosos gestos, y la su creencia es a la Griguesca, y la su lengua es apartada.

Y el lunes siguiente fueron comer a un aldea de esta tierra de Arraquiel, y partieron luego de allí, y fueron dormir a otra aldea; y la razón porque este moro es señor de Aspirtenia, y de esta tierra de Araquiel, es ésta: los hombres de esta tierra eran mal contentos con su señor que llamaban Arraquiel, así como a la tierra: y fueron a este señor de Aspir, y hablaron con él que le darían a su señor, y que él que los defendiese; e hiciéronlo así, y metiéronselo en poder, y prendió, y puso un moro en su lugar en aquella tierra, para que la rigiese con un cristiano. Y esta tierra es muy fragosa de montaña, y en ella hay muy fuertes pasos que no se pueden andar de bestias, y en lugares hay que de una sierra a otra va una puente como de madero, y por esta tierra por lo más de ella no pueden ir bestias cargadas, y hombres llevan a cuestas los cargos: y en esta tierra hay poco pan; y en esta tierra se vieron los dichos embajadores en gran peligro con los de esta tierra; y como quiera que sean cristianos armenios, son mala gente, de mala condición, y no dejaron salir a los dichos embajadores de esta tierra, hasta que les dieron algo de lo que llevaban: y anduvieron cuatro jornadas por estas montañas, y llegaron a unas casas que eran a la mar, que había de allí a Trapisonda seis jornadas: y de si llevaron un mal camino hasta un lugar que es llamado Lasurmena, y toda esta tierra de Trapisonda que es a la marina, es de muy altas sierras, y de montañas de árboles altos, y a cada árbol estaba una parra; y de estas parras hacen vino, y nunca las labran, y es todo poblado a curios, que ellos dicen por canterías, que son unas pocas de casas ayuntadas en uno, y otras a otras partes: y en este camino se perdieron todas cuantas bestias llevaban.

Y el jueves 17 de septiembre llegaron a Trapisonda, y cuando ahí llegaron hallaron que una nave había hecho vela para irse en Pera, que era cargada de avellanas, y tuvo tiempo contrario, y tornóse a un puerto que llaman Platana, que es a seis millas de la ciudad. Y los dichos embajadores abastecieron de lo que hubieron menester, y tomaron una barca y fuéronse para la dicha nave, y entraron en ella, de la cual nave era patrón un genovés que se llamaba Nicoloso Cojan; y anduvieron su viaje, y estuvieron en ir hasta Pera veinticinco días.

Y el jueves 22 días del mes de octubre, llegaron a la ciudad de Pera en anocheciendo; y como ahí llegaron, hallaron dos carracas de genoveses que venían de Cafa, e iban a Génova: y hubieron los dichos embajadores de se aparejar, y partieron con estas carracas el miércoles, que fueron 4 días del mes de noviembre, y el miércoles llegaron a Galipuli, y cargaron ahí algodones: y partieron luego sábado, y llegaron a la isla de Xío.

Y el lunes, que fueron 17 días del mes de noviembre, partieron de aquí, y llegaron en par de la isla de Sapiencia, y del cabo de San Angelo, y entraron en el lugar de Venecia: y el lunes, postrimero día del mes de noviembre, llegaron a la isla de Sicilia, y tomaron puerto en la ciudad.

Y el miércoles, 2 días del mes de diciembre, partieron de aquí, y tuvieron gran tormenta que los echó a la ciudad de Gaeta, que es del reino de Nápoles, y estuvieron aquí cinco días; y partieron de aquí, y tomóles otra tormenta que los echó otra vez allí a Gaeta. Y el martes, 22 días del mes de diciembre, partieron de aquí, y tomóles otra tormenta que los echó a Córcega, y tuvieron allí la Pascua de Navidad; y partieron de allí, y tomóles otra tormenta que los echó a una villa que es llamada Gumbin, y partieron de aquí: y el sábado siguiente fueron en par del puerto Veane.

Y el domingo, 3 días del mes de enero, fueron en el puerto de Génova; y la ribera de Génova, con seis leguas antes que a la ciudad lleguen, es muy poblada de hermosas casas y huertas y vergeles, que es muy hermosa cosa de ver. Otrosí la ciudad es bien poblada, y hay en ella hermosas casas, y en cada casa una torre en las más de ellas: y los dichos embajadores fueron a Saona donde estaba el Papa, por cuanto habían de ver con él algunas cosas.

Y el lunes, primero día de febrero, partieron de aquí de Génova en una nave, de que era patrón micer Bienboso Barbero, y en el camino tuvieron tormenta y mal tiempo, peor que lo nunca en este viaje tuvieron: y duraron en este camino desde primero día de febrero, que de Génova partieron, hasta el domingo primero día de marzo, que llegaron a Sanlúcar, y tomaron tierra, y de allí tomaron camino para la ciudad de Sevilla. Y el lunes, 24 días del mes de marzo del año del Señor de 1406 años, los dichos señores embajadores llegaron al dicho señor rey de Castilla, y halláronlo en Alcalá de Henares.

LAUS DEO

Libros a la carta

A la carta es un servicio especializado para
empresas,
librerías,
bibliotecas,
editoriales
y centros de enseñanza;
y permite confeccionar libros que, por su formato y concepción, sirven a los propósitos más específicos de estas instituciones.

Las empresas nos encargan ediciones personalizadas para marketing editorial o para regalos institucionales. Y los interesados solicitan, a título personal, ediciones antiguas, o no disponibles en el mercado; y las acompañan con notas y comentarios críticos.

Las ediciones tienen como apoyo un libro de estilo con todo tipo de referencias sobre los criterios de tratamiento tipográfico aplicados a nuestros libros que puede ser consultado en Linkgua-ediciones.com.

Linkgua edita por encargo diferentes versiones de una misma obra con distintos tratamientos ortotipográficos (actualizaciones de carácter divulgativo de un clásico, o versiones estrictamente fieles a la edición original de referencia).

Este servicio de ediciones a la carta le permitirá, si usted se dedica a la enseñanza, tener una forma de hacer pública su interpretación de un texto y, sobre una versión digitalizada «base», usted podrá introducir interpretaciones del texto fuente. Es un tópico que los profesores denuncien en clase los desmanes de una edición, o vayan comentando errores de interpretación de un texto y esta es una solución útil a esa necesidad del mundo académico.

Asimismo publicamos de manera sistemática, en un mismo catálogo, tesis doctorales y actas de congresos académicos, que son distribuidas a través de nuestra Web.

El servicio de «Libros a la carta» funciona de dos formas.

1. Tenemos un fondo de libros digitalizados que usted puede personalizar en tiradas de al menos cinco ejemplares. Estas personalizaciones pueden ser de todo tipo: añadir notas de clase para uso de un grupo de estudiantes, introducir logos corporativos para uso con fines de marketing empresarial, etc. etc.

2. Buscamos libros descatalogados de otras editoriales y los reeditamos en tiradas cortas a petición de un cliente.